कृष्णा सोबती

गुजरात पाकिस्तान से गुजरात हिन्दुस्तान

राजकमल पेपरबैक्स

राजकमल पेपरबैक्स में
पहला संस्करण : 2017
तीसरा संस्करण : 2022

राजकमल पेपरबैक्स : उत्कृष्ट साहित्य के जनसुलभ संस्करण

राजकमल प्रकाशन प्रा. लि.
1-बी, नेताजी सुभाष मार्ग, दरियागंज
नई दिल्ली-110 002
द्वारा प्रकाशित

शाखाएँ : अशोक राजपथ, साइंस कॉलेज के सामने, पटना-800 006
पहली मंजिल, दरबारी बिल्डिंग, महात्मा गांधी मार्ग, प्रयागराज-211 001
36 ए, शेक्सपियर सरणी, कोलकाता-700 017

वेबसाइट : www.rajkamalprakashan.com
ई-मेल : info@rajkamalprakashan.com

यश प्रिंटोग्राफिक्स
नोएडा-201 301 (उत्तर प्रदेश)
द्वारा मुद्रित

मूल्य : ₹295

GUJRAT PAKISTAN SE GUJRAT HINDUSTAN
Novel by Krishna Sobti

ISBN : 978-81-267-2981-4

कृष्णा सोबती

भारतीय साहित्य के परिदृश्य पर हिन्दी की विश्वसनीय उपस्थिति के साथ कृष्णा सोबती अपनी संयमित अभिव्यक्ति और सुथरी रचनात्मकता के लिए जानी जाती हैं। कम लिखने को वे अपना परिचय मानती थीं, जिसे स्पष्ट इस तरह किया जा सकता है कि उनका 'कम लिखना' दरअसल 'विशिष्ट' लिखना था।

किसी युग में किसी भी भाषा में एक-दो लेखक ही ऐसे होते हैं जिनकी रचनाएँ साहित्य और समाज में घटना की तरह प्रकट होती हैं और अपनी भावात्मक ऊर्जा और कलात्मक उत्तेजना के लिए एक प्रबुद्ध पाठक वर्ग को लगातार आश्वस्त करती हैं।

कृष्णा सोबती ने अपनी लम्बी साहित्यिक यात्रा में हर नई कृति के साथ अपनी क्षमताओं का अतिक्रमण किया है। 'निकष' में विशेष कृति के रूप में प्रकाशित 'डार से बिछुड़ी' से लेकर 'मित्रो मरजानी', 'यारों के यार', 'तिन पहाड़', 'बादलों के घेरे', 'सूरजमुखी अँधेरे के', 'ज़िन्दगीनामा', 'ऐ लड़की', 'दिलो-दानिश', 'गुजरात पाकिस्तान से गुजरात हिंदुस्तान', 'चन्ना', 'हम हशमत', 'समय सरगम', 'शब्दों के आलोक में', 'जैनी मेहरबान सिंह', 'सोबती-वैद संवाद', 'लद्दाख : बुद्ध का कमण्डल', 'मुक्तिबोध : एक व्यक्तित्व सही की तलाश में', 'लेखक का जनतंत्र' और 'मार्फ़त दिल्ली' तक उनकी रचनात्मकता ने जो बौद्धिक उत्तेजना, आलोचनात्मक विमर्श, सामाजिक और नैतिक बहसें साहित्य-संसार में पैदा कीं, उनकी अनुगूँज पाठकों में बराबर बनी रही है।

कृष्णा सोबती ने हिन्दी की कथा-भाषा को एक विलक्षण ताज़गी दी है। उनके भाषा-संस्कार के घनत्व, जीवन्त प्रांजलता और सम्प्रेषण ने हमारे समय के अनेक पेचीदा सच आलोकित किए हैं। उनके रचना-संसार की गहरी सघन ऐन्द्रियता, तराश और लेखकीय अस्मिता ने एक बड़े पाठक वर्ग को अपनी ओर आकृष्ट किया है। निश्चय ही कृष्णा सोबती ने हिन्दी के आधुनिक लेखन के प्रति पाठकों में एक नया भरोसा पैदा किया। अपने समकालीनों और आगे की पीढ़ियों को मानवीय स्वातंत्र्य और नैतिक उन्मुक्तता के लिए प्रभावित और प्रेरित किया।

'ज्ञानपीठ पुरस्कार', 'साहित्य अकादेमी पुरस्कार' और साहित्य अकादेमी की महत्तर सदस्यता के अतिरिक्त, अनेक राष्ट्रीय पुरस्कारों और अलंकरणों से शोभित कृष्णा सोबती साहित्य की समग्रता में अपने को साधारणता की मर्यादा में एक छोटी-सी क़लम का पर्याय ही मानती रहीं। समय को लाँघ जानेवाला लेखन ऐसे लेखन से कहीं अधिक बड़ा होना चाहिए—साहित्य को जीने और समझनेवाले हर आस्थावान व्यक्ति की तरह यह निर्मल और निर्मम सत्य उनके सामने हमेशा उजागर रहा।

निधन : 25 जनवरी, 2019

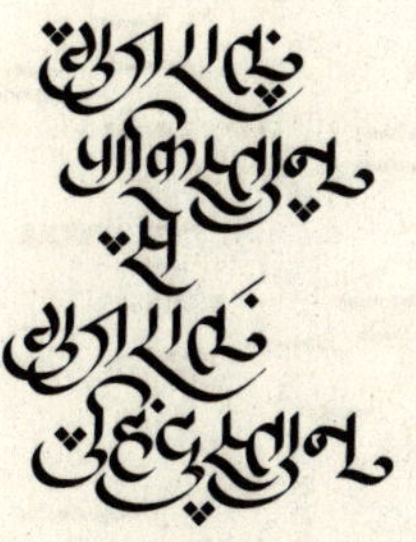
पाकिस्तान
से
हिंदुस्तान

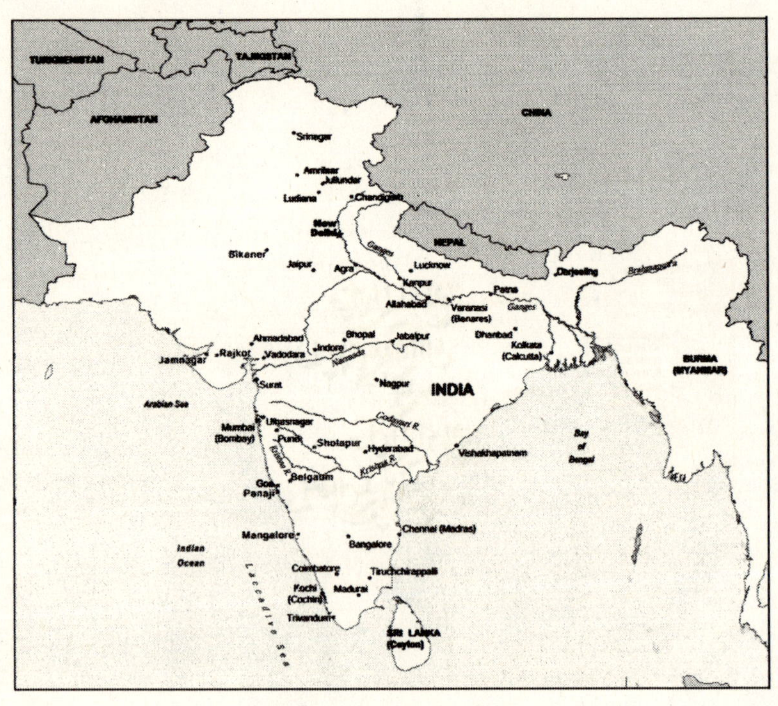

विभाजन-पूर्व का भारत

INDIA
States and Union Territories
TAJIKISTAN
AFGHANISTAN
PAKISTAN
CHINA
NEPAL
BHUTAN
BANGLADESH
MYANMAR
SRI LANKA
JAMMU & KASHMIR
Srinagar
Jammu
HIMACHAL PRADESH
Shimla
Chandigarh
PUNJAB
HARYANA
Dehradun
UTTARAKHAND
DELHI
New Delhi
Jaipur
RAJASTHAN
UTTAR PRADESH
Lucknow
SIKKIM
Gangtok
ARUNACHAL PRADESH
Itanagar
Dispur
ASSAM
NAGALAND
Kohima
Shillong
MEGHALAYA
Imphal
MANIPUR
Agartala
TRIPURA
Aizawl
MIZORAM
BIHAR
Patna
JHARKHAND
Ranchi
WEST BENGAL
Kolkata
Gandhinagar
GUJARAT
Bhopal
MADHYA PRADESH
Raipur
CHHATTISGARH
ODISHA
Bhubaneswar
DAMAN & DIU
Daman
Silvassa
DADRA & NAGAR HAVELI
Mumbai
MAHARASHTRA
TELANGANA
Hyderabad
ARABIAN SEA
BAY OF BENGAL
Yanam (Puducherry)
Panaji
GOA
KARNATAKA
ANDHRA PRADESH
Bengaluru (Bangalore)
Chennai
Mahe (Puducherry)
PUDUCHERRY (Pondicherry)
LAKSHADWEEP (INDIA)
Kavaratti
KERALA
TAMIL NADU
Karaikal (Puducherry)
Thiruvananthapuram
ANDAMAN & NICOBAR ISLANDS (INDIA)
Port Blair
LEGEND
International Boundary
State Boundary
Country Capital
State Capital

विभाजन बाद का भारत

तुरही निगाड़ा होइश्शा
ओ मेरे भाई होइश्शा
हुई कमाई होइश्शा
खून बहाया होइश्शा
चढ़ गए फाँसी होइश्शा
हुए शहीद होइश्शा
तुरही निगाड़ा होइश्शा
अब राज मिलेगा होइश्शा
ताज मिलेगा होइश्शा
सरकार मिलेगी होइश्शा
तुरही निगाड़ा होइश्शा

उदास-सी दुपहरिया को गुँजाते हुब्बुलवतनी के ये बोल मँझली के तन-बदन को लहरा गए। सड़क पर शायद गोलाकार बिजली का ट्रांसफार्मर धकेला जा रहा है। लाहौर हॉस्टल में आई मँझली ने अखबारों में से लीडरों की तस्वीरें काटते-काटते कैंची कुशन पर रखी और परदा उठाकर बाहर झाँका। दूर होती 'होइश्शा' की घनीली आवाज के साथ सहसा घोड़े की टाप मिलकर कुरेशी अंकल के घर के सामने आकर रुक गई। परदा उठा लॉन के पार देखा।

यह भी चले जा रहे हैं। सामान ताँगे में रखा जा रहा है। पी.डब्ल्यू.डी. के चौकीदार साहिब ताला डालने को मुस्तैदी से खड़े हैं। तो आज जा रही है—लाहौर जानेवाली पाकिस्तान स्पेशल। कुरेशी आंटी ने ताँगे के पायदान पर पाँव रखा—एक बार पलटकर घर की ओर देखा और आँखें पोंछीं। उसने आंटी का हाथ छुआ और रोने लगी। वैसे ही जैसे वह होस्टल के फाटक तक पहुँचकर रोई थी। पलटकर डबडबाई आँखों से एक बार फिर अपने कमरे की ओर देखा था और दौड़कर कमरे के दरवाजे पर जा खड़ी हुई थी। मन ही मन दोहराया था—बहती हवाओं, याद रखना हम यहाँ पर रह चुके हैं। लौटकर फाटक पर पहुँची तो लगा वह कमरा हमेशा के लिए दूर जा चुका था। कुरेशी अंकल ने पुचकार कर सिर पर हाथ रखा और कहा, जाओ बिटिया जाओ—बाहर खड़े रहने का वक्त नहीं।

अंकल गुडबाइ—

—गुडबाइ, जीती रहो।

वह मोड़ से ओझल होते ताँगे को देखती रही। फिर घर की ओर बढ़ी। आखिरी स्पेशल आज ही जा रही है, तो राहत हैदर भी स्टेशन के लिए निकल जाएँगे। वह घर की ओर जाते-जाते कर्जन रोड की ओर लपकी। बाराखम्भा लेन यह रही—उनके जाने से पहले पहुँच लूँगी। वह तेज-तेज डग भर कीलिंग रोड की पटरी पर चलने लगी। घने पेड़ों पर पाखियों का शोर दिल को उदास कर रहा था। चौराहे से बाराखम्भा लेन की ओर मुड़ गई।

कान खड़े हुए। क्या ताँगों की छनछनाहट! नहीं। बँगलों की कतार खामोश है। आखिरी बँगले के बरामदे में पाँव रखा—वही पी.डब्ल्यू.डी. का ताला लटका पड़ा है। वह खड़े-खड़े कुछ देर चुपचाप देखती रही—लम्बा विराम। फिर सड़क पर हो गई। कहीं पिछवाड़े से मुत्रैनी-

सा चेहरा सामने आ खड़ा हुआ—मिस साहिब वह लोग रात को पुराने किले कैम्प में चले गए। आज उनकी स्पेशल ट्रेन निकलनेवाली है। आपके लिए राहत आपा ने लैटरबॉक्स में रुक्का छोड़ा था। मैंने उठाकर सँभालकर रख लिया—

यह लीजिए—

उसने रेतीली खुश्क आँखों से पढ़ा—"हम लोग चल दिए। पुराने किले आने की कोशिश बिलकुल न करना। गुडबाइ। —राहत हैदर ताहिर।"

उसने देनेवाले का शुक्रिया किया और मन ही मन अलविदा कहा और आँखों से बाराखम्भा लेन की नजदीकी को जैसे हमेशा के लिए पोंछ लिया। सड़कें पहले की तरह उजाड़ थीं। पाँव में अपने होने की हिम्मत भरी और कीलिंग रोड को छोड़ हेली रोड की ओर बढ़ गई। क्या कान बज रहे थे, कि कहीं पास से आवाजें उठ रही थीं। हर-हर महादेव! —लाहौर वाली आवाजों की खूनी लड़ाई यहाँ भी। जल्दी-जल्दी तेजी से घर की ओर बढ़ी कि हेली रोड के पिछवाड़े सहमी-सी पड़ी बाऊली से सयानी आवाज ने चेतावनी दी— यह वक्त हवा खाने का नहीं। कोई मार फेंक देगा। समझी मुनिया। पीर का दिन दिल्ली के लिए बहुत खतरनाक है। पीर के दिन शहर दिल्ली मुगलों के हाथों से गया, पीर के दिन ही अंग्रेज ने इस पर कब्जा किया, आज के हालात तो देख रही हो न? जाओ—यह हवा खाने की दुपहर नहीं।

कर्जन रोड पर दो-एक कारें खामोशी को समेटते हुए, यह जा और वह जा। सोचा घर का दरवाजा तो खुला न होगा। चुपचाप नौब घुमाने से भी चलेगा नहीं। काँच पर हौले से आवाज करने से शायद जगदीश भाई दरवाजा खोल दें। ऐसा न हुआ तो सम्बन्धियों की भीड़ उसके पीछे पड़ जाएगी। कोई न कोई जरूर उस पर बोलेगा—अरी! इस गदरी वक्त में कहाँ घूम रही थी? दफा करो अपने इन हमसायों को।

उसने चुपीती आँखों से कुरेशी अंकल के दरवाजे की ओर देखा। हमारे लिए वह हमेशा को बन्द हो चुके। देश का बँटवारा और आजादी एक साथ। अपने बरामदे में पाँव रखते ही रफ्तार में कुछ ऐसी खींच पड़ी ज्यों किसी हमले का सामना करना हो।

दरवाजा खटखटाना नहीं पड़ा—भिड़ा था और बाहर किसी की थकी-हारी बदरंग पेशोरी जूतियाँ पड़ी थीं। तो एक और कोई अपना सम्बन्धी, अपने ही वतन से भागा हुआ जख्मी घायल। जाने कैसा हिसाब बना—कोई यहाँ से गया और कोई वहाँ से आया—राहों में मार-काट, दीवानगी—यहाँ से रवानगी तो वह गए, वहाँ से पीठ तो कुछ यहाँ पहुँचे, कुछ रास्ते में ही...

मरजाई चक वाले मामा ने खट्टी आवाज के बोल उस पर बुहार दिए।

काकी अब किसे रुखसत कर आईं—अरी हम अन्दर ही अन्दर घुख मर रहे हैं और तुम अब भी सरकारी मुँह-मुलाहजों पर हो। राख डालो गोरी सरकार और अपने डराकल लीडरों पर जिन्होंने मुसलमानों को पहले सिखाया-पढ़ाया था फिर अपने वतन की चीर-फाड़ कर दी।

वह जवाब में कुछ कहे न कहे कि मामा आँखें मूँद फिर अपने अन्दर हो गए। हारे हुए यह सब और उनके बुचके, पोटलियाँ, बदरंग पुरानी सन्दूकचियाँ, गठरियाँ, मैले-अधमैले दुपट्टे, चेहरे—पिटी हुई नफरत से तपते हुए—कोई ठंडी हुई खूँखार नफरत से निढाल, कोई जवान बेटे के बिछुड़े चेहरे के साथ सटा—कोई बेटी के रांगले चूड़ों पर सलाखों को गोंदते हुए—हाय ओ रब्बा—उसकी बाँहें—कोई पीछे छूट गए बूढ़े माँ-बाप को याद करता—घरों को पागलखाना बना दिया—सियासत ने। सारा शहर भरा है अपने-अपने घरों से फेंके गए वजूदों से। इनसानी चिथड़ों से। स्टेशन, प्लेटफॉर्म, पटरियाँ, गलियाँ, चौक-बाजार और खँडहरों के आसपास फैली तितर-बितर खूँरेजियाँ।

नेताजी सुभाष के मुँह से निकली यह ऐलानी चुनौती जैसे पंजाब, बंगाल और सिन्ध के लिए पेशीनगोई बन गई। दिल्ली चलो, मरो, कटो मगर दिल्ली चलो।

दिल्ली—भारत की राजधानी दिल्ली, नई दिल्ली, शाहजहांनाबाद, पुरानी दिल्ली, चिराग दिल्ली—एक नहीं अनेक दिल्लियाँ। आजाद पाकिस्तान की पहली दिवाली होगी। झंडा फहराया जाएगा। अल्लाह-ओ-अकबर की ऊँची तरंगें उठेंगी। आवाजें—पाकिस्तान जिन्दाबाद, मुहम्मद अली जिन्ना पाइंदाबाद! वे लड़े, उन्होंने पाया, हम डरे, हमने गँवाया। बापू गांधी तुमने हमारे घर-बाहर, धरती-पानी सब पराए कर दिए। यह कैसी सियासत!

सिकन्दर लाल की मैली पगड़ी ऊँघते हुए सिर पर से सरकने लगी। कड़वे गले से बोले—ब्रादर, यह तवारीख का काला सपारा सियासत पर यूँ गालिब हुआ कि जिन्ना ने दौड़ाए इस्लामी घोड़े और गांधी, जवाहर ने पोरसवाले हाथी। दिमागी घोड़े दौड़ा उन्होंने मुल्क बना लिया और यह हाथियों का झुंड लिये अपने बन्दे पेड़ों की टहनियाँ तोड़-तोड़ नीचे फेंकते रहे। वही पुरानी तवारीख।

उर्दू अखबारों का कीड़ा बलदेवराज नन्दा बुजुर्गों को समझाने के अन्दाज में बोला—अब ऐसी जिरह से क्या फायदा! जो होना था सो हो चुका। सवाल तो यह है कि कल आजादी के बाद सरकार हमें क्या देती है?

हिन्द राव के बेटे थे—चार,

सियो,

तियो,

धियो

चौथे का नाम क्यों लें—

वह दलित तो कचरा उठाने को रहे।

इस्लामुद्दीन के भी बेटे थे—चार

अरब

पठान

तुर्क

मुगल

सियो गहरी नींद से उठा और डकार कर बोला—जय सियाराम!

तियो उठा और खँखारकर बोला—जय बजरंग बली।

धियो उठा और अँगोछे से बदन पोंछकर दहाड़ा—हर-हर महादेव।

रह-रह तीनों ललकारने लगे हवा को।

जय सियाराम।

जय बजरंग बली।

हर हर महादेव।

आवाज आई—

तुम्हारी आवाज ही क्यों?

मेरी क्यों नहीं।

अगर मेरी नहीं तो तेरी नहीं।

तेरी नहीं तो किसी की नहीं।

सभी एक-दूसरे के शोर को फोड़ने लगे।

गलों से अपनी-अपनी आवाज को गोटने लगे। इतने में हिन्द चचा का बेटा ठियो खाँ मूँछों पर ताव देकर उठ खड़ा हुआ।

हाक-हमलेवाले अन्दाज में खूँखारने लगा।

नारा-ए-तकबीर

या अली

अल्लाह-हो-अकबर।

एक-दूसरे को भेदती आवाजें धुआँ बनकर जन-जन में धुखने लगीं।

देखते-देखते लाल-पीली लपटें हवा में लपकने लगीं। घरों से उछलती-कूदती आसमानों को छूने लगीं।

हर हर महादेव

जय बजरंग बली

जय सिया राम।

देखते ही देखते हाड़-मांस के पुतले जलने लगे। जलकर राख होने लगे। कटी-अधजली बाँहें, धड़, गर्दन, माल-असबाब कबाड़ की तरह ढेर हो गए। लोथड़े।

खून...खून...खून।

कौन है कातिल! कौन है जुल्मी! कौन है इंकलाबी। दोस्त की दुश्मनी बुरी। दुश्मन की दोस्ती बुरी। पर अब दोस्त और दुश्मन हैं कहाँ!

दुश्मन...दुश्मन—

कुछ बचे हुए दोस्त एक-दूसरे को बचाने वाले।

खुशहाली की नदियाँ, दरिया, नहरें सब बँट चुके। विभाजन और तकसीम का आख्यान लिखा जा रहा है—एक नया दस्तावेज मुल्क की आजादी का।

घरों से निकले छपीले, झबले कुरते, सुथनियाँ, ओढ़नियाँ, मर्दानी सलवारें, तहमत, पजामे। शक-सुबह में मरने-जीने की मंजिलें, लड़खड़ाते पाँव और अबसी से खौलती निहत्थी आँखें।

कहाँ जा रहे हैं?

किधर?

हम अपने घरों से बाहर क्यों किए जा रहे हैं?

फैसले हो चुके थे।

फासले बढ़ चुके थे।

जो इधर था, वह अब उधर था।

जो उधर था, वह अब इधर था।

जेहलम, चेनाब खामोश थे। गंगा-यमुना खामोश थीं।

अल्ला हो अकबर—

नारा-ए-तकबीर—

हर हर महादेव—

अपने अपनों की तरफ। पराये परायों की तरफ—जो पहल कर ले—दौड़ो-भागो...भागो, छोड़ दो उन्हें जो बेबस हैं—बूढ़े हैं, बीमार हैं, जो दौड़ नहीं सकते। वह अब जी नहीं सकते। अपने हों या पराये, उन्हें जाने दो। गिर जाने दो। मर जाने दो। इस फटे पहरन को सी नहीं सकते। एक-दूसरे को खोज-खोजकर मार रहे हैं, एक दूसरे के जानी दुश्मन।

इन मारकाटी हल्लों में से कौन बचेगा!

जो बचेगा वही जिएगा।

दौड़ो भागो, हमें अब पुराने नहीं, नए मुल्क का पानी पीना है। पुराना वतन छोड़ना होगा। नई सरहदों को पार करना होगा।

पीछे मत देखो।

आगे दौड़ो।

अपने घर बाहर छोड़ो-छोड़ दो।

हम दोनों ओर से दौड़ रहे हैं—

हम जो तुम नहीं हो, तुम जो अब हम नहीं हैं।

न तुम तुम हो

न हम हम हैं।

क्या कहा ?

फिर से कहो।

राम दास

राम प्रसाद

राम प्रकाश

राम कृष्ण

राम चन्द्र

राम सुहास

राम आलोक

राम कुमार—

अब्दुल गनी

अब्दुल हमीद

अब्दुल गफ़्फ़ार

अब्दुल मजीद

अब्दुल करीम

अब्दुल कादिर

अब्दुल रहमान

अब्दुल शकूर

कौन है दूर

कौन है पास

किससे दूर

किससे पास।

अल्लाह ओ अकबर।

हर हर महादेव।

कौन गुनहगार है?

कौन अपराधी है?

कौन अपराध का गवाह है?

एक हाथ छुरा घोंपनेवाला। एक तेल भीगे चिथड़े को तीली दिखानेवाला।

एक दूर खड़ा हो भीड़ जुटानेवाला।

डर और भय की अधमरी आवाज़ों के जंगल में दम साधे हुए खौफजदा मर्दों और औरतों के झुंड। वह अभी आए—हम अभी गए, हम अभी मरे–आवाज न करो। उन्हें गुजर जाने दो।

लाशों के ढेर के ढेर, ऊँचे उठ रहे हैं।

गिद्धों के गिरोह उन्हें टटोल रहे हैं।

ठंडे पड़े हाथों की अँगूठियाँ, गलों से लगी मालाएँ।

ज्ञान और ईमान।

गीता और कुरान।

दोनों कुतर रहे हैं अपने–अपने नाखूनों को।

सूफियों की मजारें खामोश हैं।

मन्दिर भौचक्क ताक रहे हैं।

दोनों चुपके-चुपके छू रहे हैं अपने नाखूनों को ताकि बिच्छीवाले पंजे तेज हों, वही कारगर होंगे अँधेरे में।

धुकधुकी, डर, भय, सहम, चीखें-चीत्कारें।

जलते-फुँकते-सुलगते दिन

इन सबके बीच कैसे गुम हो गया—

हर दिल को गरमाता वह राष्ट्रगान—

हम बुलबुलें हैं इसकी, यह गुलिस्ताँ हमारा।

हम चहकते नहीं, खूँखारते हैं।

अब तो हम तेज किए हुए चाकू हैं।

हम आग का पलीता हैं।

हम दुश्मनों को चाक कर देनेवाली गरम हिंसा हैं।

हम दुल्हनों की बाँहें काट देनेवाले टोके हैं।

हम गंडासे हैं।

अब हम हम नहीं हैं, हथियार हैं।

घात और मात का खेल खेलनेवाले।

राजनीति के सारे तर्क यहाँ आकर एक हो गए हैं।

मौत-मौत-मौत!

अब बचानेवाले और भूखे कुत्ते एक हो गए हैं तो पुलिस का खाता कौन खोलेगा!

चुप रहो। ऊलजलूल मत बोलो—

बिलकुल खामोश। वह देखो, लाशों का जुलूस—

अधमरी बच्चियों के पास आकर ठिठक गया है। कहीं ऐसा तो नहीं,

यह भी हमारी संख्या बढ़ाने के लिए हमारी अँगुली पकड़कर मोहर लगाना चाहती हैं।

मौत का मतदान।

अभी तो इतिहास लिखना बाकी है।

कोशिशें जारी हैं।

सन्नाटे को भेदती गाड़ी। गाड़ी के साथ-साथ दौड़ रहा है—अतीत और वीराना। पत्थरीली चट्टानों का उजाड़। कँटीली झाड़ियाँ और परायापन। मँझोले डूँगरों की शृंखलाएँ।

वह सरसों के हरियाले पीले खेत क्या हुए! कहाँ ओझल हुए वह भरपूर पत्तोंवाले छाँहदार पेड़। क्या हुईं वह कच्ची राहें! वह दरिया चनाब की झिलमिलाती लहरें। कहाँ खो गई वह सुथरी चमकती रेत। और अब यह गाड़ी के साथ-साथ दौड़ती डूँगरों की सलवटों में छिपी मजबूत राजपूताना धरती।

पर्स में से लिफाफा निकाला। कागज एक बार फिर से पढ़ा।

—सिरोही राज। रेलवे स्टेशन एरिनपुरा।

छुटपुट बस्ती दीखने लगी थी। सीट के नीचे दुबका सहमा पड़ा सामान खींचा और खिड़की से आँखें बाहर जुड़ा दीं।

गाड़ी की चाल धीमी हुई। दोपहर की पकी धूप में सुनसान सपाट प्लेटफार्म। हरा जंगला। बाहर जाने को फाटक। बस? इतना भर!

गाड़ी रुकी।

उसने सूटकेस खींच नीचे उतारा। फिर होल्डाल और बैग। पर्स चेक किया। इधर-उधर देखा। सामने नजर आई एक नाटी सी शख्सियत। धोती कमीज, पाँव में गुरगाबी और सिर पर काली किश्ती टोपी। बड़े

कदम भर इधर आ रहे हैं।

पास आ नमस्कार किया—आप दिल्ली से पधारी हैं न!

सिर हिलाया—जी।

—मेरा नाम मुन्नालाल है। मुझे आपको लेने के लिए भेजा गया है। आप बाहर चलिए। मैं सामान उठाकर लाता हूँ।

पाँव जैसे रूठ रहे हों। चलने के लिए तैयार नहीं। लौट चलो। क्या सचमुच यहाँ आने की इतनी मजबूरी थी? थी तो—एक अंदरूनी उजाड़ से दूसरे की ओर—क्या करोगी। उस विज्ञापन के पीछे-पीछे यहाँ तक चली आई हो। अजीब लग रहा है।

—आइए-आइए, बस इन्तजार कर रही है आपके लिए।

—क्या एक प्याला चाय मिलेगी यहाँ?

—बस छूट जाएगी। बावनवाड़ पर शायद चाय मिल जाएगी। आप बैठिए आगे की सीट पर, मैं सामान रखवाता हूँ।

पुरानी भड़भड़ाती खस्ता बस किसी जमाने की!

खिड़की से बाहर नजर दौड़ाई—आँखों में धूल भर गई हो जैसे।

पर्स खोला, रूमाल निकाला और आँखें पोछ लीं, जैसे धूल पोंछते हैं।

पुराने समयों के कंकर।

लौटकर? हाँ क्यों नहीं। अब भी जा सकती हो। टिकट के पैसे तुम्हारे पास हैं।

हैं तो।

फिर!

फिर क्या?

फिर भी कुछ तो—

उसने असमंजस में सामने की सीट की ओर देखा—गला सूख रहा है। क्या पानी मिलेगा?

—बावनवाड़ पर मिल जाएगा।

—बावनवाड़ अभी कितनी दूर है?

—आने ही वाला है।

उसने आँखें बन्द करनी चाहीं, फिर खोल लीं।

—यहाँ से स्टेशन की ओर जाती कोई बस मिलेगी?

—क्यों, क्यों बाई जी, ऐसा क्यों पूछ रही हैं? आपको यहाँ से भेजा लेटर तो मिल गया था न?

—वह बात नहीं है—

मुन्नालाल जी ने किश्ती टोपी उतारी, सिर खुजलाया, फिर टोपी जगह पर रख ली और चिन्ता से पूछा—

—स्टेशन पर कुछ रह तो नहीं गया? तीन ही नग थे न?

वह कुछ बोली नहीं। सिर्फ सिर हिला दिया—हाँ, और नहीं।

यह दूर-दराज का सिरोही राज। यहाँ क्या बनेगी अपनी बात। घर से काम करने को निकली थी—अब लौट जाने को तैयार हो रही हूँ।

तुम्हारी परेशानी क्या है? खुद को ही नहीं बता पा रही कि संशय में क्यों हूँ। यहाँ पहुँचकर मन में उठी यह कैसी दुविधा है! क्यों अनमनी हो उठी हूँ!

क्या अपना वतन गुजरात छोड़ने से?

क्या लाहौर छोड़ने से?

क्या दिल्ली छोड़ने से?

देखो झटक दो इस उदासी को। उदासी कुछ भी जुटा नहीं सकती।

वह कुछ भी नहीं जुटाती। जो हो गया वह हो चुका।

बस बावनवाड़ पर आ रुकी। वह नीचे उतरी। मुन्नालाल कहीं दीख नहीं रहे थे। शायद चाय की तलाश में गए होंगे—यह तो मैं अपने आप भी कर सकती थी। उन्हें परेशान कर रही हूँ।

—लीजिए चाय।

—आप?

—नहीं, मैं कम पीता हूँ। मन्दिर में चलेंगी?

—जी।

प्रवेश द्वार—अन्दर जैसे रंग-बिरंगा जाल बुना हो। छोटी-बड़ी मूर्तियाँ। बाहर निकलकर देखा तो ऊपर चट्टानों के बीच एक झोंपड़ा। एक-एक करके सभी याद आने लगा।

उसने अनमनी सी निगाह टेकरी के पत्थरीलेपन पर घुमाई। ढलान के किनारे दो-चार पेड़ों की पतली-सी लहराती छाँव और नीचे दुबका पड़ा जोहड़—काई की हरी सतह पर मच्छर, कीड़े-मकौड़े। दूर उतराई से नीचे आती एक लम्बी मजबूत डग भरती काया। लम्बे हाथ-पाँव और सिर पर लिपटनियों में सहेजा पग्गड़। छाँह तले बैठ सिर पर रखे साफे में से गोलाकार रोटी का टुकड़ा तोड़ा और बाकी दुबारा पग्गड़ में सहेजकर रख लिया और इस दुनिया की सबसे बड़ी बरकत रोटी के लुक्मे मुँह में डालने लगे। हाथ की वस्त खलास और सचमुच के जीते-जागते आदमी के बच्चे ने उठकर जोहड़ के किनारे बैठ साफे की लड़ का किनारा ओठों पर फैलाया और सिर झुका जोहड़ से पानी गटक लिया। अचरज यकीनन हुआ आँखों पर कि साफे की बाहरी तह पर चिपकी काई, मच्छर, कीड़े सब हाथ से झटक दिए। पानी की किल्लत पहली बार देखी। पहली बार—वह बस की ओर बढ़ रही है

और तलवे बेजान हैं। वह छूट गई पुरानी हवेली, लकड़ी पर ठुँके पीतल के कीलोंवाला फाटक–पक्के चबूतरे पर कुआँ–चरखड़ी ड्योढ़ी। तहखानों की ओर उतरती सँकरी सीढ़ियाँ—अब वहाँ की बात मत सोचो। आने से पहले राजपूताना का गजेटियर तो देखा था। रियासतें, ठिकाने, ठिकानेदार, महल–जागीरें, गोल–गोलियाँ, भील गरासिया–लहँगे, चोलियाँ, धोतियाँ–साफे, रंग–बिरंगी ओढ़नियाँ।

नए कमरे में उसने कई करवटें बदलीं। नई जगह का उनींदा। सिरोही राज के गैस्टहाउस में न घर अपना और न कमरा। भारी-भरकम, समय से पिछड़ा हुआ पलँग। किसी असली की सस्ती नकल। नीले थोथेवाली दीवारों की पुताई। खिड़कियों के काँच पर सफेदी के धब्बे। दरवाजों की लकड़ी सस्ते रंग-रोगन से बदरंग। परदे यहाँ-वहाँ से अपनी चौखट से गिरे मजबूरी में लटके हुए। बेमतलब। बेवजह।

हर चीज की वजह होनी भी क्यों जरूरी है? उसने उठकर एक बार फिर किवाड़ की चिटकनी देखी। बत्ती बन्द की। निपट अँधेरा।

नहीं।

बाथरूम के कमजोर बल्ब की मद्धम सी पीली रोशनी ने मानो आश्वस्त किया हो। सिर को छुआ। कहीं कुछ उजाले की पहुँच वहाँ भी है कि सिर्फ अँधेरा ही अँधेरा! पुराने ठिये से उखड़ना, पुराने लगावों से दूर होना और वतन को पीछे छोड़ना क्या एक ही बात है? लाहौर से दिल्ली और दिल्ली से सिरोही—

कैसे पढ़ा जाएगा इस नई लिपि को। नई रियासती वर्णमाला! क्या पहचान में आ रहा है नया लैंडस्केप। नई जलवायु! जाने किस धुँधलके में से होकर निकल रही हूँ।

उधर एम.ए. का फार्म, इधर विज्ञापन देख अप्लाई कर दिया। दोचित्ता

परायापन कि अपनों से दूर न हो जाऊँ और परायों के नजदीक न हो जाऊँ। काश स्टेशन से लौट जाती—बस कल के लिए मुल्तवी क़र दो यह ऊहापोह।

आँखें बन्द कीं। गजर की टंकार। बारह। अभी सुबह होने में बहुत देर है। एकाएक भारी-भरकम बूटों का शोर। जैसे फौज की टुकड़ियाँ गुजर रही हों। दिल-दिमाग में खलबली मच गई। बेलचापार्टी। गुजरात सराफे से निकल रही है फौज की-सी वरदी में सियासी पार्टी।

कोई डर-भय!

नहीं।

लकड़ी के बड़े फाटक के अन्दर हवेली का सुरक्षित संसार। तीन पाटोंवाला ऊँचा लकड़ी का फाटक। मजबूती दिखाती पीतल की कीलों की जड़त।

खुले बड़े सहन में पक्के चबूतरे पर कुईं। सामने ड्योढ़ी-हवेली का मुखद्वार। नीचे-ऊपर, कमरे, परकोटे, बैठकें और तहखानों की ओर उतरती सँकरी पैड़ियाँ।

खोला था उसने एक दिन वह कपाट। बासी बोसीदा गंध से सना अँधेरा। गुमसुम। ऐसे गरदीले तहखाने की खोह में मुझे दिखा था एक उल्लू। आँखों को मितली होने लगी और मैं दौड़कर ऊपर आ गई। शोर मचा दिया—तहखाने में देखा—एक उल्लू! आँखों में दो बटन-से लगे थे।

दादी माँ ने टोका—बच्ची, इसका नाम नहीं लेना। तुमने कोई और परिन्दा देखा होगा!

—नहीं, दादी माँ, नहीं। जानती हूँ, वह उल्लू था।

—दादी ने पास बुलाया—भूल जाओ, तुमने कुछ देखा भी है।

—क्यों दादी माँ?

—जिस घर, हवेली में यह अपशकुनी बैठ जाए, उसमें या तो रहनेवाले लोग नहीं रहते या इमारत गर्क हो जाती है।

हो गई। उसके पाँव तले से शहर ही खिसक गया।

उसने माथे को छूकर देखा, कहीं उल्लू की आँखें उसके माथे पर तो नहीं आ लगीं। पुरानी यादों पर किवाड़ भिड़ा दो। अब वहाँ हमारे लिए कुछ नहीं है। हम उस भूगोल, इतिहास के बाहर हो चुके हैं।

उन दृश्यों को, उन यादों को झटक दो। अपने से परे फटक दो।

सो जाओ।

दादी ऐमनाबाद वाले फार्म पर थी। खेतों की राह भागी और आधी रात रोढ़ी साहिब गुरुद्वारे पहुँची।

छोटे चचा बलराज वहीं छूट गए थे। दर्द से उनकी टाँग जुड़ी थी। फार्म पर रखी बन्दूक उनके किसी काम न आ सकी। भीड़ फार्म की ओर बढ़ रही है। खबर पा मौलू ने चचा को चबारे से उतारा। बोरी में डाल अपने कंधे पर उठा लिया। सिर को खेस से ढँक अपनी झुग्गी में डाल आया। घरवाली चूल्हे के आगे बैठी रोटी-सालन पकाती रही और मौलू भीड़ के साथ लूट-मार में शामिल रहा। रात देर गए जब भीड़ तितर-बितर हो गई तो मौलू ने चचा का बोरा-बुचका कंधे पर डाला और खेतों के बीच से होकर रोढ़ी साहिब जा पहुँचा।

दादी ने मौलू को असीसें दीं और चाचा ने कमीज की जेब से रूमाल निकाल मौलू की ओर बन्दूक का लाइसेंस बढ़ा दिया—मौलू! अपना हाथ इधर करो और भंडारघर की यह लो तालियाँ—कौल करार समझो, आज से फार्म और घर तुम्हारा हुआ। बरखुरदार किसी और के हाथ में न जाने देना।

मौलू ने दादी को पैरीपौना बुलाया और अँधेरे में ओझल हो गया।

रज़मक से नीचे उतरे चाचा धनराज ने रावलपिंडी छोड़ी हवाई जहाज से। सपरिवार बचकर आए पर उन्हें अन्दर ही अन्दर महीनों गम खाता रहा कि उनके कालीन–गलीचे जो उन्होंने थामस कुक में जमा करवाए थे, वह उन्हें न मिल सकेंगे। जो कोई भी सुनता, उन्हें घूरता रहता। जिस दोजख से बचके आए हैं—मालूम नहीं बरखुरदार को कि हालात क्या थे। जलालपुर कीकना की द्रोपदा? अपने आप ही वहाँ रुक गई कि वैरियों ने घर में डाल ली!

लालामूसा वाले बड़े मामा अपने इकलौते बेटे का धुस्सा गले से लगाए उसे कैम्पों में ढूँढ़ते। हर पहचानवाले को पूछते—क्या देखा तुमने उसे गाड़ी में चढ़ते? किसी गलत गाड़ी में जा बैठा होगा।

किसी ने बूढ़े पर तरस खाकर कहा—एक गाड़ी लालामूसा से सरकी थी। उस लाश–मेल में तो एक धड़कन न बची थी।

क्या खबर, मौका लगते कहीं बीच में उतर गया हो।

अमृतसर वाले कैम्प में पड़े रहो भाई—किसी न किसी दिन बेटा आन मिलेगा।

बाहर कहीं कुत्ते भौंकने लगे थे।

गजर बजा—एक।

उसने उठकर मुँह पर पानी के छींटे दिये, खिड़की से बाहर झाँका और सिर पैताने की ओर कर सोने की कोशिश करने लगी।

आँखों के आसपास तैरती पतली–सी नींद में अचकचाकर चौंकी। कहीं कोई आहट है क्या?

कलाई पर घड़ी देखी। सुबह होने को है। सामने की खिड़की में जा

खड़ी हुई। बाहर देखा। डूँगर के पीछे से हलके उजाले की लौ। दिन उघड़ रहा है, जैसे कोई पुरानी परिपाटी नई अँगड़ाई ले रही हो। अम्बर की निलाई और भूरी धरती की लुनाई अपनी-अपनी दिशा से एक-दूसरे की मन-मनौती कर रहे हैं। जो कुछ भी दीख रहा है प्राचीन है, शायद प्राचीनतम! यह धरती, वह सूरज और वह टेकरी। सूरज के उगते ही डूँगरों पर लहराने लगी धूप की उजली ओढ़नियाँ। दुबली-पतली पगडंडियों के ओर-छोर घिरने लगे, पेड़ों के झुंड चमकने लगे सूरज भगवान के प्रकाश से।

तुलना!

नहीं! तुलना क्यों करें।

भरपूर फसलोंवाले खेत। सदा-सदा हरियाती धरती। न कमी पानी की, न धूप की, न छाँह की। बस अब वह हमारा वतन नहीं। मत देखो उधर। रह-रहकर वहाँ की बात मत सोचो। अब इस मोड़ से पीछे नहीं, आगे देखने का समय है।

समय।

इस समय में खो गया है वह भूखंड, जिससे जुड़ा हमारा वजूद था। हमारी संज्ञा थी। उसे सियासत का भूचाल निगल गया है। जो ऊपर था वह नीचे आ गया है। जो नीचे था, उधर पछाड़ दिया गया है। अब हम सब उस सीमान्त के बाहर हैं, और वह सीमान्त हमारे बाहर है। उस अनहोनी को अपने चित्तपट से मिटा दो। जाती सरकार ने सजा दी हमें और आती सरकार ने हमीं से क़र वसूली की।

हिन्दुस्तान जिन्दाबाद!

पाकिस्तान पायंदाबाद।

यह आवाजें गुम क्यों नहीं होतीं। शीशा पिघलता रहता है कानों में।

आगे की ओर देखो। छोड़ दो उस सपने का पीछा जो पराए मुल्क में ओझल हो गया है।

दरवाजे पर किसी ने हाथ की थाप दी। उसने सतर्क हो ऐसे कदम भरे ज्यों भीड़ बाहर खड़ी हो!

—कौन!

—हुकुम मैं हूँ देवला। चाय पूछने आया हूँ।

ढीले से पग्गड़ में बारह-चौदह बरस का लड़का।

—चाय ला रहे हो तो ले आओ!

—हुकुम, प्याले में कड़क लाऊँ कि—

—नहीं-नहीं। चाय दूध, चीनी सब अलग।

—केतली में न?

—हाँ ले आओ।

उसने सिर हिला दिया—अच्छा बाई जी।

वह चाय के इन्तजार में कई देर बरामदे में टहलती रही।

देवला को आते न देख, अन्दर गई। शाल ओढ़ा और दरवाजा भिड़ा बाहर घूमने लगी। सामने देखा, हाथ में दूध का बर्तन लिये देवला चला आ रहा है।

—अभी तो दूध ही लाए हो, चाय कब तक मिलेगी?

वह हँस दिया।

—अभी रसोड़े में चूल्हा जला है, हुकुम।

अटपटा लगा।

—चाय जब तैयार नहीं थी तो इतनी जल्दी पूछने क्यों आ गए देवला ?

सुमेर सिंह फूफा ने कहा था—पूछकर आ जाओ।

—सुमेर सिंह कौन हैं ?

—रसोड़ा इंचार्ज।

उसने मन ही मन दर्ज किया। दिन की शुरुआत ही गलत, आगे-आगे देखो होता है क्या।

वह घूमने के लिए चौड़ी सड़क की ओर निकल गई।

चिड़ियाँ चहचहाने लगी थीं। मन्दिरों में घंटे-घड़ियाल बजने लगे थे। शहर की शोरीली लय धीमे-धीमे शहर की हवा में थिरकने लगी थी। सामने खुले विस्तार में खड़ी इमारत। कॉल्विन हाईस्कूल। कॉल्विन शायद कमिश्नर या रेजिडेंट रहे होंगे।

सड़क पर सलीके की धीमी रफ्तार में एक स्टूडीबेकर निकल गई। कार पर पताका थी। शायद राज-परिवार में से कोई।

कार के पहियों ने उसमें स्फूर्ति का संचार किया। गतिशील होना ही गतिवान होता है।

और तुम।

यहाँ पहुँचकर भी—उलटी दिशा की ओर देख रही हो।

जाने लगातार अनमनी क्यों हूँ।

चाय की इन्तजार में साढ़े आठ हो चुके थे। पुरानी रियासती घड़ियाँ क्या इतना पीछे चला करती होंगी।

ठीक नौ बजे चाय की ट्रे के साथ देवला नमूदार हुआ। ट्रे मेज पर रखी और पूछा—नाश्ता कितने बजे ?

उसने दिलचस्पी से देखा।

—नाश्ते में क्या मिल सकता है?

—दही पराँठा। आमलेट पराँठा।

—और

—चाय पराँठा।

—ठीक, दही पराँठा।

—कितने पराँठे लाऊँ।

—सिर्फ एक।

सूटकेस में से कपड़े निकाले तो दोचित्ती सी हो उठी। यहाँ क्या रास आएगा, नहीं मालूम। शायद अपने को बहुत परेशान कर रही हूँ। क्या फैसला करने की इच्छा कमजोर पड़ गई है या स्थितियों को पढ़नेवाली दूरअन्देशी। हमारे हाथ में अब कुछ नहीं। पर तुम खुद तो हो अपने आप में। विज्ञापन तुमने अखबार में पढ़ा। देसाई अंकल से यहाँ के नए हालात जाने। उनके सुझाव पर सेक्रेटेरियट लायब्रेरी से गैजेटियर देखे। अब यहाँ रुकने और न रुकने को लेकर मन में दुविधा कैसी! यह अनमनापन क्यों? सूटकेस में से देसाई अंकल द्वारा दिया गया छोटा सा पैकेट निकाला। उस खत की कापी पर्स में रखी जो देसाई अंकल पहले ही दीवान साहिब को लिख चुके थे।

बाहर हार्न की आवाज थी। कहीं मेरे लिए तो नहीं!

ड्राइवर ने लिफाफा आगे किया—आपको लेने आया हूँ—दीवान साहिब नाश्ते पर आपका इन्तजार करेंगे!

हल्का महसूस किया यह सोचकर कि वह तैयार हो चुकी थी।

उसने जीप में बैठे पहली बार खुली आँखों शहर को देखा। अपने को चेतावनी दी—हर शहर में लाहौर या दिल्ली ढूँढ़ना कहाँ की समझदारी है!

ऊँचाई पर बने किले और महलों की ढलान से जीप घनीली बस्ती की ओर मुड़ी।

बाजार किसी भी बाजार की तरह। गद्दियों पर साफे और गांधी टोपियाँ। टिमकों की तरह चलती–फिरती घाघरा, चोली और ओढ़नियाँ। दिल्ली के अखबारों में उस विवाद की भी खबर छपती रही थी कि सिरोही राजस्थान में जाएगा कि गुजरात में। अम्बाजी मन्दिर इसी राज में पड़ते हैं। भक्तों के दबाव पर सरदार पटेल का आग्रह शायद कुछ रंग लाएगा।

नए-पुराने सिरोही राज की मान-मर्यादा को सिर के साफे पर उठाए दीवान साहिब का दर्शनी पट्टेदार सीढ़ियों पर मुस्तैदी से खड़ा है। कमर में कसी लाल सुनहरी पेटी, ढाल और तलवार वाले योद्धा की याद दिलाये। इस ऐतिहासिक हस्ती को भला कौन अनदेखा कर सकेगा। दीवान साहिब की शक्तिवान मोहर उसके माथे पर लगी है।

अनुभव की खुली-छिपी निगाह से बाई की ओर देखा—तनिक सा सिर झुकाया और हाथ फैलाकर संकेत दिया—पधारें। दीवान साहिब बैठक में विराजते हैं।

सहन पार कर देखा, अन्दर फर्श पर सफ़ेद झक्क जाजम। दीवार के सहारे गद्दी और तकिया और उस साज-सज्जा और व्यवस्था को पितृत्व का मुखड़ा प्रदान करता ठाकुर साहिब का सयाना समझदार चेहरा। राजपूती छवि के ठीक विपरीत। चौकी पर रखे कलमदान में चुस्ती से अटकी दीवान साहिब की कानूनी कलम संयमित खामोशी से प्रजा की मनमानियों को चुनौती देती हुई। सब्र और धीरज बनाए रखो। कभी न कभी तो गुहार पड़ ही जाएगी।

—गुड मार्निंग सर!

—आओ बेटी।

ठाकुर साहिब ने उठकर अभिवादन लिया और सहज, सीधे स्वर में

कहा—उधर ही चलते हैं। नाश्ता वहीं लग रहा है।

दहलीज लाँघकर खाने का कमरा। बीचोबीच बिछी एक दूसरे से जुड़ी दो चौकोर चौकियाँ। और, चारों ओर पड़ीं गद्दियाँ।

उत्तर की ओर है दीवान साहिब का स्थान। ठीक सामने पड़ी है फल की ट्रे।

उसने दीवान साहिब के पूर्व में पड़ी एक गद्दी छोड़ दी। दूसरी पर बैठने को थी कि दीवान साहिब ने कहा—इधर बैठो, बेटी मेरे पास। रास्ते में कोई दिक्कत तो नहीं हुई?

—जी नहीं। आराम से पहुँच गई।

—सीट रिजर्व करवा ली थी न!

—जी।

उसने पर्स में से देसाई अंकल का पैकेट निकाल दीवान साहिब की ओर बढ़ा दिया।

—देसाई और मैं अहमदाबाद से मित्र हैं। एक ही स्कूल में पढ़े। कॉलेज में अलग हुए, पर एक दूसरे से मिलते रहे। वे दिल्ली पहुँच गए और मैं कानून पूरा कर इधर आ गया।

लहँगे-ओढ़नी में ढकी-सिमटी बाई ने नाश्ता चौकी पर रख दिया। गर्म-गर्म हलवा और पूरी-आलू।

दीवान साहिब ने पूछा—देसाई और आपके पिताजी एक दूसरे से परिचित हैं?

—जी।

—बेटी, तुम्हें यहाँ कोई दिक्कत होनेवाली नहीं। अगर इस शहर में दिल अटक जाए तो फिर कोई चिन्ता नहीं। छोटा समाज है। पुरानी तर्ज का। इसका ध्यान रख लिया जाए तो कोई मुश्किल नहीं। वक्त

मजे में कट जाएगा। लोग भले हैं। हाँ, एक दूसरे पर नजर जरूर रखे रहते हैं।

लगा दीवान साहिब उसका इंटरव्यू लेनेवाले हैं।

चम्मच-भर मीठी चटनी उसकी प्लेट की ओर आई—इसे चखो, अच्छी है।

वह कुछ चौकस हुई।

—एक बार देसाई दिल्ली से अहमदाबाद जाते रास्ते में मुझे मिलने रेल से उतर गए और बिना सूचना के यहाँ पहुँच गए। बोले—ठाकुर, तुम्हारी दाद देता हूँ। तुम बहुत पुरानी दुनिया में जमे हो।

—जानता हूँ, तुम्हारी दिल्ली की खूबियाँ। पुराना भरपूर अंग्रेजी राज और दिल्ली वैसी की वैसी ही होगी। क्या गलत कह रहा हूँ?

हम दोनों अपने-अपने ढंग से एक दूसरे पर हँसते रहे।

जान गई दीवान साहिब की पुरानी आँखें कुछ अतिरिक्त देख-पढ़ रही हैं।

मुँह का कौर खत्म कर कहा—कल स्टेशन से आते हुए मैं भी कुछ ऐसा ही सोच रही थी कि इतनी दूर क्यों चली आई।

—कठिन समय में तुमने कुछ करने की सोची, यह जानकर मुझे तो अच्छा लगा है। देखो बेटी, जल्दी में कुछ भी फैसला करने की जरूरत नहीं। समझ रहा हूँ, अगर तुम यहाँ रह सको तो हमें खुशी होगी और अगर तुम लौटने का मन बना लो तो, हम तुम्हारे आने को 'इंटरव्यू' में डाल देंगे। तुम्हें आने-जाने का किराया दे दिया जाएगा।

—धन्यवाद, मैं कृतज्ञ हूँ। पर दीवान साहिब यह ठीक तो न होगा।

—नहीं, ऐसा न सोचना। हमारी ओर से कुछ विशेष नहीं किया जा रहा। यहाँ की किसी कंडीशन को तुम भी नापसन्द कर सकती हो।

हम कह लेंगे, हमें प्रत्याशी नहीं जँचा।

उसने चिन्तित होकर कहा—सर कुछ भी कहें पर यह नहीं। मेरा यह पहला इंटरव्यू है।

—समझता हूँ।

—आप लोग पाकिस्तान के कौन से शहर के हैं?

—गुजरात।

ठाकुर साहिब हँसे।

—संयोग, मैं भी गुजरात से हूँ। पर इस ओर के गुजरात से। हमारे पूर्वज भी उधर से इधर आए थे। सीतलाबाद। गुजरात के आसपास ही कहीं रहा होगा।

—जी, गुजरात जम्मू-कश्मीर की तलहटी में है। कश्मीर जाने का पुराना पैदल रास्ता वहीं से होकर जाता था। मुगल बादशाहों के खेमे जिस मैदान में लगते थे वहाँ का नाम शाह जहाँगीर का मैदान पड़ गया था।

—दिलचस्प हैं हमारी किंवदंतियाँ और ऐतिहासिक कहानियाँ। टाड का 'राजस्थान' पढ़ा है न।

—जी नहीं, आने से पहले सिर्फ यहाँ का गैजेटियर देखा। देसाई अंकल ने ताकीद की थी।

—हूँ! बेटी, जब लाहौर से तुम आई तो किस कॉलेज में पढ़ रही थीं। क्या कनेड कॉलेज में?

—जी नहीं। मुझे वहाँ एडमिशन नहीं मिला था। मैं उतनी अच्छी छात्रा भी नहीं थी। सो फतेहचंद कॉलेज में गई।

—होस्टल कैसा था?

—अच्छा।

—और मौंटसरी प्रशिक्षण—उसमें तुम्हारा फर्स्ट क्लास है। कोर्स क्या दिल्ली से किया?

—जी।

—क्या इसमें रुचि रही?

—कैम्प में काम करते बच्चों को पढ़ाने पर लगा दिया गया। जो संस्थान शरणार्थियों के लिए ऐसे स्कूल चला रहे थे, उन्होंने कुछ लोगों को प्रशिक्षित किया। उन्हीं से प्रेरणा मिली।

—तुम्हारी योग्यता को ध्यान में रखकर ही तुम्हें यहाँ बुलाया गया है। देसाई बीच में कहीं नहीं आते। उनकी सिफारिश से तुम्हें नहीं बुलाया गया। हाँ, शिशुशाला के लिए अपरेटस कहाँ से मिलेगा—यह तो जानती हो न। एक ही फर्म है बम्बई में—तलाक्षी एंड कम्पनी।

—थैंक्यू सर। काम करूँगी तो आपको शिकायत का मौका नहीं दूँगी।

—तुम्हारी प्रिंसिपल का टैस्टीमोनियल दिलचस्प लगा था।

—जी, वे स्वयं बहुत अच्छी कवयित्री हैं और जो छुट-पुट मैं लिखने की कोशिश करती उसको वे सराहना से देखती थीं। मुझे उत्साहित करती थीं।

—तुमने कुछ प्रकाशित किया?

—जी एक कहानी, 'सिक्का बदल गया'। 'प्रतीक' में प्रकाशित हुई।

—'प्रतीक' कैसी पत्रिका है।

—गम्भीर रूप से साहित्यिक। उसके सम्पादक हिन्दी के बड़े कवि और उपन्यासकार अज्ञेय हैं।

सामने के कमरे में पहरेदार ने लाल बस्ता रखा और दूर से एक नजर

चौकी पर डाल बाहर हो गया। उसने दीवार घड़ी की ओर देखा। फिर अपनी कलाई पर—

दीवान साहिब बोले—अभी बैठो, जुत्शी साहिब आते ही होंगे।

मुँह में सौंफ इलायची रखी कि पहरेदार ने अन्दर झाँककर कहा—हुकुम डाइरेक्टर साहिब।

दीवान साहिब और वह बैठक में दाखिल हुए। दीवान साहिब ने खड़े-खड़े ही कहा—इन्हें जो दिखाना चाहिए, दिखाइए। मेरे मित्र के मित्र की बेटी हैं। इतना ध्यान रखें कि इन्हें सिरोही पसन्द आए और हमारी शिशुशाला ठीक से चल निकले।

—हुकुम।

—बेटी, कुछ उलझन हो, जुत्शी जी उसे हल करेंगे।

—जी।

—अच्छा—

नमस्कार!

कमरे के बाहर सहन में लोग इन्तजार में खड़े थे और पहरेदार उनके कागज समेट रहे थे।

सीढ़ियों से नीचे उतरते जुत्शी साहिब ने पूछा—दीवान साहिब ने आपको बुलाया कि आप उनसे मिलने खुद चली आईं।

वह पहले खामोश रही। फिर कहा—सुबह दीवान साहिब ने गाड़ी भेज दी थी।

कुछ और पैड़ियाँ उतरते हुए—क्या आप सिन्धी हैं?

उसने तुनककर कहा—भला यह क्यों पूछ रहे हैं, जुत्शी साहिब?

—इसलिए कि यहाँ सिन्धी शरणार्थी भरे पड़े हैं। हाँ, आप शरणार्थी होने का फार्म भर देंगी तो राशन मुफ्त मिल जाएगा। ओढ़ने को कम्बल, रजाइयाँ भी।

लम्बी चुप्प।

उसने विषय बदलने के अन्दाज में कहा—जुत्शी साहिब, आप यहाँ कब से हैं।

—मेरे पिताजी श्रीनगर से उदयपुर गए थे। फिर वहाँ से इधर आ गए और हम यहीं के हो गए।

मन ही मन सोचा, कहाँ श्रीनगर और कहाँ सिरोही। पर तुलना भी क्यों करें।

लाहौर की खामोश तमन्नाएँ रावी को निहारने लगीं।

जीप के साथ-साथ नया-पुराना वक्त एक बार फिर गुत्थमगुत्था हो गया। वह गुंजान मौसम और अनजान नगर सिरोही की यह अनमनी सी शरणार्थी दुपहर!

गला रुँध गया। क्या कर रही हूँ! ऐसा क्यों महसूस कर रही हूँ। कहीं ऐसा तो नहीं कि भंग हुए ख्वाब उससे कहीं ज्यादा सुहावने लगते हैं जितने वह हकीकत में होते हैं।

इस भरम की जरूरत नहीं है। वह मौसम, वे गुलाबी ऋतु, मास ओझल हो चुके हैं। फिर कभी लौटकर न आने को।

नहीं आएँगे अब वह कभी भी।

विभाजन—एक शब्द।

शरणार्थी—एक विशेषण। लुटा-पुटा गरीब। कैम्पों में रहनेवाला। विस्थापितों को राशन मुफ्त मिल सकता है। फार्म भरा होना चाहिए तो

कम्बल के भी हकदार हो सकते हैं! वह क्यों इस पर सोच रही है? इसका न बुरा मनाया जा सकता है, न सराहा जा सकता है। यह तो एक स्थिति है। अपनी जड़ों से उखड़ने की। नई जगहों पर जमने की।

भागती जीप में से न नया पहचाना जा सकता है, न पुराना भुलाया जा सकता है। महल और किला, जो दीवानजी के यहाँ जाते दीख गए थे, वह अनजाने में ही ओझल हो गए हैं। पीछे छूट गए हैं।

सामने मोड़ की पुरानी खस्ता दीवार पर पीली सफेदी की सतह पर कत्थई अक्षरों में बड़ा-बड़ा लिखा हुआ है—

—विद्युत और पवन के समान हम अपने गन्तव्य की ओर बढ़ें।

मंजिल की ओर बढ़ने के लिए क्या कोई सुरक्षित पड़ाव है?

जो कुछ भी इस हल्ले में से बच गया है उसे नष्ट होने से क्यों न बचाया जाए! जो-जो उस खून-खराबे से बच निकले हैं, वे क्यों न दूसरों के लिए अपने को सँभालें।

उस विज्ञापन को लेकर क्यों पछता रही हो जिसके लिए तुमने खुद अर्जी लिखी थी। टाइप करवाई थी और फिर ईस्टर्न कोर्ट डाकखाने से रजिस्टर्ड पोस्ट की थी। यहाँ पहुँच अब तुम उस इरादे से मुकर रही हो। पहाड़ों में दुबकी यह नगरी तुम्हें छोटी लग रही है। इस ठंडी निराशा और उदासी से अपने को उबारो। स्थितियों से लड़ने के लिए यह कुछ नहीं जुटाती, सिवाय आत्मकरुणा के, और आत्मकरुणा वह दलदल है जिसमें धँसकर कोई नहीं उबर सकता।

वह सतर्क होकर जुत्शी साहिब की ओर मुड़ी।

—आपने कुछ कहा?

—यही कि दीवान साहिब आपमें रुचि ले रहे हैं। सो अपना निर्णय करने में देर न करें। आप ज्यादा मीन-मेख निकालने लगीं तो यह

आपके विपरीत भी जा सकता है। आखिर इतनी दूर से आईं हैं तो नौकरी ही की खातिर। मुझे आपके हालात नहीं मालूम—जरूर कोई मजबूरी रही होगी—

उसने बीच में ही टोककर कहा—धन्यवाद जुत्शी साहिब। मैं आपकी बात पर गम्भीरता से सोचूँगी।

जुत्शी साहिब पल-भर को खामोश हुए, फिर जोश से कहा—

—उधर देखिए, वह सामनेवाली इमारत। वही है जीतकुँवर बा शिशुशाला। दाईं ओर ऑफिस और स्टाफरूम है। महारानी साहिबा अहमदाबाद के श्रेयस की तरह का स्कूल चाहती हैं। आगे एक डिपार्टमेंटल स्टोर है। लगभग सभी कुछ मिल जाता है। इसके बनने की भी एक दिलचस्प कहानी है। महाराज स्वरूपसिंह अपने जागीरदार ठिकानेदार मुसाहबों को बता रहे थे कि राजपूत और व्यापारी में क्या फर्क है। महाराजा ठहरे, नगरसेठ को उसके बेटे के साथ बुला लिया।

बापू-बेटा दोनों हाथ बाँधे खड़े रहे।

—हुकुम।

बिना किसी भूमिका के बेटे को महाराज ने हुक्म दिया—बाप का साफा उतारने का। ऐसा कर सकोगे तो एक लाख तुम्हारा—

बाप ने बेटे को समझाकर कहा—बेटा तुम्हें जैसा कहा जा रहा है वैसा ही करो। महाराज का हुक्म कैसे टाला जा सकता है!

बेटे ने वैसा ही किया।

महाराज आज्ञापालन पर खुश हुए।

—धनराशि कल सुबह घर पर पहुँच जाएगी।

दोनों ने हाथ जोड़ खम्मा बुलाई और घर की ओर मुँह किया।

महाराज अब तक इस प्रसंग से आश्वस्त हो चुके थे। दरबारियों से

कहा—जो आपको दिखाना था वह आपकी आँखों के आगे घट चुका। बनिया बनिया है और राजपूत राजपूत है। उसके हाथ में पैसा आ रहा हो, वह उसे किसी कीमत पर छोड़ नहीं सकता। राजपूत का जा रहा हो, वह उसके जाने पर मलाल नहीं करता।

मुसाहब हँसने लगे।

महाराजा साहिब ने एक तपती नजर डाली।

—नाटक एक बात है। धन्धा दूसरी बात है। हम भी उधार नगरसेठ से ही माँगते हैं।

उसे हँसी नहीं आई।

दिल की सलवटों में खटास और कड़ुवाहट सरसराने लगी। क्या एक दूसरे पर कटाक्ष कसना जरूरी है! एक दूसरे पर ऐसी चोटें करना जरूरी है! ऐसी सोच तो एक दूसरे का अपमान है।

—हाँ, यह राज का यूरोपियन गेस्ट हाऊस है।

वह हँसी।

—आजादी के बाद यह नाम कुछ अटपटा लगता है। देसी गेस्ट हाऊस के मुकाबले जरूर बेहतर होगा, पर इसे नया नाम दिया जा सकता है।

—क्या दिल्ली में भी ऐसा कुछ किया जा रहा है।

—जी, किंग्सवे और क्वीन्सवे को राजपथ और जनपथ में बदल दिया गया है।

—हाँ, एक सुझाव है, आप चाहें तो दीवान साहिब से कहकर यूरोपियन गेस्ट हाऊस में कमरा माँग सकती हैं। दीवान साहिब मना नहीं करेंगे।

वह मन ही मन हैरान हुई—इस प्रस्ताव का भी भला क्या तात्पर्य हो सकता होगा!

कुछ न कहना ही ठीक समझा।

—इन दिनों यूरोपियन गेस्ट हाऊस में तो दिल्लीवालों की ही भीड़ जमा रहती है। पटेल साहिब का मंत्रालय खूब सक्रिय है।

—आजादी के बाद क्या यहाँ की स्थानीय राजनीति में कुछ फेर-बदल हो रहा है? प्रजामंडल ने जोर पकड़ा है। प्रजामंडल की सिफारिश पर पापुलर मिनिस्टर नियुक्त किए जा रहे हैं। लोकप्रिय मंत्री लोगों की शिकायतें दूर करेंगे। दिल्ली से चली है यह हवा।

—आपका ऑफिस कहाँ है जुत्शी साहिब।

—कॉल्विन की बिल्डिंग में। उसी में बैठता हूँ। मेरा दोहरा चार्ज है। सुपरिंटेंडेंट ऐजूकेशन और कॉल्विन की प्रिंसिपलशिप। इस बार हमारे रिजल्ट अच्छे रहे हैं। जनता खुश है और महारानी साहिबा भी।

कॉल्विन के लम्बे बरामदों के सामने जीप जा रुकी। कमरे के सामने बेंच पर टाँग पर टाँग रखे बड़े पग्गड़ ने उठकर अभिवादन किया—खम्मा सरकार।

—पधारिए!

—चाय लेंगी?

उसने सहमति दी।

जुत्शी साहिब ने क्राकरीवाली अल्मारी की ताली चपरासी की ओर बढ़ाई।

—नया टी सेट निकालो और मिस साहिबा के लिए अच्छी-सी चाय बनाकर लाओ।

जितने जुत्शी साहिब कुछ जरूरी कागज और फाइलें निकालें, वह मन ही मन देवला वाली रफ्तार से चाय तैयार होने का अन्दाजा लगाने लगी।

पहले सेट अल्मारी से निकलेगा। धुलेगा, पुँछेगा। चाय का पानी खौलेगा। दूध गर्म होगा—ट्रे लगेगी और तब इस कमरे में पहुँचेगी।

जुत्शी साहिब की ओर देखा। वह फाइलें पढ़ने में मसरूफ थे। उनके पतले दुबले कश्मीरी चेहरे पर नुकीली नाक उनके शिक्षा जतनों के प्रति आश्वस्त ही करती थी।

फाइलों का ढेर मेज से फर्श पर जा पहुँचा। कलम कलमदान में और कुर्सी के पीछे से तावल उठा, उन्होंने चेहरा पोंछा और कलाई की घड़ी देखी।

हँसकर कहा—इन्तजार का फल मीठा। आपकी चाय रसोड़े से चल चुकी है।

सामने दरवाजे पर देखा। सजी-सजाई कश्मीरी टी-कोजी से ढँकी चाय की ट्रे मेज पर विराजमान हो गई।

कश्मीरी कढ़ाई की टी-कोजी इस दूर-दराज शहर में मन-आँखों को कुछ ऐसी भाई ज्यों किसी पुराने परिचित को देख लिया हो।

माहौल से कुछ निकटता महसूस की। सोचा, अपनी चिन्ताओं को लगभग रुखाई से जुत्शी साहिब की ओर सरका रही हूँ।

—एक-दो साल में कश्मीर तो जाना होता होगा! मेरी दादी माँ का मायका भी श्रीनगर कश्मीर में जमा है। उनके भतीजों के नाम हमें दिलचस्प लगते हैं। शक्ल-सूरत से कश्मीरी और नाम—

जंग बहादुर।

टेक बहादुर।

तेज बहादुर।

जुत्शी साहिब हँसे—

आप उन्हें याद कर रहे हैं कि उनकी बहादुरी को। जुत्शी साहिब की

हँसी में कुछ ऐसा था जो उसे भाया नहीं।

—समझ लीजिए दोनों को।

सिरोही और श्रीनगर की सरगर्मियों में आप कितना फर्क करते हैं।

—फर्क है और नहीं भी। वहाँ शेख साहिब का दबाव है और यहाँ गोकुल भाई भट्ट का। यह बताइए कि दिल्ली किस कतर-ब्योंत पर लगी है। नेहरू और पटेल भी एक-दूसरे से राजनीति करने से बाज नहीं आते। अपनी-अपनी बात पर अड़े रहते हैं।

—यहाँ कुछ नई विकास योजनाएँ? शिक्षा के क्षेत्र में—

—कैसे बताया जाए आपको। नई योजनाएँ कैसे चलेंगी। यहाँ का राजपूत इसलिए नहीं पढ़ता क्योंकि उसे रजपूती लगी हुई है। बनिया इसलिए नहीं पढ़ता कि उसे दुकान लगी हुई है, और गरीब भील-गरासिया इसलिए नहीं पढ़ता कि उसे गरीबी लगी हुई है।

—प्रजामंडल और राजपरिवार में एक दूसरे के लिए कोई सहानुभूति?

जुत्शी साहिब हँसने लगे।

—यह दोनों ही गुजराती प्रभावों में हैं। देखिए यहाँ क्या होता रहा है, राज परिवार शादी-ब्याह के सिलसिले में गुजरात की ओर बढ़ता रहा है। उधर अम्बाजी का मन्दिर सिरोही के इलाके में स्थित है। गुजरात की आवाजाही वहाँ खूब रही है। राजमाता साहिबा कच्छ, भुज्ज की बेटी हैं। वही रीजैन्सी काउंसिल की अध्यक्ष हैं। चैम्बर ऑफ प्रिंसेज के प्रधान जाम साहिब, नावानगर सिरोही के ही दामाद साहिब हैं। गुलाब कुँवर बाई साहिबा नावानगर की महारानी हैं! दिल्लीवालों में उनका खासा रसूख है। सरदार पटेल से तो आप भी मिली होंगी।

वह बेसाख्ता हँसने लगी।

जुत्शी साहिब भौचक्क से देखने लगे।

—ऐसा क्या कह दिया मिस कि आप हँसने लगीं। बताइए, बताइए।

—जुत्शी साहिब, भारत सरकार के अलावा दिल्ली भी हम जैसे साधारण लोगों से ठसाठस भरी हुई है। इन दिनों तो पहले से कहीं ज्यादा। जिधर देखो उधर शरणार्थी ही शरणार्थी नज़र आते हैं। नेताओं के चित्र तो हम भी हर सुबह अखबारों में देखते हैं।

—सही कह रही हैं। अब तो राज इन्हीं का होगा। राजा-महाराजा जागीरदार-ठिकानेदार तो सरकार के हत्थे चढ़ चुके हैं।

चाय का प्याला हाथ में लिया ही था कि जुत्शी साहिब ने भेदक निगाह से देखा और पूछा—तो क्या फैसला किया आपने?

उसने भोलेपन से कहा—आप किस ओर संकेत कर रहे हैं?

जुत्शी साहिब की आवाज पहले से कहीं कड़ी और सख्त होकर उस तक पहुँची—मैं पूछ रहा हूँ आपके यहाँ ज्वाइन करने के बारे में।

उसने विनम्रतापूर्वक कहा—माफ कीजिए, मैं कल तक का और वक्त लूँगी!

—देखिए, अपने तजुरबे से कह सकता हूँ कि इतनी दलीलों में न पड़िए। आपको बता दूँ कि चयन की अन्तिम सूची में दीवान साहिब का प्रत्याशी नम्बर दो पर है। वह अहमदाबाद के 'श्रेयस' जैसे किसी संस्थान में पढ़ाता रहा है।

उसने आवाज को धीमा और लचकीला बनाकर कहा—मैं कृतज्ञ हूँ कि आप मुझे यह बता रहे हैं।

अब तक जुत्शी साहिब की आँखों में कुछ तपिश-सी भर आई थी।

--जानती हैं आप कि आपके यहाँ आने की किसी को उम्मीद नहीं थी। नम्बर दो का इंटरव्यू तक ले लिया गया है।

जवाब में वह अनमनी-सी खिड़की के बाहर देखने लगी।

सुना, जुत्शी साहिब हल्की-फुल्की आवाज में कुछ कह रहे हैं।

—आपको केसरविलास भी ले जाना होगा। राजमाता साहिबा को मिलने के लिए। आपको वहाँ साढ़े चार बजे हाजिर होना होगा। आपके पास ट्रांसपोर्ट चार बजे पहुँच जाएगा। यहाँ से इकट्ठे निकल चलेंगे।

—जी।

जुत्शी साहिब जीप तक छोड़ने आए।

—खाने के बाद आराम कर लें। आप सफर में थक गई हैं, नहीं तो यहाँ पहुँचते ही एरिनपुरा वाली बस का वक्त क्यों पूछतीं।

उसने जवाब में कुछ नहीं कहा और जीप की ओर बढ़ गई।

वापस कमरे में आई तो पीछे-पीछे थाली आन पहुँची।

देवला।

उबले चावल के साथ तैरती मिरचाली छौंक-मूँग की धुली दाल में, खट्टा कद्दू और पापड़।

दो-चार चम्मच ही निगले थे कि आँखों से पानी रिसने लगा।

गिलास से डीक लगा ली और थाली परे सरका दी।

बाहर बरामदे में बैठे देवला को आवाज दी।

—देवला भाई, इधर आओ। बर्तन उठा लो।

देवला भरी थाली देख चिन्तित हो उठा।

—बाई जी, क्या मिरची लगी! महाराज ने तो कम ही डाली थी। पराँठा बनवाकर लाऊँ हुकुम!

—नहीं। मुझे भूख नहीं। सुबह पूरी खाई थी।

देवला के बाहर जाते ही उसने दरवाजा अटका दिया। सामने खिड़की से आती धूप पर परदा फैलाकर जाली में खोंसा। ढिलकते परदों का यह लापरवाह रख-रखाव उसमें खीझ पैदा करता है।

उसने सूटकेस खोल शाम के लिए नया जोड़ा निकाला और पलँग की टेवन पर रख दिया।

सोने की कोशिश में आँखों के आगे जाने क्या-क्या तैरने लगा!

दीवान साहिब जो कह रहे हैं उस पर विश्वास न करने का कोई कारण नहीं। जो प्रिंसिपल साहिब कह रहे हैं उस पर अविश्वास करने की भी कोई वजह नहीं। नम्बर दो प्रार्थी को पीछे करने का दारोमदार मुझ पर कैसे। मुझे बुलाया गया है, उस पर मैं उपस्थित हुई हूँ। क्या परोक्ष और क्या प्रत्यक्ष है, उसे वही जानें। हाँ तुम किस उधेड़बुन में हो? ऐसा कुछ देखो जिससे तुम्हें अगला मोड़ साक्षात नजर आए।

थोड़ी देर सो लो।

आँखें मूँदते ही पीठ गाड़ी की सीट पर जा लगी। कानों में एक लम्बी चीख! अचकचाकर खिड़की से बाहर देखा। एरिनपुरा स्टेशन! यह क्या, प्लेटफार्म पर पानी की बड़ी-सी टंकी औंधी पड़ी है, और उसके आसपास बिखरी पड़ी हैं खाली छागलें।

उसका हलक सूख रहा है। कहीं पानी मिलेगा!

गाड़ी उलटी चलने लगी है। यह क्या?

पानी की दूधारू धार। वह ओक से जी भर-भर पानी पीती है। मुँह-सिर को गीला करती है। गले पर छींटे देती है। भला कौन-सा स्टेशन है। ऐमनाबाद। वह अब शीशम के झुंड के बीचोबीच अपने फार्म की तरफ चल रही है। दूर से पम्प की आवाज आ रही है। फफ्फ-फफ्फ-फफ्फ।

फिर वह मादक गंध, जो सिर्फ पके हुए खेतों से आती है।

वह फिर लपककर गाड़ी में आ बैठी है। इंजन आगे है मगर गाड़ी पीछे चल रही है। इंजन उसे पीछे धकेल रहा है।

उसने घबराकर आँखें खोल दीं।

दिल्ली स्टेशन का रिफ्रेशमेंट रूम। पिताजी के साथ चाय ली और

नीचे उतर आए। ओवरब्रिज। छोटी लाइन पर लगी गाड़ी। सामान अन्दर लग गया है। वह खिड़की में से पिताजी को सुन रही है।

—तुम्हारी जिद्द नहीं है—यह मानता हूँ, पर मुझे लगता है तुम वहाँ रह नहीं पाओगी? रियासती ताना-बाना कुछ और ही होता है। क्योंकि यह तुम्हें मिलनेवाला पहला काम है, इसलिए जाने में शायद कोई हर्ज नहीं। एक अनुभव के रूप में ही तुम इसे लोगी।

पिताजी ने एक बन्द लिफाफा आगे किया।

—लौटने में तुम्हें कोई परेशानी और संकोच नहीं होना चाहिए! यह सिर्फ इसलिए!

—धन्यवाद पिताजी। वह हँसी—मैं इसे तब तक नहीं खोलूँगी जब तक सचमुच में जरूरी न हो।

पिताजी ने सिर हिलाया—

—जानता हूँ। एक बात जरूर याद रखना कि तुमने एम.ए. का फार्म भी भर रखा है।

—जी।

—रास्ते में ध्यान से—

गाड़ी प्लेटफार्म से सरकने लगी और पिताजी खिड़की के फ्रेम से दूर होते चले गए।

गाड़ी मीटरगेज की पटरियों पर पहुँच गई है। मद्धम रोशनियोंवाली साधारण मँझोली बस्तियाँ।

पहुँच रही है गाड़ी सराय रोहिल्ला।

छोटा-सा घुन्ना स्टेशन। शकूर बस्ती की छाँह में अपने को बनाए हुए।

बाहर देखा। बड़े स्टेशन की रौनक गायब। प्लेटफार्म पर अधमैली

भीड़। एक दूसरे को धकियाती, शोर मचाती। बुरके उठाए औरतें। पुराने टीन के बक्सों में अपने छोड़े हुए गाँव-कस्बे उठाए शरणार्थी। छुटपुट बचे-खुचे असबाब—

यह क्या?

नवीन जी और भगवतीचरण वर्मा जी यहाँ। यह तो नेताओं का स्टेशन नहीं।

देखते-झाँकते नवीन जी और भगवतीचरण जी उसके डिब्बे के सामने।

—हैलो नवीन जी, वर्माजी नमस्कार—आप यहाँ कैसे—मैं सिरोही जा रही हूँ।

—तुम ऐसा कुछ नहीं करोगी। दिल्ली छोड़कर नौकरी के लिए सिरोही!

उसने गम्भीरता से कहा—मैं फैसला कर चुकी हूँ।

—देखो मैं और भगवती बाबू तुम्हारे यहाँ पहुँचे थे, तुम्हें यह बताने के लिए, पद्मजा कल आ रही हैं। उसे तुम्हारे जैसी लड़की की जरूरत है। उसे सेक्रेटरी चाहिए। सो सामान उतारो, जल्दी करो। गाड़ी यहाँ ज्यादा नहीं ठहरती।

—मैं ऐसा कुछ नहीं करूँगी। हाँ, मुझे वहाँ कुछ जँचा तो रहूँगी, नहीं तो वापस लौट आऊँगी। मैं पद्मजा जी के साथ काम नहीं कर सकूँगी। मुझे इस तरह के काम में कोई दिलचस्पी नहीं। मैं कैम्पस में काम कर चुकी हूँ।

—मेरे साथ काम करना कैसा रहेगा! तुम्हें कोई शिकायत ही नहीं होगी।

—आप जानते हैं नवीन जी, मैं अपनी मरजी के खिलाफ ऐसे काम नहीं करती। मित्र और पड़ोसियों के साथ तो बिलकुल नहीं।

—कैसी बात कर रही हो!

भगवती बाबू बोले—लौटकर तो दिल्ली ही आना होगा।

गाड़ी चल पड़ी।

5, विंडसर प्लेस! घर से दूर ही कितना है। पहले अचिन्तरामजी, फिर पुरुषोत्तमदास टंडन, फिर कुछ मिनट पैदल और नवीनजी। और कैनिंग लेन में वर्मा जी।

नवीन जी ने सरला से मिलवाया था। नीली साड़ी में वह बहुत चमकीली लग रही थीं। दोनों एक दूसरे के लिए—मगर उम्र का लम्बा फासला दोनों के बीच। बरसों जेल में काटने के बाद आप नवीनजी के लिए कामना करते हैं कि उनके लिए कुछ टिकाऊ हो।

उसने खिड़की का शटर गिरा दिया। साथवाले यात्रियों पर चौकन्नी नजर डाली और सोने की तैयारी में पर्स सिर के नीचे रख लिया। और काँच के पर अँधेरों में भागते लम्बे वीरानों को देखती चली। गाड़ी की आवाज में जाने किस-किस की आवाजें पीछा कर रही हैं।

जब कबीले जड़ों से उखड़ते हैं, भूचाल की तबाही से बिखरते हैं तो सब कुछ उलट-पुलट हो जाता है। नीचे का ऊपर और ऊपर का नीचे।

तभी हँसी और रुलाई एक ही मुद्रा में उद्घाटित होती है। उच्छ्वास का भी कोई अर्थ होता होगा। अलहदगी। अपनों और परायों से। नाते-रिश्तों से। सगे-सम्बन्धियों और मित्रों से। सबसे बढ़कर तो, स्वयं अपने से। इसे व्यक्त करने के सामर्थ्य को हिन्दू-मुसलमान के नाम पर रियाआ कई-कई बेरहम मौसम जी चुकी। कोई हरा-भरा समय जैसे जंगलों की आग में झोंक दिया गया हो। इससे बचकर दौड़ने पर पीठ में छुरा घोंप दिया गया हो। समय की पीठ। बचनेवाला आगे-आगे मारनेवाला पीछे-पीछे। वहशत। हिंसा की वह दशहत।

आसपास कहीं कोई आहट है। समय दौड़ रहा है। क्या मेरे समय की पगध्वनि है?

घबराकर आँखें खोल दीं।

बाहर हॉर्न बज रहा है। राजमाता साहिब से मिलने जाना है।

दरवाजा खोल हाथ से इशारा किया—आ रही हूँ।

कपड़े बदले। बड़े पर्स को खाली कर पाउच में डाल लिया। काम्पैक्ट में चेहरा देखा और एड़ीदार जूती पहनते ही चाल की सुघड़ाई लौट आई।

जो कुछ भी तुममें अब तक का महफूज है—सुरक्षित है, आज के दिन के लिए काफी है। जब इतिहास बदलते हैं तब भूगोल भी बदल जाते हैं। परिवारों के, खानदानों के, शहरों और गाँवों के, इमारतों के, तहसीलों के, जिलों के। कचहरियों और सरकारों के।

सिरोही के दत्तक महाराज स्वरूपविलास में रहते हैं और राजमाता केसरविलास में विराजती हैं।

सिरोही महारानी साहिबा का महल। केसरविलास।

बाहर ड्योढ़ी पर गारद।

अन्दर ढलते सूरज की रोशनी में झिलमिलाता खुला दालान। दीवारों में जरूर कभी सत्ता चुनी गई होगी। किलेदार अपने ऊँचे रोबीले साफे और घनी उकड़ूँ खड़ी मूँछों में जैसे महल की रीति-नीति को सजाए हों।

—महारानी साहिबा को हाथ जोड़ खम्माघणी करना होगा। वैसे नजर करने का भी नियम है—

वह खामोश रही।

बड़े लाउंज से निकलकर गलियारा और उसके दाईं ओर के छोर पर प्रकट हुई एक आंग्ल महिला, स्कर्ट और ब्लाउज में। जुत्शी साहिब ने आगे बढ़ अभिवादन किया।

—आप बैठिए।

वह फिर किसी दरवाजे में लुप्त हो गई।

—महारानी साहिबा की सखी-साथिन हैं। मिस विलियम।

—आइए—

मिस विलियम जुत्शी साहिब को अन्दर लिवा ले गईं और दस मिनट के बाद उन्हें वहीं लौटा ले आईं। जुत्शी साहिब लाउंज की ओर बढ़ गए।

मिस विलियम पास आईं—मैं हूँ मिस विलियम और आप—

—मैं हूँ मिस सोबती, दिल्ली से शिशुशाला के लिए आई हूँ—मैंने हाथ बढ़ाया।

मिस विलियम का हाथ आगे आया—

—आपसे मिलकर खुशी हुई।

—मुझे भी।

—आइए—

खुले ऊँचे और फर्नीचर से भरपूर कमरे में महारानी साहिबा गद्दियों के सहारे सोफे पर बैठी थीं जैसे कहानियों की रानियाँ-महारानियाँ बैठती हैं। मिस विलियम ने तनिक-सा झुककर कहा—दिल्ली से आई मिस सोबती उपस्थित हैं।

—गुड इवनिंग, यूअर हाईनैस—

—गुड इवनिंग।

—प्लीज, महारानी साहिबा के पास बैठिए—

महल की सज्जा-सजावट को भड़कीला कहने की हिमाकत भला कौन करेगा। दीवारों पर बड़े-बड़े तैल-चित्र।

बड़े सोफे के बाईं ओर वाले इकहरे आसन पर बैठ गई। मुख की लुनाई पर सीधे पल्ले की साड़ी।

—यात्रा में कष्ट तो नहीं हुआ।

—जी नहीं। धन्यवाद।

—भीड़ थी?

—जी नहीं। सीट रिजर्व थी।

—कहाँ ठहरी हो।

—स्टेट गेस्ट हाऊस।

—आराम से तो हो न वहाँ!

—जी।

मिस विलियम ने कहा—ठीक न लगता हो तो महारानी साहिबा से कह सकती हो।

वह धीमे से मुस्कुराई—एक-दो दिन के लिए तो ठीक है।

मिस विलियम ने पूछा—दिल्ली में कहाँ रहती हैं?

—अतुल ग्रोव, टेलीग्राफ लेन।

—कनाट प्लेस से कितनी दूर है।

—बिल्कुल पास। कांस्टीट्यूशन क्लब के करीब!

चाय आ गई।

मिस विलियम चुस्ती से उठीं, और कुछ याद आ जाने पर कमरे के बाहर खो गईं।

किसी को भी चाय के लिए आता न देख उसने निःसंकोच पूछा—

—क्या आपके लिए चाय बना सकती हूँ?

महारानी साहिबा ने सहज ही सिर हिलाया—हाँ।

प्याला बना उनके आगे रख दिया।

—अपने लिए भी बना लो।

सोचा मिस विलियम—और वह प्रकट हो गईं। राजसी अनुशासन! कितनी देर और चलेगा!

—अहमदाबाद के 'श्रेयस' के बारे में जानती हो?

—देखा नहीं, पर सुना जरूर है।

—आप और जुत्शी साहिब श्रेयस देख आओ। हम इस बालवाड़ी को उसी तर्ज पर चलाना चाहते हैं।

—जी।

महारानी साहिबा मिस विलियम की ओर मुड़ीं—

—दीवान साहिब के लिए दोनों को अहमदाबाद भेजने का सुझाव और बाई के लिए यूरोपियन गेस्ट हाऊस में व्यवस्था करें—

—युअर हाईनैस, आपकी कृतज्ञ हूँ। पर अभी फैसला नहीं कर पा रही कि यहाँ रहूँगी कि नहीं।

वे हँसीं—

—हमारी सिरोही में एक नदी है कृष्णावती, तुम रहो या ना रहो, उसे बिना देखे तुम दिल्ली नहीं लौट सकती।

—जी जरूर, कृष्णावती नदी को देखकर तो जाऊँगी ही। अभी जुत्शी साहब के सुझाव के मुताबिक अहमदाबाद के पोपटलाल जी को लेकर असमंजस में हूँ!

देवला।

बाईजी आज नाश्ते में ही पराँठे ले आऊँगा। दुपहर को खाना न बनेगा।

—ऐसा क्यों?

—बाईजी आज सुबह से ही बादाम, मेवों की तैयारी हो रही है। टेकरी पर खड्डा खोद के गहरे बर्तन में सूखे मेवे डाल उसे जमीन में गाड़ ऊपर से लिपाई कर देते हैं। फिर जब मेंह बरसता है, बिजली चमकती है, इस टेकरी पर गिरती है। मसालों से निकले रस की धार इतनी तेज कि दो-चार घूँट पीते ही आदमी बेहोश हो जाए। बड़ी तेज धार दारू बनती है।

बाई साहिब, डाइरेक्टर साहिब मुझसे पूछ रहे थे कि बाईसा यहाँ टिकेंगी कि नहीं।

बाई समझ नहीं पाई कि लड़के को क्या कहे। चुप लगा गई कि आगे बढ़ो। बाई साहिबा, क्या बतावें अपने राज की बातें।

—तेजसिंह महाराज को गोद लेने वाले महाराज स्वरूप सिंह तो राजपाट भूल मलंगी हो गए। ढोलियों के साथ खान-पान करने लगे। बाईसा, महाराज ने ढोलन को लीलावती नाम देकर पासवान बना दिया। पैर में सोना देकर बम्बई में जमा दिया! बँगला दिलवा दिया। कहते हैं,

दिल्ली में भी राजपुर रोड पर उनका बंगला है।

—देवला, पासवान क्या हुआ!

—बाई जी, महाराजा लोग जिस औरत के पाँव में सोना डाल देते हैं वह राज-परिवार की पासवान होती है। ढोलियों ने राजपूत महाराज को जीत लिया। ढोली ने ऐसे खेल खेले कि अपने साथ लखनऊ ले गए। महाराज का स्वर्गवास वहीं हुआ। ढोली मर्द ने महाराज के मलेच्छ हो जाने की खबर भी तभी दी। बाई जी, इसके साथ ही दोनों महलों में रंजिश शुरू हो गई। राजमाता महारानी अभय सिंह जी को ज्यादा तौलती हैं। हुकुम, अब उनकी आज्ञा से कुछ नहीं होगा। अब तो दिल्ली राज करेगी सिरोही पर। पर पापुलर मनिस्टर राजपूतों को यही कहते हैं। सुनकर वह चुपका हो जाते हैं। भला तेजसिंह महाराज कैसे लड़ेंगे दिल्ली से। बाई जी थाली उठा ले जाऊँ—आपने खाना तो छोड़ दिया—क्या मिरची ज्यादा थी। हुकुम आप ही रसोड़ा से कहें कि खाने में मिरची कम डालें—

बर्तन उठाकर बाई से कहा--आप तो शाम को केसरविलास जाएँगी न?

दरवाजे पर अटकी लगाती बाई पहले मन-ही-मन हँसी फिर तपने लगी—शहर क्या-पूरा खुफिया विभाग! कॉल्विन की खबर देशी गेस्ट हाउस के रसोड़े तक। यहाँ अपनी गुजर कैसे होगी!

शाम जुत्शी साहिब के साथ जीप में बैठी तो मन-ही-मन सोचा—यहाँ तो इंटेलीजेंस के महकमे की जरूरत ही नहीं। हर कोई राज सरकार की हर बात को जानता है। जैसे शहर एक मोहल्ला हो।

कागजों की लिखत के पार देखनेवाली दूरबीनी आँखों ने पलक तक न झपकी। जैसे किसी निचले दरजे के ऊँचे ग्रेड पर ठिठकी हों।

—फिर भी एक बार देख लें।

—जब आप अपने जाने सही लिख रही हैं तो गलती कैसी। आप पढ़ी-लिखी हैं न!

दाईं ओर खड़े मुन्नालाल जी उसकी कलम के बहाने उसके भाव भाँप रहे हैं।

उसने चौकन्ने हो कुछ सुधारा।

समय-प्रातः दुपहर से पहले!

हूँ, तो इतना भी जानती हैं सोबती बाई। सिनीऑरिटी का मतलब समझती हैं।

उसने कौतूहल से पग्गड़वाले मुखड़े को देखा। हो सकता है दूसरा प्रार्थी भी उपस्थित होनेवाला हो।

अपने लिखे से आश्वस्त हो उसने अपना लिखा फिर पढ़ा और कागज आगे सरका दिया।

नाक के ऐन बीच टिका चश्मा ऊपर उठा।

—घर का पता लिखना भूल गईं। कैम्प हो तो कैम्प लिखें!

कमोबेश, अच्छा-बुरा, अगला-पिछला, पढ़ाई-लिखाई और प्रशिक्षण के गुण-अवगुण सब एक हस्ताक्षर और स्थान से जुड़ गए।

शिशुशाला की प्रधान की ज्वाइनिंग रिपोर्ट। तिथिवार मास वर्ष रियासती समय के दफ्तरी नियम में स्थित हो गए। पिंजरे से निकल जो पंख उड़ जाने को फड़फड़ा रहे थे वह हस्ताक्षर करते ही स्थिर हो गए। आकाश में उड़ानों का मौसम नहीं—अब इस तहसील की कार्यप्रणाली से आबद्ध हो हकीकत। उसने अपनी कलम खोली, चोरनजरों से कलाई पर वक्त देखा—दस बजकर दस। सावधानी से इबारत पढ़ी। हैड क्लर्क साहिब के पुराने प्रभावी ठस्से के आगे पेश की।

—कृपया देख लें, ठीक है न!

पग्गड़वाला सिर तनिक सा हिला—यह तो आपको देखना है। मैं जब देखूँगा तब देखूँगा।

उसने अपनी खौलती नजर को तनिक सावधान किया और सरसरी सुन पड़नेवाली तल्ख आवाज में कहा—माफ कीजिए—यह तो ज्वाइनिंग रिपोर्ट है।

—जानता हूँ। यह बताइए, जुत्शी साहिब की आज्ञा से यहाँ आईं हैं!

एक झुँझलाहट की झुरझुरी। उसने पर्स खोल अपाइंटमेंट लैटर आगे किया—आप के यहाँ से भेजा गया था। इसी के जवाब में यहाँ आई हूँ!

दोनों तहसीली अहलकार एक-दूसरे को देखकर मुस्कुराते रहे जैसे कहते हों—इस रियासती अमले का पार तुम न पा सकोगी।

वह एक लम्बी चुप्पी के बाद मुन्नालाल जी की ओर मुड़ी। शाइस्तगी से मुन्नालाल जी से पूछा—मुझे अब क्या करना होगा?

—चाहें तो शिशुशाला जा सकती हैं।

—कोई होगा वहाँ?

—कह नहीं सकता हुकुम। देखते हुए निकल जाइए—बन्द हुआ तो कॉल्विन चली जाइए।

उसने जाने क्या सोचा कि पग्गड़ साहिब से कहा—जरा मेरी ज्वाइनिंग रिपोर्ट दें—

पुराने अनुभवी हाथ ने मुस्कुराते हुए कागज आगे कर दिया।

उसने एक कागज उठाया और रिपोर्ट की कॉपी कर पहले वाली उन्हें लौटा दी।

—बाई जी यह क्या?

—ज्वाइनिंग रिपोर्ट की कापी रख रही हूँ।

उसने कागज समेटकर पर्स में डाला और कदम उठा दरवाजे की ओर बढ़ चली।

पीछे से मुन्नालाल जी ने बड़ी सुहावनी आवाज दी।

—सोबती बाई, आप कलम तो यहीं छोड़े जा रही हैं।

वह पीछे मुड़ी कि मुन्नालाल जी ने पास आ कलम आगे किया।

—पार्कर।

दूसरी आवाज उठी और रास्ता काट गई—शरणार्थी के पास यह कीमती कलम। कहीं से मिली होगी।

वह उन्हीं पैरों से कमरे में लौटी और मेज के पास जा धीमे से कहा—यह मुझे मेरे जन्मदिन पर मिली थी। कोई एतराज़!

श्रीमान उसकी ओर न देख कलम से लिखा कोई कागज देखते रहे।

अपने से पूछा—यहाँ का व्यवहार, शिष्टाचार क्या तुम्हें रास आएगा!

बाहर निकली और जिस रास्ते से इधर आई थी उसी से लौटने को चल पड़ी।

तुम्हारी चाल इतनी पस्त क्यों है! हिम्मत क्या हुई। अपने आप चलकर यहाँ तक आई थी। किसी ने मजबूर तो नहीं किया था। देवला ने अगर मनगढ़न्त ही बताया है तो भी तुमने उससे संकेत ले लिया।

हाँ, यह हेर-फेर की करामात तो इस जगह की है। वही मुझे परेशान कर रही है।

ऐसा मत कहो। कुछ तो हेर-फेर तुम भी कर रही हो।

नहीं—हेर-फेर नहीं—अपने अधिकार की सुरक्षा।

सामने से आती लाल नीले लहँगों में घूँघटा निकाले औरतें। धूप। हवा। दृश्य। सब कपड़े के पीछे। घूँघट और ओढ़नियाँ! शरणार्थी बाई, तुम भाग्यवान हो। देख-समझ सकती हो। चौकसी से स्थितियों को देखो-पढ़ो। यहाँ भी बँटवारा है। विभाजन! यह लोग यहाँ के हैं। यहीं जन्मे-पले हैं। तुम बाहर से हो। तभी शरणार्थी हो।

सामने के मोड़ से जीप आती दिखाई दी।

क्या जुत्शी साहिब!

वही।

गाड़ी पास आकर रुकी।

—सोबती बाई, सुबह-सुबह आप यहाँ कैसे?

—मैं तहसील तक गई थी। ज्वाइनिंग रिपोर्ट के लिए।

—कैसी ज्वाइनिंग रिपोर्ट—आपने मुझसे पूछने की भी जरूरत नहीं समझी!

—कल शाम आपका इन्तजार रहा। फिर सोचा आप किसी जरूरी काम में व्यस्त हो गए होंगे।

पीछे की सीट से एक साँवला चेहरा खामोशी से देखता रहा! शायद

वही अहमदाबाद वाले पोपट लाल।

उसने विनम्र स्वर में पूछा—मुझे अब कहाँ जाना चाहिए?

—मुझसे पूछ रही हैं? जहाँ ठीक समझें, वहाँ जाइए। उनसे पूछिए जो आपको मशविरा दे रहे हैं।

—जी मुझे कोई मशविरा नहीं दे रहा, मैं खुद सोच सकती हूँ।

गाड़ी चली।

ड्राइवर ने जैसे हाथ के इशारे से समझाकर कहा हो—कॉल्विन पहुँचिए!

जीप ओझल हो गई तो वह न जाने क्यों हँसी। उसे लगा, वह उस बड़ी शरणार्थी भीड़ का हिस्सा है जो नेहरू जी की कोठी पर जाकर माँग करने लगी थी कि हम अब छोलदारी और पटरियों पर नहीं रहेंगे, हमें रहने को छत चाहिए।

नेहरू जी ने समझाया—हमें थोड़ा सा वक्त और दीजिए, सरकार इस पर गम्भीरता से सोच रही है। आपकी रिहायश के लिए फिक्रमन्द है।

शरणार्थी भीड़ बड़बड़ाती हुई फाटक से बाहर निकली तो दो मोहतबरों ने कहा—ध्यान से सुनो हमारी बात। सरकार करते-करते ही कुछ करेगी, वह हाथी की चाल चलती है। हम दोनों कल ईदगाह की ओर कुछ देखकर आए हैं। मुसलमीनों के मकान हैं और ताले लटके हुए हैं। उधर ही चलो। थके-माँदे वहीं जाकर सोएँगे!

आवाजें उभरीं—बाल-बच्चों को भी साथ लिये चलते हैं!

मोहतबर बोले—सुनो। पहले जाकर जगह तो हथियाओ।

—कितनी दूर है—

—जितनी भी हो। जूतियाँ हाथ में पकड़ लो। चलते चलो।

भीड़ ईदगाहवाली सड़क पर पहुँचकर दौड़ने लगी। जिसके जो हाथ

आया—कुंडी ताला दरवाजा जो टूट सका—अन्दर जाकर अपना निशान लगा लिया। घर-परिवार के सिर पर छत का जुगाड़ कर लिया।

इस शरणार्थी की मदद को आ गया यहाँ का सीधा-सादा रियासती लड़का देवला।

—बाई जी, सुनते हैं आपको नहीं रखेंगे!

बस इसी के जवाब में उसने अपना आखिरी फैसला कर लिया—देखती हूँ, मुझे कैसे सरकाते हैं! मैं हाजिर होती हूँ ज्वाइनिंग रिपोर्ट के लिए!

एक बार फिर अपाइंटमेंट लैटर देखा, यह जान लेने के लिए कि गलत तो नहीं कर रही!

नहीं।

सुबह उठकर अपनी ओर अब कोई मगजमारी बाकी नहीं थी।

इसके बाद तहसील ऑफिस!

वह कॉल्विन की ओर बढ़ रही थी। जाने क्यों सब परेशानियाँ काफूर हो गई थीं। वह हल्का महसूस कर रही थी।

कल शाम केसरविलास से लौटते जुत्शी साहिब ने उसे गेस्ट हाउस उतारा तो पूछा—आप को कहीं जाना तो नहीं है न! मैडिकल ऑफिसर के यहाँ हम लोग खाने के लिए आमंत्रित हैं। आपको यहीं से पिक-अप कर लेंगे! बहुत थक तो नहीं गईं?

—जी नहीं!

वह आराम करती रही। घर खत लिखना ठीक होगा। कागज कलम निकाले तो सोचा यह काम कल ही करना होगा। आज तो कुछ भी ऐसा नहीं जिसकी इत्तला दे सकूँ।

शाम अँधेरे में इकसार हो गई थी। खिड़की से बाहर देखा। पेड़ों के घनीले झुंड हरे से गहरे काले दीखते थे। आसमान पर तारे। मन्दिरों से गूँजती घंटियों के बाद एकाएक खामोशी छा गई।

घड़ी देखी।

पौने नौ।

उठकर दो-चार चक्कर बरामदे में लगाए। जीप का कोई अता-पता नहीं था।

अन्दर आकर इत्मीनान से बैठ गई। मुस्कुराकर सोचा, निमंत्रण का शंका संवाद शायद अन्तिम वाक्य में झूल रहा था।

'आप थक तो नहीं गईं!'

जी नहीं!

दरवाजे पर खटखट।

—कौन!

देवला।

—थाली ले आऊँ बाई जी।

उसने सिर हिलाया—हाँ।

देवला ने खास जतन से तिपाई पोंछी। थाली से ढँकी थाली रखी।

बाहर गया, पानी का गिलास और जग ले आया।

उसने लड़के को सराहना से देखा। 'टिप' अर्जित करना जानता है!

नहीं, वह गलत सोच रही है। शायद शेष समय में यहाँ किसी को टिप देना ठीक नहीं है।

—हुकुम, दही में शक्कर लेंगी?

—ले लूँगी।

देवला गया और शक्कर से भरी कटोरी ले आया।

—बाई जी, आप कितने बजे की बस से जा रही हैं?

वह दिलचस्पी से देवला की बात सुनने लगी।

—तुम्हें कैसे मालूम कि मैं जा रही हूँ।

—बाई जी, अहमदाबाद से जो पोपटलाल आए हैं उन्हें ही रखा जाएगा शिशुशाला के लिए।

—तुम्हें कैसे मालूम देवला?

—शाम को जुत्शी अहलकार यहीं थे। अन्दर बैठे थे। उनसे कह रहे थे कि बाई जी यहाँ नहीं रहेंगी। अभी दोनों डॉक्टर साहिब के यहाँ खाने पर गए हैं। वहाँ के लिए यहीं से खाना बनकर गया है।

उसके अनुशासन ने देवला से कुछ भी न पूछने का निर्णय लिया।

—बाई जी, कल दीवान साहिब सिरोही छोड़कर चले जाएँगे। उसके बाद आपकी जगह नौकरी पोपटलाल को ही मिलेगी।

—देवला, अब तुम जाओ। पन्द्रह मिनट बाद थाली उठा ले जाना।

देवला हँसने लगा।

—बाई जी मेरे पास घड़ी थोड़े है जो वक्त देख लूँगा!

—तुम स्कूल गए हो देवला—कितना पढ़े हो?

—नहीं बाई जी, हम लोग नहीं पढ़ते, बस काम ही करते हैं। बाई जी, कल दीवान साहिब का पट्टेदार उनको अहमदाबाद तक छोड़कर आएगा।

तीती दाल का चम्मच मुँह में डाला—पानी का घूँट भरा और सोचा आज के लिए इतना ही काफी है।

—बस, थाली उठा लो देवला।

—मीठेवाला दही नहीं खाएँगी?

—नहीं।

—डॉक्टर साहिब के खाने में खीर बनी है। वह चख लीजिए।

—नहीं, मैं खीर नहीं खाती।

थाली उठाते-उठाते देवला ने एक बार फिर सूटकेस पर नजर डाली।

—बाई साहिबा, मैं ही आपको बस तक छोड़कर आऊँगा।

देवला के जाते ही उसने दरवाजा लगाया। हल्दिया घी और मिर्ची की

ललाई वाले चिकने हाथ धोए। तिपाई कोने में सरकाई। खिड़की के आसपास टहलती रही। देर तक अपने में गुमसुम हुई रही। यह नगरी और नौकरी तुम्हें रास नहीं आएगी। कहा कुछ और जा रहा है, किया कुछ और जा रहा है और हो कुछ और ही रहा है। इस गोरखधंधे की मगजपच्ची में ही सारा समझ-सलीका घुन की तरह पिस जाएगा।

आँखों के आगे महारानी साहिबा आ गईं। साँवला सुहावना चेहरा। उससे जो भी पूछा और कहा, संकेत साफ थे। कुछ भी भ्रम की गुंजाइश नहीं थी। मिस विलियम ने भी उसी राय का ब्योरा उस तक पहुँचाया!

रिहायश की जगह की चर्चा करना भी नहीं भूलीं। मुझे इससे अधिक और क्या चाहिए! वह लेटे-लेटे मन ही मन पुरानी धरती पर पड़ी इस नगरी को महसूस करने लगी।

इसमें बिना रहे, बसे, इसकी अमैत्री अपने में मत पालो। यहाँ रहो न रहो, वह दूसरी बात है।

क्या दिल्ली में कुछ और देख रही हो!

नहीं। इस समय चुनाव करने की कोई सूरत नहीं।

उसने ब्रश किया। हाथ मुँह धोया। लम्बे बालों को देख-देखकर उन्हें समेटा। लेटी। करवट ली और जाना कि कल के लिए मन पर अब कोई दबाव नहीं।

ध्यान में किंग्सवे कैम्प की रील खुलने लगी। तम्बुओं की कतारें। अन्दर-बाहर लुटे-पिटे-घायल, बीमार, शरणार्थी। बेबसी में भटकते खौलते। कभी सिसकियाँ, कभी हिचकियाँ। और कभी बँटवारे पर राजी होनेवालों को गालियाँ!

—अरे बैरियो, तुम पर गाज गिरे। तुम्हारे खेत-खलियानों पर कहर पड़े। अरे तुम्हारी नस्लें नष्ट हों, जैसे तुमने हमें हमारे घरों से उखाड़ा!

नौजवान लड़के-लड़कियों की टोली अपनी-अपनी ड्यूटी पर तैनात हो रही है।

सफाई-घड़ों में पानी, डिस्पैंसरी के आगे कतार लगवाने की कोशिश-दफ्तर के आगे पाँव के भार बैठे आदमी-औरतों से शिनाख़्त के फार्म भरवाए जा रहे हैं।

—परिवार के कितने लोग।

—कितने मरे, कितने बचे।

—कैसे यहाँ पहुँचे।

कम्बलों भरा ट्रक आ खड़ा हुआ तो कैम्प की भीड़ दौड़ पड़ी।

कैम्प कमांडर की भारी आवाज गूँजी—

—रुकिए। पहले रजिस्टर में चढ़ेंगे। शाम को बँटेंगे।

गाँठें उतारी जा रही हैं। बाँट ऑफिसर की आज्ञा से दुबारा ट्रक में चढ़ाई जा रही हैं—एक-एक गाँठ पर पहले नम्बर लगाओ। रजिस्टर में दाखिल करो।

कैम्प की बाहरी हदबन्दी के बाहर तीन-चार छोकरे ताश-पत्ती खेल रहे हैं।

ज्यों ही माल उतारा गया चारों मुस्टंड जवान आगे आए और बाँट आफीसर के सामने-सामने चार गाँठें उठाकर ट्रक में रखकर उसके खाली होते ही ड्राइवर को इशारा कर कैम्प से बाहर हो गए।

शरणार्थी एक दूसरे को ताकने लगे।

—यह क्या मामला है। चार गाँठें कहाँ लिये जा रहे हो!

लापरवाही से बँटवारा अफसर को अनदेखा कर ट्रक कैम्प के बाहर निकल गई!

—क्या चक्कर है भाई मेरे।

—कुछ नहीं। हर कन्साइमेंट में से चार इनकी बँधी हैं। सरकारी गाड़ी में रखकर सस्ते दामों में किसी कटरे में बेच आते हैं। पैसे जेब में।

बँटवारा!

क्या था वह, क्या है यह। आखिर अपने प्रार्थी की मदद की कोशिश भर ही तो।

वह सुबह उठी तो उसके दिल-दिमाग का आईना बिल्कुल साफ था। अपने लिए कोई शक-सुबहा नहीं था। वह इत्मीनान से तैयार हुई। नाश्ता लिया और ठीक नौ-दस पर गेस्ट हाउस से निकली।

वह हल्के मन से पैदल ही कॉल्विन पहुँच गई। जुत्शी साहिब के कमरे की ओर बढ़ी। वे अभी लौटे नहीं थे।

स्कूल बदस्तूर चल रहा था। क्लासों से इतना ही शोर उठ रहा था जितना शिक्षकों की उपस्थिति में होना चाहिए। इतनी छुटपुट खामोशी भी अनुशासन के नाम पर होनी ही चाहिए।

वह कुछ देर स्कूल के लम्बे कॉरीडोर देखती रही। चपरासी से पूछा, लाइब्रेरी किधर है।

—बाई साहिब, इधर आइए। उसने अन्दर जाने से पहले दरवाजे के खाँट पर हाथ से आहट की।

—अन्दर आ सकती हूँ!

—आइए। पधारिए। आप दिल्ली से आई हैं न!

—जी, कुछ किताबें-पत्रिकाएँ देख सकती हूँ?

—कौन सी अल्मारी खोलूँ? किस विषय की पुस्तकें देखना चाहती हैं?

—समाचार पत्र-पत्रिकाएँ देख लूँगी।

—इनकी ताली तो साहिब के पास ही रहती है।

—धन्यवाद।

वह बाहर निकल आई और लम्बे बरामदों में चक्कर लगाने लगी। जीप की आवाज आई और इसके साथ ही जुत्शी साहिब की भी—समरसिंह, बाई साहिब को मेरे कमरे में भेजो।

मन ही मन सोचा—तो आखिर दफ्तर शुरू हुआ।

—अन्दर आ सकती हूँ?

—आइए—आप यहाँ क्यों नहीं बैठ गईं?

—आप कमरे में नहीं थे, सो ठीक नहीं समझा।

—आप किसे ठीक कहती हैं, यह मुझे मालूम नहीं, मगर आप जो तहसील में करके आई हैं, वह गलत है।

वह खामोश रही।

—सुबह-सुबह आपने यह जहमत उठाई। दीवान साहिब सेवानिवृत्त होकर यहाँ से जा रहे हैं और गोकुलभाई भट्ट मुख्यमंत्री बनकर आ रहे हैं। यह न समझ लीजिए कि आपने ज्वाइनिंग रिपोर्ट दे दी तो नौकरी पक्की हो गई। यहाँ के उलटफेर आपने देखे नहीं। मुमकिन है पुराने इंटरव्यू ही रद्द कर दिए जाएँ।

वह चुपचाप कभी दूसरे को और कभी अपने को देखती रही।

कुछ देर बाद उसने पूछा—सिरोही में देखने की कोई खास जगह?

सामने से एक गहरी नजर। आपको देखने में दिलचस्पी है तो आबू जाइए! नक्की लेक, देलवाड़ा, अचलगढ़-माउंट आबू तो राजपूताना के सिरमौर हैं।

—और यहाँ सिरोही में!

—आप केसरविलास तो देख चुकी हैं। स्वरूपविलास पैलेस भी बहुत सुन्दर है। सिरोही का किला भी देखने के काबिल है।

महाराज स्वरूपसिंह की बहन जैसलमेर में ब्याही थीं। दोनों पुरानी रिसायतें हैं। वहीं किले के साथ लगे महल में रहती हैं।

इतने में चपरासी साहिब प्रकट हुए।

—हुकुम, तहसील से पट्टेदार आ रहा है।

—भेज दो।

एक हल्की-सी फुरकन सामनेवाले माथे पर हुई। पट्टेदार ने बन्दगी की और डाक आगे रख दी।

हस्ताक्षर। डाक डायरी में प्राप्त कर ली गई।

पट्टेदार के चमकते कमरबन्द के गायब हो जाने से कमरा सूना-सा लगने लगा। मनहूसियत-सी छाई रही।

चाय के लिए हुकुम हुआ। लगा दोनों के बीच कोई अनचाहा हादसा लटका हुआ है।

चाय आई।

प्याले तश्तरी से उठे तो बोल उभरे!

—मुख्यमंत्री गोकुलभाई भट्ट ने हम दोनों को बुलाया है। कल सुबह साढ़े दस!

वह उठ खड़ी हुई।

—सारनेश्वर जी यहाँ से कितनी दूर है।

—कैसे जाएँगी?

—पैदल।

—मैं शिशुशाला की मिश्रीबाई को आपके साथ भेजता हूँ। सिरोही राज में सारनेश्वर जी की गद्दी है। जो भी यहाँ आता है, वहाँ प्रणाम करने जरूर जाता है। मिश्री बाई को बुला लाएगा समरसिंह, आप यही

बैठेंगी कि गेस्ट हाउस जाएँगी?

—गेस्ट हाउस जाकर जूते बदल लूँगी। फ्लीट पहनने ठीक रहेंगे।

जुत्शी साहिब ने दिलचस्पी से देखा।

—पैदल चल लेंगी? आप तो सुबह भी चल चुकी हैं।

—आज ही का दिन है—कुछ तो देख ही लूँ।

जुत्शी साहिब बहुत मोहक हँसी हँसे।

—बात तो आपकी ठीक है। ऐसा करें—जीप ले जाइए। मिश्री बाई को शिशुशाला से ले लीजिए।

—जी, मैं पैदल ही जाना चाहूँगी। मिश्री बाई को उसकी ड्यूटी से बुलाना ठीक न होगा!

जुत्शी साहिब का सिर तनिक हिला। आँखों में चमक-सी पैदा हुई। लगा कोई कव्वा फड़फड़ाया!

अन्दर मुख्यमंत्री गोकुलभाई भट्ट विराजमान थे और बाहर सिरोही रियासत के पुराने राज की जनता नई-नई आजादी के उत्साह में जमा थी।

तिरंगी झंडियाँ लहरा रही थीं। महाराज और महारानी के सामने झुक-झुक जानेवाले सिरों पर गांधी टोपियाँ चमक रही थीं।

साफे और पागें निश्चल थीं।

नारों का उछाल हवा में बुलन्द था।

स्वतंत्र भारत की जय!

स्वाधीनता संग्राम के रण-बाँकुरों की जय!

इन्कलाब जिन्दाबाद!

प्रजामंडल जिन्दाबाद!

गोकुलभाई भट्ट जिन्दाबाद।

जनता-जनार्दन राज करेंगे-भीड़ में से कुछ कमजोर आवाजें उठीं।

सारनेश्वर जी की जय।

सिरोही राजमाता की जय।

महाराज तेजसिंह की जय!

ऊँचे साफे वाले राजपूतों के गले की खनकें इतनी हल्की और कमजोर क्यों!

क्या इसलिए कि भारत की लोकशक्ति जाग्रत हुई!

ड्राइवर ने चौक से पहले ही मोड़ पर जीप रोक दी। जुत्शी साहिब और वह भीड़ में से निकलकर गारद से सजे भवन के मुख्यद्वार की ओर पहुँचे। कनखियों से देखती असंख्य नजरें उसके पहनावे की ओर उठीं।

मन ही मन सोचा—क्या घेरदार लहँगे-चोली और घेरदार गरारे और कुरते में इतना फ़र्क़ है!

है तो।

उसने नई आँखों से अपनी पोशाक की ओर देखा। वेश-भूषा का बँटवारा!

सिन्धी शरणार्थी!

पट्टेदार ने अन्दर जाने की आज्ञा का संकेत किया। दोनों ने एक साथ प्रवेश किया तो दो संज्ञाएँ जैसे अलग-अलग वर्णमालाओं से प्रकट हुई हों।

बारी-बारी से नमस्कार किए गए।

नए मुख्यमंत्री बने गोकुलभाई भट्ट और पुराने सेवानिवृत्त होनेवाले राज के पुराने दीवान जी।

अतीत और भविष्य।

आगे-पीछे के समय जुड़े बैठे हैं इस कक्ष में। एक राजसत्ता की पुरानी परम्परा का प्रतीक और दूसरा स्वाधीन भारत की नई महत्त्वाकांक्षाओं का। दोनों फर्श पर बिछी सफ़ेद चाँदनी पर बैठ गए।

उसने दीवान साहिब को खुली निगाह से पहली भेंट वाले मुखड़े से देखा।

दीवान साहिब ने तनिक-सा सिर हिलाकर स्वीकार किया।

गोकुलभाई ने पूछा—सोबती बाई, यहाँ कैसा लग रहा है आपको! हम आपको यहाँ इसलिए लाए हैं कि आजादी की ताजी हवा हमारे बच्चों तक भी पहुँचे। जुत्शी जी, इन्हें वह सुविधा दें कि ये अपना काम कुशलता से कर सकें। हम शिशुशाला को राज्य का सबसे अच्छा स्कूल बनाना चाहते हैं।

—हुकुम।

उसे लगा दीवान साहिब ने अनुभवी सयाने मूक भाव से जैसे उससे पूछा हो—

क्या आत्मनिर्वासन का निर्णय कर लिया? परिवार की परेशानियों से डरकर! यहाँ अकेले रहकर क्या करोगी?

जो घट चुका उसे हम कब तक पकड़े रहेंगे। एक परिवर्तन ही तो है।

देसाई अंकल और दीवान साहिब दोनों एक दूसरे में घुल गए।

वह चौकस हुई।

मुख्यमंत्री जी कुछ कह रहे हैं।

—सोबती बाई, नवीन जी आपके लिए चिन्तित थे। हमने उन्हें आश्वासन दिया कि बाई को हमारे यहाँ कोई तकलीफ नहीं होगी।

इस संवाद में वह एक नई इबारत सूँघने लगी। पलट-काया।

—अब आप दोनों को शिशुशाला के लिए अपरेटस जुटाना है। बम्बई जाना होगा। अहमदाबाद 'श्रेयस' देखते हुए आगे निकल जाइएगा।

जुत्शी साहिब ने शिरोधार्य करने के अन्दाज में कहा—

—हुकुम।

वे दोनों बाहर निकले तो जुत्शी साहिब कॉलेज के ताजे दिनों की तरह बेहद सलोके से भीड़ में से उसे जीप की ओर लिवा ले गए।

अन्दर गोकुलभाई दीवान साहिब से बोले—आपने अच्छा चुनाव किया है। नवीन जी के पड़ोस में रहती हैं। वहीं टंडनजी और अचिन्तराम जी भी रहते हैं।

यह सूचना जिन तक पहुँचनी चाहिए थी, शाम तक पहुँच चुकी थी।

उसके सफल प्रार्थी होने के दाम ऊँचे चढ़ गए थे।

मुन्नालाल जी के कहे अनुसार सारा काम पहले ही जुड़ा हुआ था। पोपटलाल क्योंकर फलाँगते इसके नाम-धाम को! सोबती बाई राजधानी की हेकड़ी से कैसे न अपनी ज्वाइनिंग रिपोर्ट भरतीं!

असल बात यह कि वह दिन ही उथल-पुथल का था। सिरोही राज में उस दिन एक साथ दो फोर्स-लैंडिंग हुए थे। एक डकोटा जहाज कुछ देर आसमान में घूमता रहा, फिर इंजन की खराबी से खुला मैदान देख नीचे उतर गया।

दूसरी लैंडिंग थी—शिशुशाला की निर्देशिका की। लौट जाने का मन बनाकर स्टेशन की बस पकड़ने की जगह सुबह-सुबह तहसील ऑफिस पहुँच गई अपनी ज्वाइनिंग रिपोर्ट देने। शरणार्थियों से भगवान बचाए। लुटे-पुटे जब तक सरकार को लूट-खसोट न लेंगे, इन्हें चैन न आएगा!

मिस विलियम की ओर से एक छोटा-सा नोट मिला—

रीजैन्सी बोर्ड की अध्यक्ष राजमाता साहिबा शाम साढ़े चार बजे शिशुशाला की कुमारी सोबती से मिलना चाहेंगी। कृपया हाजिर हों।

वह घूमती हुई चार-बीस पर केसरविलास पहुँच गई।

किलेदार साहिब का प्रभावी वजूद जैसे महल के अन्दर तक साथ चलता हो। लगा कोई पुराना पहरेदार पुराने वक्त की पुरानी शृंखला की सुरक्षा में तैनात हो। जब तक वह हाजिर है ड्योढ़ी में चलते-फिरते नजर आए, यहाँ का कुछ भी बदलता नजर नहीं आना चाहिए!

—राजमाता की जय।

—महाराज तेजसिंह की जय।

इन दोनों का वक्त भी शायद एक दूसरे को फलाँग रहा है।

एक ओर राजमाता और दूसरी ओर सिरोही राज परिवार के दत्तक पुत्र महाराज तेजसिंह।

लम्बे गलियारे के खुले रहस्य को पार कर मिस विलियम उस छोटे और सगे दीखनेवाले कक्ष में पहुँची तो राजमाता साहिबा अपनी हस्ती में विराजमान थीं।

काँच के बड़े दरवाजे से छनकर आती धूप कमरे के आधे फर्श पर

बिछी थी, राज परिवार की बची-खुची राजसी सत्ता को जतन से सँभाले हुए। कच्छ भुज भैरवी की तपी तरल बेटी किसी संग्रहालय की अनुकृति की तरह निश्चल बैठी है, श्वेत धवल रेशम की साड़ी में।

उसने नमस्कार किया।

उत्तर में राजसी अभ्यास का अर्द्धविराम और सहज मुस्कान।

—आओ, बैठो, सोबती बाई!

—थैंक्यु युअर हाईनेस! आप कैसी हैं!

महारानी साहिबा खुलकर हँसीं और साथ ही मिस विलियम भी।

वह हतप्रभ हुई।

कुछ गलती हुई क्या?

—क्या कुछ शिष्टाचार के विरुद्ध था!

—नहीं-नहीं। बिलकुल नहीं।

मिस विलियम ने आश्वस्त किया। तुमने ऐसा क्यों सोच लिया कि हम तुम्हें लेकर हँसे हैं। तुम्हारे आत्मविश्वास की चर्चा हो रही थी—इसीलिए! यह बताओ कि इन दो दिनों में क्या-क्या करती रहीं।

वह दिलचस्पी से अपने ही वृत्तांत पर हो गई।

—ज्वाइनिंग रिपोर्ट देने के बाद कॉल्विन आई तो जुत्शी साहिब श्री पोपटलाल के लिए चिन्तित थे। कुछ देर धीरज रखा फिर सोचा घूमने जाती हूँ। इस सारे ऊपर-नीचे के खाते से ऊब चुकी थी।

—कैसे गईं और कहाँ?

—सोचा, सारनेश्वर जी की ओर निकलती हूँ। जुत्शी साहिब ने कृपापूर्वक जीप ऑफर की पर मुझे पैदल जाना ठीक लगा। उन्होंने

मिश्री बाई को साथ कर दिया। उसे देख फूलीबाई भी हमारे साथ हो ली। वहाँ पहुँचकर बहुत अच्छा लगा। ऐसा स्थल जहाँ अनुभव किया कि वहाँ ठिठका समय मेरा न हो, किसी और का हो। प्राचीन। अचरज भरा और निर्जन एकान्त का सम्पूर्ण अहसास।

माथा टेककर हम बाहर निकले तो सूरज डूबने को था। मैं कुछ देर रुकना चाहती थी। मुझ पर ऐसा कुछ तारी हो रहा था जो अब तक के हल्लों और हाहाकार के बाहर था। मैं हल्का और नया महसूस कर रही थी। मिश्रीबाई और फूलीबाई ने डराया। अँधेरे में यहाँ जानवर पानी को नीचे उतरते हैं। जल्दी लौटने का है।

हम तीनों खूब तेज-तेज चले।

मिस विलियम ने मजाक में पूछा—क्या कोर्ट शू के साथ!

—नहीं-नहीं, मैं फ्लीट पहने हुए थी।

—बहादुर और समझदार लड़की।

उसने गम्भीर होकर कहा—मिस विलियम, यह उखड़े हुए लोगों की पहचान है।

महारानी साहिबा ने पूछा—क्या बहुत नुकसान हुआ आपके परिवार का?

—जी, बहुत काफी।

मिस विलियम ने विषय बदला—आप लोग अहमदाबाद और बम्बई कब जा रहे हैं? आप जाएँगी तो आपके माता-पिता को कोई एतराज तो न होगा!

—जी नहीं। अहमदाबाद में मेरे मौसी-मौसा हैं।

—क्या उनका परिवार भी विभाजन के बाद इधर आया?

—जी नहीं—मेरे मौसा मुकुल साहिब को उनके मामा गुलजारीलाल

नन्दा हाईस्कूल के बाद ही अहमदाबाद ले आए थे। वह यहीं पढ़े, इंजीनियरिंग की और यहीं रोहित मिल्स ग्रुप के इंजीनियर हो गए।

—और बम्बई में ?

—मेरी माँ के मामा और उनका परिवार है माटुंगा में। मैंने उन्हें तार दिया है कि अगर मैं कुछ दिन के लिए उनके पास ठहरूँ तो उन्हें असुविधा तो न होगी। जवाब आने पर ही फैसला कर सकूँगी। नहीं तो अहमदाबाद से लौट आऊँगी।

—अपरेटस तो बम्बई से ही मिलेगा। तुम्हारा देखना भी जरूरी होगा।

मिस विलियम ने मुस्कुराते हुए पूछा—कॉल्विन के प्रिंसिपल कैसे लगे।

—ठीक-ठीक।

—निभ जाएगी न!

—लगता तो है। वैसे उनके साथ श्री पोपटलाल होते तो कहीं अच्छा होता।

राजमाता साहिबा मुस्कुराती रहीं।

—मिस विलियम अपने बारे में कुछ कहें।

—मेरा समय तो हर हाइनैस के साथ ही गुजरता है। वे राजमाता की ओर हुईं।

—युअर हाईनैस आप के.एम. मुंशी को पढ़ती हैं क्या ?

जवाब में कुछ कुतूहल से देखा।

—पढ़ती हूँ। गुजराती मूल में।

—मैंने उनके उपन्यास हिन्दी में पढ़े हैं। एक बड़ा उपन्यास 'बैरनी बसुलात' पढ़ा।

उसने एकाएक मिस विलियम से पूछा—क्या सिरोही में सिनेमा हॉल है।

—तुम्हारे लिए जरूरी है क्या?

वह हँसने लगी।

—मिस विलियम 'हाँ' या 'न' दोनों ही!

—सिरोही दिल्ली नहीं है, पर इतना जान लो कि दिल्ली भी इस धरती जैसी नहीं है। अर्बुदा गिरि इस सिरोही राज का शिखर है। माउंट आबू। पुराण में आता है कि श्रीमाल के इस विस्तार से पहले यहाँ जल के गहरे सागर थे। भृगु ऋषि सूर्य से मिलने चले तो सूरज देवता ने सागर के अथाह जल को अपने प्रताप से सुखा दिया। उसे हमारे राजपूताना की धरती में बदल दिया। सुगन्धिका पर्वत के उत्तर में एक ताल बिछा दिया। उसके उत्तर पश्चिम में खड़ा कर दिया अर्बुदा गिरि।

राजमाता के मुख पर जाने कैसी दमक चमकी।

उसने कहा—कितनी सुन्दर है यह कल्पना।

—कल्पना?

—जी, पुराण और वेद का फर्क जानती हूँ। इसीलिए ऐसा कह रही हूँ।

—क्या आर्यसमाजी परिवार से हो?

—मोटे तौर से हाँ कह सकती हूँ। पर उन नियमों के आगे बहुत कुछ नया अपनाते चले जाने से वह भी पीछे छूट गया लगता है। पूजा व्रत धर्म अनुष्ठान सा-सीमित भी कुछ और नहीं लगता।

—यह क्यों?

—माँ गुरुग्रन्थ साहिब का पाठ करती हैं। पिताजी एक साथ अरविन्द

और श्री रामकृष्ण परमहंस को सराहते हैं। मैं विवेकानन्द को बहुत मानती हूँ। उनके भाव और भाषा मुझ को स्फूर्ति देते हैं।

—और अरविन्द?

—पहले उनके बारे में कुछ पढ़ा, फिर 'सावित्री' तक आते-आते रास्ता बन्द हो गया। मुझमें वैसी समझ की कमी है।

मिस विलियम ने घड़ी देखी—क्षमा करें महारानी साहिबा, आपके सामने हाजिर होने के लिए मोटागाँव ठाकुर उपस्थित हैं।

—हाँ, सोबती बाई को हम कब यहाँ बुला लें?

—कल शाम।

वह रात को ऐसे सोई ज्यों दो दिन घोड़े को भगाती रही हो। शुक्र है रकाबों में पैर भी नहीं फँसे, सिर जमीन पर नहीं लगा और वह अपने वजूद में ठीक-ठाक है। घोड़ा कहीं पास ही घास खा रहा है। और घोड़े के खूँटे पर वह बँध गई है। यह क्या ?

आसमान नीचे झुक आया है और कजरारे बादल सिर पर लहरा रहे हैं। वह नींद में ही अपने मनपसन्द मौसम में बचपन का खेल खेलने लगी।

बच्चों की दो कतारें आमने-सामने खड़ी हैं—

किसको लेने आते हो
आते हो ठंडे मौसम में,
उषा को लेने आते हैं
आते हैं ठंडे मौसम में—
किसको लेने भेजोगे
भेजोगे ठंडे मौसम में
धूप को लेने भेजेंगे
भेजेंगे ठंडे मौसम में।

नींद में ही काँच की बड़ी खिड़कियों वाले बरामदे में पहुँच गीला

टोपा उतारा और खिड़की में खड़े हो बाहर देखने लगी।

उजरी चिट्टी बर्फ यहाँ-वहाँ ऊपर-नीचे पेड़ों-पत्तों पर, खम्भों और तारों पर, उतराइयों और चढ़ाइयों पर, घर की ओर आती पगडंडियों पर।

माँ ने आवाज दी—बच्चो, अँगीठी के पास बैठो, तुम्हें गुड़ और चिलगोजे-अखरोट मिलेंगे।

फिर फिर फिर—

उसके बाद नींद में सब गुल।

यहीं है वह खुल जा सिमसिम-अलीबाबा और चालीस चोर। कभी छिप जाएँ, कभी प्रकट हो जाएँ। रात सोएँ और सुबह जग जाएँ।

अभी वह उठी ही नहीं थी कि मिसरी बाई आन पहुँची।

हैरानी से पूछा—इतनी सुबह कैसे। कुछ काम है क्या?

—बाईजी आप नहाएँगी न। कहो तो तेल लगाकर नहला दूँ।

अचरज से कहा—कैसी बात कर रही हो मिसरी बाई। तुम्हें ये सब करने की जरूरत नहीं।

—हुकुम हम आपकी खिजमत में हैं।

उसने खीजकर कहा—मिसरी बाई तुम्हारी नौकरी शिशुशाला के लिए है। यहाँ आने की बिल्कुल जरूरत नहीं।

वह खड़ी-खड़ी मुस्कुराती रही। घूँघटे की लुकन-छिपन अदा में से देखा। पका-पका सुहाना चेहरा और चेहरे पर झलक देती लम्बे मौसम की लुनाई-रुखाई एक साथ।

—सिर की झसाई कर दूँ, हुकुम?

—बस, मिसरी बाई? जो काम होगा वह शिशुशाला में ही।

मिसरी बाई खड़ी-खड़ी ओढ़नी को हाथ में पकड़े मुस्कुराती रही। बालों पर हाथ फेरा, घूँघटा ठीक किया और बोली—

—अभी फूलीबाई भी आएगी। हुकुम वह इधर-उधर की बोलेगी। चुगलखोर है। फिर अफीम का अमल है उसे। पहले तो गुड़गुड़ी लिये रहती थी।

उसने सख्ती से कहा—देखो मिसरी बाई, तुम्हारा काम शिशुशाला में है। यहाँ आने की और एक-दूसरे की बात करने की जरूरत नहीं है। तुम जाओ।

मिसरी बाई खड़ी-खड़ी मुस्कुराती रही।

उसने फिर एक कड़ी नजर दी—

—जाओ।

—अच्छा हुकुम, कोई काम होगा तो बुलाना।

उसने घर खत लिखा। यहाँ के हाल-चाल और कुछ-कुछ आगे का प्रोग्राम। अहमदाबाद में मौसी-मौसा का ठीक पता और बम्बई वाले मामाजी का।

पुराने काले लहँगे और कुर्ती-ओढ़नी में फूलीबाई नमूदार हुई तो वह उसे देखती रह गई। मिसरी बाई से ठीक उलट।

साँवला और खड़िया-सा पीला पड़ा एक साथ कच्चा-पक्का रंग। खाली-खाली उजड़ी-सी आँखें। दुबली देह को कुछ ऐसे अलकस से उठाए हुए, जैसे किसी और की हो।

नीचे फर्श पर बैठते हुए कहा—हुकुम आपको दाब दूँ, सिर में तेल डाल दूँ।

उसने चिड़चिड़ाकर कहा—ऐसी बातें मत करो। मैंने तुम्हें बुलाया नहीं तो तुम सुबह-सुबह क्यों आ गई?

फूलीबाई हतप्रभ-सी देखती रही।

उसके माथे के तेवर देखकर बोली—हुकुम, मैंने कहा हाजिरी बजा आऊँ।

—नहीं, यहाँ आने की जरूरत नहीं। कोई काम होगा तो मैं खुद बुला लूँगी।

फूलीबाई ने सिर के कपड़े को ठीक किया। माथे पर आते बाल अन्दर किये। आँखें हाथ से मलीं। चेहरा कुछ ऐसा बना कि रुआँसी पुत गई हो। उसे देख उसके अन्दर जाने कैसे गुस्से की लहर दौड़ गई। रोककर पूछा—परिवार में कौन-कौन हैं?

—एक लड़का है, हुकुम।

—कुछ पढ़-लिख रहा है क्या? स्कूल जाता है?

फूलीबाई ने सिर हिलाया—हाँ, बाईजी।

—कहाँ रहती हो?

—अफीम के ठेके पर।

—क्या तुम्हारा घरवाला इस काम पर है?

—फूलीबाई चुप रही। कमरे को तकती रही। फिर तनिक से में रोने लगी।

इस बार उसने आँखें न पोंछीं।

—फूलीबाई सुबह-सुबह यहाँ आकर रोना अच्छा नहीं है।

फूलीबाई सिसकारियाँ भरने लगी।

सोचा इसे कैसे कमरे से बाहर भेजे। उठी। छोटा तावल गीला किया

और फूलीबाई का मुँह पोंछने को हाथ बढ़ाया कि वह हड़बड़ाकर पीछे हो गई।

—क्षमा बाई जी, मैं तो आपकी काम करनेवाली हूँ।

—यह लो, पहले आँखें पोंछो, फिर बताओ कि रो क्यों रही हो?

—रोती हूँ अपने भाग्य को। घरवाला दूसरी के साथ पड़ा रहता है। निर्दयी ने मुझे रस्से की कुंडली से घेर लिया है। मेरी ही कोठरी में दूसरी मेघनी के साथ पड़ा रहता है। मुझसे सहन नहीं होता। मेरा लड़का भी वहीं—वह दोनों भी। क्या करूँ?

—देखो इस वक्त तुम शिशुशाला जाओ।

—वहाँ तो ताला पड़ा रहता है बाई।

उसने दिलासा देने के स्वर में कहा—अब ख़ुल जाएगा।

—नहीं, नहीं, हुकुम पाठशाला अभी नहीं खुलेगी। सुनते हैं गोकुलभाई और राजमाता में ठन गई है। शिशुशाला नहीं खुलेगी। बखेड़ा पड़ गया है।

—कैसे?

—यह तो मुझे नहीं मालूम पर लोग तो यही कह रहे हैं। हुकुम यह राजपूतों और बनियों की लड़ाई है।

बाई ने सोचा कैसी जगह है! जीत कुँवर बा शिशुशाला के लिए भी आपसी रंजिश। देश आजाद हो चुका है और छोड़ी-बड़ी लड़ाइयाँ अब भी ब्राह्मण, बनिया, राजपूत, क्षत्रियों के नाम पर!

मन-ही-मन सोचा—कुछ देर पहले क्या थी, जैसे अफीम से बँधी हो, और अब यहाँ के आपसी झगड़े कितनी सफाई से बयान कर रही है।

समझाकर कहा—तुम्हें मालूम है देश आजाद हो गया है, अब राज परिवार और जनता सब बराबर होंगे।

फूलीबाई पहले उसे ताकती रही—ऐसे ज्यों बाई अवा-तवा कह रही हो। फिर बोली—बाई जी गांधी-महात्मा स्वर्ग सिधारे तो यहाँ के राजपूत बोले—अरे देखो-देखो बनियों का बाप मार गिराया गोली से। बाई जी राज-भर के बनियों ने सिर मुँड़ा लिये थे।

उसके मन में जाने कैसे-कैसे रोष उभरने लगे। क्या है यह पिछड़ापन, अशिक्षा! बँटवारा क्यों हुआ। यहाँ बनिया, ब्राह्मण, राजपूत का मसला है—वहाँ हिन्दू-मुसलमान का था।

था। है।

फूलीबाई बोली—एक अरज है हुकुम।

—क्या?

—आपको रहने को राज घर देगा। बाई साहिब मुझे एक कोठरी दे देंगे तो वहीं पड़ी रहूँगी। आपका सब काम करूँगी।

—फूलीबाई, अभी तो यहीं गेस्ट हाउस में ही हूँ। जब मिलेगा और उसमें तुम्हारे लिए जगह हुई तो इस पर सोचूँगी। बार-बार मुझे याद दिलाने की जरूरत नहीं।

—हुकुम हम आपके सामने नहीं रोएँगे तो अपनी बात किससे कहेंगे। बाई सा, दरोगा जी आपको आज घर दिखाने ले जाएँगे—मेरा ध्यान रखना।

सोचा कुछ देवला का-सा चक्कर तो नहीं। फूलीबाई मुझे कुछ बताना चाह रही हो!

नहा-धो नाश्ता किया ही था कि दरोगा जी आन पहुँचे।

तो फूलीबाई ने अपना काम किया।

अचरज।

विभागों की सरकारी विज्ञप्तियाँ और ऑर्डर नहीं—फैसले अफवाहों की तरह यहाँ-वहाँ घूमते हैं।

देवला ने दरवाजा खटखटाया—बाई साहिब, दरोगा जी मिलना चाहते हैं। क्या आ जाएँ?

—हाँ-हाँ आने दो।

प्रवेश किया—दरोगा जी और चम्पक लाल सोनी जी।

—आइए बैठिए।

—बाई साहिब, हमें हुक्म हुआ है कि आपको आपकी पसन्द का घर दिखाएँ। आप कहें तो चलें।

उसने पर्स हाथ में लिया और तीनों जन जीप की ओर बढ़ गए।

घनी बस्ती के बीच जीप रुकी। बाजार में खुलती सीढ़ियाँ। सँकरी अँधेरे में खड़ी पैड़ियाँ। दोनों ओर पकड़ने को मोटी रस्सी। ऊपर पहुँचकर बड़ा सहन। खुला। रोशन। दाईं ओर दो कमरे, एक स्टोर; साथ सटा चौका।

उसने पूछा—सुविधाएँ किधर हैं?

—सामने हुकुम। सामने भी रिहायश है। दोनों इस्तेमाल करते हैं। वह कुछ पल छत को इधर-उधर देखती रही। फिर कहा—चलें।

दरोगा जी इतने विनम्र कि कभी उनकी दरोगाई पर शक हो और कभी विनम्रता पर। शायद पुराने राज का शिष्टाचारी ताम-झाम।

—बाई साहिब, बड़ा खुला आँगन है। खुले में आप बैठें—कपड़े सुखाएँ। आपसे चार लोग मिलने आएँगे, वे भी बैठ सकेंगे। उन्हें अन्दर कमरे में कहाँ ले जाएँगी! हाँ, इस छोटे कमरे में फूलीबाई पड़ी रहेगी। आपका काम-काज करती रहेगी। हुकुम, उसे आपको कुछ देना नहीं है। शिशुशाला अभी खुली नहीं। मुफ्त की पगार ले रही है।

वह खामोश रही।

फूलीबाई के घर का भी इन्तजाम हो रहा है!

दूसरा घर।

बाजार से गुजरकर तंग गली के दूसरे मोड़ पर। काठ के दरवाजे पर महीन काम। दोनों ओर बेल-बूटे। दरवाजा खुला। छोटा-सा आँगन। आमने-सामने दो कमरे। दो सीढ़ियाँ उतरकर टीन के पुराने जंग लगे किवाड़। और नहाने की जगह? चौके में ही एक नल है न, वहीं जगह बनी है। उसने मन ही मन दोहराया—शरणार्थी गुसल!

गाड़ी में सोनी जी शुरू हुए—बाई साहेब, यह तो आपके लायक नहीं है। वह पहलेवाला मुझे ठीक लगा। क्यों दरोगा जी?

—हाँ, एक तो बात उसमें है कि ऊपर रहनेवाला नीचे देख सके, पर नीचे वाला ऊपर न देख सके। ताक-झाँक का कोई डर नहीं।

उसने बीच में ही टोककर कहा—क्या कोई और जगह भी दिखा सकते हैं?

—बाई साहिब, फिलहाल तो यही दो घर दिखाने का हुक्म हुआ है।

उसने सड़क के पार दूर बाहर की ओर देखा।

पूछा—वह क्या इमारत है?

—हुकुम, वह स्वरूपविलास है। महाराज तेजसिंह वहीं विराजते हैं।

—ड्राइवर साहिब, हमें इसे बाहर से ही दिखा दीजिए।

ड्राइवर साहिब तब तक नहीं रुके, जब तक दरोगा जी से उसने दुबारा अनुरोध नहीं किया—मैं देखना चाहती हूँ। इसे तो देखने के लिए लोग बाहर से भी आते होंगे। इमारत तो भव्य दिखती है।

दरोगा जी ने ड्राइवर को संकेत दिया। गाड़ी मोड़ ली गई।

—बाई साहिब, स्वरूपविलास पैलेस के आसपास बड़ा बगीचा बिछा है। बहुत हरियाली है। केसरविलास की तुलना में स्वरूपविलास बहुत बड़ा है। जाम साहिब नावानगर सिरोही के जामाता हैं। जब कभी पधारते हैं तो इसी महल में ठहराए जाते हैं। नावानगर की महारानी गुलाब कुँवर सिरोही की बेटी हैं। उनकी प्रजा उन्हें बहुत चाहती है। सिरोही को उन पर बहुत गर्व है।

—हाँ, वह देखिए स्वरूपविलास का गेट।

—इधर यह छोटी-सी कॉटेज, पेड़ के सामने—यह क्या जगह है?—उसने जिज्ञासा जाहिर की।

दरोगा और सोनी ने एक-दूसरे को देखा।

—भुतहा घर है। यहाँ कोई रहता नहीं। जो रहता है, वह जल्दी ही भगवान को प्यारा हो जाता है।

उसे बहुत दिलचस्प लगा।

—दरोगा जी, इस घर को तो देखना होगा। इसका रास्ता किधर से है?

ड्राइवर साहिब जाने क्यों बोले—ये रहा। तार के साथ-साथ अन्दर जाएँ तो गंगावा पहुँच जाते हैं।

उसने दरोगा जी से आग्रह किया—देखते हैं पास जाकर।

कोई चारा नहीं था, सो गाड़ी रुकी।

वे तीनों एक पक्के कुएँ के सामने जा खड़े हुए। कॉटेज किसी स्वप्न की तरह लग रही थी। हरे रंग की जाफरी और ऊपर पक्की टाइलों की ढलवाँ छत।

कॉटेज के ऐन पीछे खड़ा एक पुराना पेड़ अपनी टहनियों पर इतराता-सा।

उसने मन-ही-मन कहा—ड्रीम कॉटेज।

दरोगा जी की अनुभवी आँखों ने उसके चेहरे को देखा।

—बाई जी, भुतहा न होती यह कॉटेज तो आपको अच्छी लगती।

उसने सोनी की ओर देखा। कहीं कुछ गुंजल था।

उसने हँसकर कहा—दरोगा जी, आपके हाथ से भूत भाग सकते तो कितना अच्छा होता। कम-से-कम कुछ दिन तो मैं यहाँ रह सकती।

दोनों एक साथ बोले—न-न बाईजी, ऐसा खयाल दिल में न लाइएगा। यह घर रहने के लायक नहीं है।

उसने फिर पूछा—पानी-बिजली तो चालू है कि नहीं।

—हुकुम सब है, पर अब कटी हुई है।

उसने कुछ अजीब-सा मुँह बनाकर दोनों की ओर देखा और सरसरी आवाज में कहा—फिर तो गेस्ट हाउस ही ठीक रहेगा। वहाँ तो रह सकती हूँ न मैं।

दरोगा जी ने बड़ी शाइस्ता आवाज में कहा—बाई साहिब, इसके लिए

तो आप इंजीनियर साहिब से बात करें। मेरे खयाल में तो वह ऊपरी मंजिलवाला घर आपके लिए बिल्कुल ठीक रहेगा। किसी बात की दिक्कत नहीं। कुछ भी जरूरत हो नीचे से मँगवा लिया। फूलीबाई आपके लिए नियुक्त है ही।

वह गेस्ट हाउस पहुँच अकेले में इस पूरे स्वाँग पर हँसती रही। क्या घर दिखाए हैं? सुविधाएँ तो सचमुच कमाल की थीं। हो सकता है शरणार्थी के लिए ऐसे प्रबन्ध का ही मानदंड हो।

कॉम्पेक्ट निकाल चेहरा देखा—क्या सचमुच इतनी सीधी दिखती हूँ कि छोटे-मोटे खेलों को न देख सकूँ। मगर एक बात तो समझ में आती है कि यहाँ का बर्ताव जितना विनम्र है, उतना ही घुटा हुआ और दाँवपेंची। हर कोई भेदक बना एक-दूसरे को अटा-पटा रहा है।

उसने गेस्ट हाउस पहुँचकर एक संक्षिप्त-सा नोट मिस विलियम के लिए लिखा—

दरोगा श्री इन्साफ अली और चम्पकलाल सोनी द्वारा दिखाए गए शहर के दोनों घर अपनी रिहायश के लिए मुझे नहीं जँचे।

इत्तेफाक से स्वरूपविलास पैलेस के पीछे बन्द पड़ी गंगावा कॉटेज देखी। अपने रहने के लिए वह मुझे जँची है। मैं वहाँ आराम से रह सकूँगी। पैदल चलकर शिशुशाला पहुँचने में मुझे कोई असुविधा नहीं होगी।

अगर किसी भी प्रशासनिक कारण से गंगावा मुझे एलॉट न हो सके तो कृपया गेस्ट हाउस में ही रहने की अनुमति प्रदान करें!

बम्बई जाने से पहले खुशखबरी। वह भी इस धूल-मिट्टी के मौसम में। स्वरूपविलास पैलेस के पीछे पड़ी बन्द गंगावा की सुहावनी कॉटेज मिस विलियम ने उसके नाम करवा दी। जैसे आँधी-अंधड़ में उसको

कोई सुहाना सपना एलॉट हो गया हो। अब तक के झंझट-झमेलों से कितना अनुकूल। मिस विलियम की ओर लिखे उसके खत के जवाब में जब सिरोही राज की पी.डब्ल्यू.डी. तहसील ने इत्तला दी तो तय हो गया कि उसे अब इस नौकरी को गम्भीरता से लेना होगा। वापस दिल्ली लौट जाने का इरादा बदल देना होगा। सिरोही छोड़ने का अब कोई बहाना उसके पास नहीं। यहाँ का सब इन्तजाम ठीक है। कॉटेज के पीछे बने सर्वेंट क्वार्टर में एक-दो गारद के लिए, एक खानसामा हमीद के लिए और एक फूलीबाई और मिश्री बाई के लिए। वे बारी-बारी से गंगावा में ड्यूटी करेंगी।

फूलीबाई ने हमीद की लगाई ट्रे मेज पर रखी और जाफरी की टेकन लगाकर बैठ गई।

—हुकुम, तहसील ने हुकम दिया है कि एक रात मैं आपके पास सोऊँ, और एक रात मिश्री बाई।

बाई ने निगाह से सहमति दी कि फूलीबाई ने खड़े हो हाथ जोड़े—हुकुम आप लिख भेजें कि हमें रात को अपनी-अपनी घर-गृहस्थी में ही रहने दिया जाए।

बाई ने हैरान्नी से पूछा—फूलीबाई तुम तो अपने घर से बाहर रहना चाहती थीं! फूलीबाई खामोश रही और टुकर-टुकर आँखें जाफरी के पार जमाए रही।

—फूलीबाई यहाँ रहने में क्या कोई दिक्कत है?

—नहीं हुकुम—

—फिर—

सहसा फूलीबाई रोने लगी।

—हुकुम खम्मा—मुझे गंगावा में डर लगता है।

बाई ने प्याला ट्रे में रख दिया और मुलायम स्वर में कहा—किससे डर लगता है, यह तो बताओगी! पहेलियाँ मत बुझाओ।

फूलीबाई ने हाथ जोड़े—हुकुम यह भुतहा घर है—यहाँ कोई नहीं रहना चाहता—आप बाहर से हैं—आपको इसकी प्रेतकथा मालूम नहीं। बाई जी, महारानी साहिबा ने तभी गारद को यहाँ रहने का हुकम दिया है।

बाई हँसने लगी—

फूलीबाई भूत तो सिपाही गारद के हाथ नहीं भगते। तुम दो-चार दिन रहकर तो देखो—तुम्हें कुछ नहीं होगा।

—बाई जी, आप परदेस का जातक हो, आपको क्या खबर! महल में जब किसी का स्वर्ग सिधारन होता है तो शव को यहीं रखा जाता है। आप किनारे के कमरे में बने चौरस चबूतरे की बाबत पूछ रही थीं न, हुकुम उस पर मरणदीप जलता रहता है।

—गंगावा का यह इकलौता मरणदीप नहीं—इसे तो एक-न-एक दिन हर घर में जलना होता है, फूलीबाई। चार दिन बाद मैं और जुत्शी जी बम्बई जा रहे हैं। तब तक तो तुम दोनों को यहाँ रहना ही होगा। इसी बीच भूत दीख गया तो फिर लौटकर तुम्हारा इन्तजाम कुछ और करने की कोशिश की जाएगी।

फूलीबाई की जैसे घिग्गी बँध गई हो—

—हुकुम, मेरी बात सुनिए, आपका यहाँ रहना ठीक नहीं। पूरी सिरोही जानती है इस बात को कि भूत रात-भर गंगावा पर मँडराते हैं, दरवाजे खटखटाते हैं।

बाई ने आवाज में सख्ती भरे अन्दाज में कहा—मुझे भूत-प्रेतों पर कोई विश्वास नहीं और न ही डर—इन चार दिनों में तो तुम दोनों को रात में ड्यूटी करनी ही होगी।

फूलीबाई खामोश खड़ी रोती रही।

—देखो, मुझे रोना-धोना पसन्द नहीं। मैं ऐसे करतबों से पसीजती नहीं।

बाई ने जिस शाम यह भभकी दी, रात में उसी के साथ कुछ ऐसा हो गुजरा।

सोई पड़ी थी कि कोई लाल जोड़े में उसके सिरहाने आ खड़ी हुई। पैरों की आहट, चूड़ी की खनक।

—कौन ?

—वाह री किशनी ! पूरे हुओं को पहचानती नहीं ! मैं हूँ बिम्बो। तुम्हारी बचपन की सहेली, तुम्हें छेड़ती थी—

कृष्णा कृष्णा
कुएँ जितनी तृष्णा
कितना पानी खींचोगी
कितनी तृष्णा सींचोगी—
जितना अमृत पीओगी
उतनी देर जीओगी।

सपने में ही बाई की घिग्गी बँध गई।

सहमकर कहा—तुम यहाँ कैसे पहुँच गई री बिम्बो ?

—मरे हुओं का क्या, इधर-उधर भटकते रहते हैं—

—बिम्बो, मैंने तुम्हें कैम्प में तो नहीं देखा—

—मैं और मेरा धनी ब्याह की रात ही मौत की घाट उतार दिए गए। दुपहरी हल्दी के एक टिमके से सगाई हुई। और आधी रात कलाई में मौली बाँध पंडित जी ने धीमी आवाज में श्लोक उच्चार फेरे दिलवा दिए। साथ वाले मुहल्ले से अल्लाह-ओ-अकबर और हर-हर-महादेव

की आवाज पास आती लगी तो माँ ने हाथ से चोर-पैड़ियों की ओर इशारा किया—जाओ पुत्तर, ऊपर चबारे वाले कमरे में—हम दोनों साँस रोके एक-दूसरे का हाथ थामे बैठे रहे—रब्बा हत्यारी भीड़ कहीं और निकल जाए, रब्ब की नजर हो सीधी तो मुँह अँधेरे कैम्प चले जाएँगे।

—क्या पहुँचे कैम्प में?

—न री, वह घड़ी न आनी थी। पड़ोसियों के कोठे से फाँद वैरियों ने हमें घेर लिया। धड़धड़ाते जालिम अन्दर आए, मुझे मेरे दूल्हा से अलग किया और उसके भिड़ते ही मेरी चूड़े वाली बाँहें काट फेंकीं और पलक झपकते प्राणों पर अँधेरे उतर आए। अन्त।

काँपती आवाज में ही बाई ने पूछा—अब यहाँ पहुँच गई?

—अपनी सहेली को देखने, यह जानने कि तुम नई राहों के ताप को कैसे झेलती हो!

बिम्बो को देख भूतों से न डरने वाली किशनी की घिग्घी बँध गई।

—चल री बिम्बो, दूर हट, परे निकल जा यहाँ से।

फूलीबाई ने पास झुक कन्धे से हिलाया और आवाज दी—बाई उठो, पानी का घूँट भरो। मैं कहती न थी कि गंगावा भुतहा है, भुतहा। पानी का घूँट भर बाई ने चौकसी से इधर-उधर नजर फिराई, कलाई की घड़ी में वक्त देखा और पलटकर सिरहाने पर सिर रख आँखें मीच लीं। मरे-कटे लोगों की लाखों की खलकत क्या बिम्बो की तरह भूत बनी इधर-उधर डोलती रहेगी?

फरवरी में मेरा जन्मदिन था। घर में सब बहन-भाइयों की सालगिरह खूब गर्मजोशी से मनाई जाती। नए जोड़े बनते। नए जूते और जो कुछ भी बच्चे को चाहिए होता, वह सब तभी दिलवा दिया जाता। फिर बरस-भर इत्मीनान।

यहाँ होस्टल में रहकर मन-ही-मन खयाली पुलाव पकने लगे। एक दिन को माँ की बुआजी के घर जा सकती हूँ। उनके घर से शमशाद बेगम का घर दूर नहीं। गाना सुना जा सकता है।

नहीं, नहीं। बुआजी के यहाँ पहुँचते सफाई करने लगूँगी। खासा बड़ा दोमंजिला घर है, साज-सामान और सुविधाओं से भरा, मगर रहन-सहन में न कोई तरतीब और न कायदा।

सुनहरी टैप्स्टरी का सोफा, मगर क्या हालत? किसी परदे की सलवट नीचे खिसक रही है, कालीन के हल्के रंगों ने गहराई पकड़ ली है। किसी खिड़की में डलिया पड़ी है, कहीं गुलदान, कहीं तश्तरी में मठरी और अचार। डाइनिंग टेबल पर पड़ा है—साबुत धनिए का थाल। काम करनेवालों की कमी नहीं, मगर घर का रख-रखाव देख-देखकर मैं परेशान होती हूँ और ठीक-ठाक करने को जुट जाती हूँ। इसी में शाम गुजर जाती और मच्छरों की भुनभुनाहट शुरू हो जाती। मोहनी रोड, नई कॉलोनी। सर्द-गर्म हवाओं के सथ खुली नालियों की दुर्गन्ध। एक टर्म में दो-एक बार ही ऐसा मौका आता। फिर

जन्मदिन पर क्यों?

नहीं, नहीं, वहाँ नहीं।

दादी माँ के पास फार्म पर।

एमनाबाद के लिए एक छुट्टी चाहिए होगी। छोड़ो अनारकली में ही मजा रहेगा। दही के भल्ले नहीं। कुल्फी-फलूदा। बिलकुल नहीं। बीमारी का घर। हज्म ही नहीं हो सकता।

अभी यह मंसूबे बनाए ही जा रहे थे कि अगले महीने के खरचे का मनीऑर्डर आन पहुँचा। पचास रुपए ज्यादा थे। हिदायत थी—हमारी ओर से जन्मदिन के लिए एक कमीज और ओढ़नी खरीद लेना। अब ध्यान कपड़ों की ओर दौड़ाया। एक बोस्की की शर्ट और बनवासी की दुकान से सुनहरी कोर की बनारसी ओढ़नी।

एक रात कपड़े बदलकर अपने जोड़ों पर नजर मारी तो नई खरीद का प्रोग्राम भी रद्द हो गया। बहुत कपड़े हैं। मैं यह पैसे खरीद में बेकार नहीं करूँगी।

शाम बैडमिंटन कोर्ट से लौटी तो होस्टल की लड़कियाँ शनिवार शाम के लिए बाहर की तैयारी में। महीने में सिर्फ एक दिन। फुर्ती से तैयार हुई। रजिस्टर में दस्तखत किए और बाहर।

—किधर? क्या अनारकली की ओर चल रही हो—हरशरण ने पूछा।

—आप लोग चलें। दो-एक काम हैं रास्ते में करते हुए पहुँचती हूँ।

हम लोग केसरी की दुकान में होंगी।

मैं पहुँच गई स्टैंडर्ड। जाकर चाय का ऑर्डर किया। हर घूँट इत्मीनान का। कुछ देर को कैंटीन की चाय, मठरी को भूल गई। काउंटर से एक-दो बार मेज की ओर झाँका कि शायद मैं किसी के इन्तजार में हूँ। वहाँ बैठे-बैठे ही जैसे कोई इल्हाम हुआ।

बिल चुकाया और काउंटर पर जाकर पार्टी को ध्यान में रख पूछताछ करने लगी। अगर बहुत महँगा नहीं तो पार्टी यहीं क्यों नहीं?

साथ खड़े एक साहिब काउंटर पर एडवांस दे रहे थे।

मैन्यू था—सैंडविच, पेस्ट्री, चिकन पकौड़े, पनीर पकौड़े, ठंडा, पेय और चाय।

पार्टी घर पर कि कहीं और—

—घर पर।

—कितने लोग।

—एक सौ बीस।

—वक्त—साढ़े पाँच।

—तारीख—12 फरवरी।

मैं उत्साहित हुई। 12 फरवरी पिताजी का जन्मदिन।

स्मार्ट एंग्लो इंडियन लड़की, अब मेरी ओर मुड़ी और पूछा—मिस, अब बताइए क्या कर सकती हूँ।

—अपने जन्मदिन की पार्टी करना चाहती हूँ।

—कॉलेज में कि कहीं और?

—मैं एकदम चौकन्नी हुई।

—कहीं और का मतलब?

—जहाँ भी आप चाहें। हमारे पास मोबाइल वैन है। कहीं भी पहुँच सकती है।

—क्या रावी पर पार्टी करना मुमकिन होगा?

—क्यों नहीं? कितने मेहमान होंगे?

—मैं पाँच मिनट लूँगी।

लिस्ट बनाने में मैंने बीस लड़कियों के नाम लिखे और सबसे ऊपर प्रिंसिपल साहिबा का नाम जोड़ दिया। इक्कीस। उसी कागज पर मैन्यू लिखा।

पेस्ट्री, कीमा समोसा, सैंडविच, चाय।

फिर इसमें बदलाव किया—पेस्ट्री, वैजीटेबल समोसा, रसगुल्ला, चाय। अब बजट कम पड़े तो पेस्ट्री कट जाए। कागज मैम के सामने किया।

आप एक और आइटम रख सकती हैं।

—क्या बिस्कुट ?

—पकौड़ा या आलू की टिकिया।

—मैम, मेरा बजट कम है।

—कितना ?

—मन ही मन दादी माँ, नानी माँ और बड़ी बुआ जी से मिले रुपयों की गिनती की। सोचा लगा सकती हूँ।

—मैम, दो सौ !

दिलचस्पी से देखकर कहा—ठीक है। हो जाएगा।

एक सौ।

मैंने पर्स में से दस, दस के नोट ऐसे निकाले जैसे बहुत कीमती हों। मानो एक हजार। तारीख, वक्त और जगह।

कुल अतिथि इक्कीस।

—आप मेहमानों की गिनती बढ़ा दीजिए। पच्चीस कर दीजिए। और अगर दो सौ से ज्यादा हो जाए तो एक आइटम कम कर दीजिए।

—हम एडजस्ट करेंगे। हम पर छोड़ दीजिए। मुझे कंसेशन मिलता

है—मैं अपने नाम से ले लूँगी। मैं तुम्हें खुश देखना चाहूँगी।

—थैंक्स मैम।

जन्मदिन के दो दिन पहले लड़कियों को निमंत्रण दिया। और कुछ मंत्रणा भी कर ली गई।

अगले दिन सुबह प्रिंसिपल के ऑफिस के बाहर खड़ी थी। बुला लिया गया।

—कैसे?

—मैम, परसों मेरा जन्मदिन है। हम सभी चाहते हैं आप पार्टी में आएँ। प्लीज मैम।

प्रिंसिपल साहिबा मुझमें दिलचस्पी लेती हैं।

—कहाँ है पार्टी? कैंटीन में कि लॉन में?

—मैम रावी के किनारे।

—पिकनिक है कि जन्मदिन की पार्टी? वहाँ कैसे पहुँच गई।

—मैम ट्रांसपोर्टर से पूछा तो कहा वे गाड़ी निकालेंगे, लेकिन प्रिंसिपल साहिबा की आज्ञा से।

—नहीं, कॉलेज ऐसे ट्रिप की पेमेंट नहीं कर सकता।

—मैम परमिशन तो मिल सकती है आपसे।

—ट्रिप के पैसे कौन भरेगा, क्या तुम? नहीं मैम! इसे सरप्राइज ही रहने देते हैं। इसका बोझ कॉलेज पर नहीं पड़ेगा।

मैम के चेहरे की सख्ती बता रही थी कि सब कुछ ऑफ। तो किस पर, कहो। तो किस पर, कहो।

—मैम, लड़कियाँ अपने-अपने पैसे देंगी। बर्थडे उपहार की जगह कंट्रीब्यूट करेंगी।

मैम मुस्कराई—वहाँ पहुँचने का अच्छा ढंग है। मैं चलूँगी। हाँ, मिसेज पंडित से पूछ लिया है कि नहीं। उन्हें निमंत्रण दिया है।

—मैम असिस्टेंट वार्डन साहिबा छुट्टी पर हैं। इसलिए वे नहीं आ रहीं।

—हाँ। तुम जा सकती हो।

—थैंक्यू मैम।

रावी किनारे की दोपहर लड़कियों की चुलबुली सज-धज से दमकने लगी थी। रंग-बिरंगी ओढ़नियाँ और नदी किनारे की हवाएँ। गले से लगी लाल, पीली, नीली धारीदार छपीली पोशाकें और कन्धों पर से झूलती पराँदों में गूँथी बालों की लम्बी-छोटी चोटियाँ।

प्रिंसिपल साहिबा की रोबीली कद-काठी। चेहरे पर अनोखी दमक। कसकर बाँधे हुए बाल, जूड़े में जकड़े से हुए। चौड़े पाट की सफेद साड़ी। कंचन लता सब्बरवाल। अनोखा व्यक्तित्व। जन्मजात प्रिंसिपल। कसाव-भरी प्रभावशाली आवाज।

कॉलेज बस से उतरते ही जूते उतार दिए गए और किनारे बैठ पानी में हाथ-मुँह पर छींटे लिये जा रहे हैं। कितना भला, कितना मजा। कितना सुख देनेवाला पानी का स्पर्श।

लड़कियाँ ओट भर एक-दूसरे पर छींटे फुहराने लगीं।

फिर धीरे-धीरे सलवारों के पायँचे उठा किनारे-किनारे टहलने लगीं।

प्रिंसिपल साहिब ने खबरदार किया—बहुत आगे जाने का नहीं। बीच में धार तेज है।

रावी के चौड़े पाट के उस पार नूरजहाँ का मकबरा सिर उठाए खामोशी से खड़ा है।

किसी ने कहा—मैम, कितना अच्छा होता अगर हमारे कॉलेज की भी

बोट क्लब होती।

मिस सब्बरवाल ने सिर हिलाया—हाँ इस पर सोचा जा सकता है।

सीनियर फिजीकल इंस्ट्रक्टर सतवन्ती ने कहा—मैम, मैनेजिंग कमेटी की मीटिंग कब है?

प्रिंसिपल साहिबा ने आँख से घुड़क दिया—उसे मेरे लिए छोड़ दो। यहाँ का लुत्फ उठाओ।

कोहाट वाली लाजी और स्वर्ण सेठ जो कभी रूममेट रही थीं—धीरे-धीरे टहलने लगीं। और रेत में कदम उठाते-उठाते आगे निकल गईं।

लौटीं तो मेडिकल कॉलेज की बोट में बैठी इधर को सरक रही थीं। पीछे एक और खाली बोट थी।

वाह—जो माँगो वह यहाँ मौजूद है।

बोट किनारे लगी। लाजी और स्वर्ण सेठ दोनों हँसते-हँसते उतरीं। लड़कियों ने घेर लिया—कैसे मिल गईं?

—स्वर्ण सेठ की नाक का जादू—

—नहीं, लाजी की बेबाक आवाज का काम है यह!

सतवन्ती मैम ने अपनी फिजीकल टंकार वाले अन्दाज में पूछा—ठीक-ठीक बताओ। एक साथ दो बोट कैसे मिलीं? और इन दो बोटमैन को क्या देना होगा?

—कुछ नहीं मैम, कुछ भी नहीं—जो लड़के तैर रहे हैं उन्होंने खुद ऑफर किया कि खाली बैठे हैं दोनों, इन्हें पाँच बजे छोड़ दीजिएगा। मैम हमें क्या चाहिए था, इतना ही तो।

हँसी की, खुशी की खिलखिलाहटें। दो-दो नावें, दो-दो बार। सबसे आखिरी पारी में सावित्री सूद, गोबिन्दी इस्सर, कल्पना और अफ्रीका से आई सुदर्शन सैनी।

नाव किनारे से कुछ दूर हुई। पहले से छोटी दिखने लगी थी। एकाएक कुछ हुआ। किसी उत्साह में सुदर्शन नाव में खड़ी हुई और नाव डगमगाई, फिर नाव पानी में डूबती-उतरती लड़कियों को आगे खींचने लगी।

—बचाओ, बचाओ।

बचानेवाले इतनी दूर नहीं थे। तैर रहे थे। बोटमैन ने खींचा दो को और तैरते हुए तैराकों ने बाकी को समेटा।

जिस कॉलेज की नावें थीं—उसी कॉलेज के लड़के बचाकर किनारे ले आए। गीले बदन उल्टे किए और पीठ थपथपाने लगे।

पानी कम ही था अन्दर। लड़कियों ने आँखें खोल दीं।

लड़कों और बोटमैन को शाबाशी दी।

थैंक्यू सो मच। हम आपके शुक्रगुजार हैं। अब हम इनकी देख-भाल कर लेंगे।

लड़कियाँ एक-दूसरे को देखकर मुस्कराने लगीं।

जैसे ही दोनों तैराकों की ओर देखा, मैंने उन्हें अपनी पार्टी में शामिल होने को कहा।

—मेरे जन्मदिन की पार्टी है—जरूर आएँ। हम सब खुश होंगे। हमें इन्तजार रहेगी। उन्होंने सिर हिलाया और हाथ से इशारा किया—अच्छा।

गीली ओढ़नियाँ सूखने लगीं और पानी से बची लड़कियाँ शोखी से एक-दूसरे को कोसने लगीं।

—सुदर्शन सैनी तुम्हें नाव में खड़े होने की सूझी क्या? क्या देखने को उठी थी? नूरजहाँ का मकबरा तो बैठे-बैठे भी दीखता है।

सूखे, गीले की हलचल में एकाएक स्टैंडर्ड की मोबाइल वैन आ खड़ी हुई। चुस्ती से मेज निकाल ली गई। चारखाने मेजपोश बिछ गए।

बढ़िया क्रॉकरी।

वेटर ने पास आ एक चिट आगे की—जन्मदिन पार्टी, नाम, पता और कॉलेज का नाम।

सलाम करके पूछा—मिस साहिब, चाय कितनी देर में लगे?

—आधे घंटे में।

लड़कियों के पानी में गिरने के बावजूद कविता-प्रिय मिस सब्बरवाल के मुख पर बयार बहने लगी थी। जगह ही कुछ ऐसी है।

—मैम, हम आपसे कविता सुनेंगे।

—पहले तुम लोग शुरू करो।

मुझ पर नजर पड़ते ही प्रिंसिपल साहिबा ने अचानक अनुशासकीय अन्दाज में पूछा—कितने लोगों का ऑर्डर किया था?

—मैम पच्चीस।

—पच्चीस क्यों? हम तो इक्कीस हैं न।

—मैम, ड्राइवर और क्लीनर भी हैं। दो बाकी रहे—

—मैम, इसीलिए उन दो को हमने आमंत्रित कर लिया।

लड़कियाँ छेड़छाड़ करने लगीं। मैम या तो सोबती इन दोनों को जानती होंगी, या जो पानी में डूबीं वे जानती होंगी। क्यों सुदर्शन सैनी? क्या पता वे दोनों भी अफ्रीका से ही हों।

लड़कियों की चूड़ियाँ छनकने लगीं।

चाय लग चुकी थी। ऐन बीच बिस्कुट भरी ट्रे थी और कार्ड पर चमक रहे थे शब्द—जन्मदिन की शुभकामनाएँ। स्टैंडर्ड की ओर से समोसे तलने की ताजी गन्ध मेज के आसपास तैरने लगी थी।

दोनों लड़कों को ब्लेजर में देख लड़कियाँ उछलने लगीं। उनके शामिल

होते ही लड़कियों का गुच्छा कुछ ऐसे झूमने लगा जैसे प्रिंसिपल साहिबा साथ न हों।

चाय के साथ महफिल खूब जमी। टप्पे, गजल, शेरो-शायरी, कविता और हीर!

सबसे आखिर में मुझसे फरमाइश की गई।

नरेन्द्र शर्मा 'प्रवासी' का गीत—

आज के बिछुड़े न जाने कब मिलेंगे
आज से हम तुम गिनेंगे एक ही नभ के सितारे
दूर होंगे हम सदा को ज्यों
नदी के दो किनारे
सिन्धु तट पर भी न जो दो मिल सकेंगे
आज के बिछुड़े न जाने कब मिलेंगे।

लड़कियाँ नटखट होकर एक-दूसरे को पुचकारने लगीं—उदासी क्यों?

फिर मिलेंगे

यहीं मिलेंगे

जरूर मिलेंगे।

डूबता सूरज हरियाली के पीछे आ ठिठका। नदी किनारे के सन्नाटों ने संकेत किया—देर हुई, अब चलो।

वह शाम भी क्या शाम थी! मैं इतना न सोचती तो यहाँ कैसे पहुँचती?

रावी का किनारा।

बोटिंग।

लड़कियों का पानी में छलकना, फिर बचना।

स्टैंडर्ड की चाय।

कठोर दिखनेवाली प्रिंसिपल साहिबा की सहज उपस्थिति और फिर वे दो लड़के—वाह! क्या इत्तेफाक!

स्टैंडर्ड के काउंटर पर का मुखड़ा झिलमिलाने लगा। उसका शुक्रिया करने जाऊँगी। सब कुछ अच्छा।

एक शर्ट और ओढ़नी से तो बहुत ही अच्छा।

मेरे जन्मदिन की वह शाम थी कितनी सुहानी!

इतनी जल्दी अँधेरा क्यों हो गया? सन्नाटों में उतरता सूरज जैसे ही ढलकर हरियाली पर झुका—मिस सब्बरवाल की एक आवाज पर सब कुछ समेट लिया गया और रावी का किनारा दूर होता चला गया।

बस गूँजने लगी थी गानों से। मैं खुश थी कि जन्मदिन की पार्टी वहाँ कर सकी, जहाँ मैं चाहती थी। उदास थी कि क्या पता फिर इसी दिन यहाँ आना हो, न हो!

सोजत रोड से रेल में बैठते ही एक नया सफर शुरू हुआ। सिरोही से अहमदाबाद और अहमदाबाद से बम्बई।

महसूस हुआ, जिन्दगी के ट्रैक बदल रहे हैं।

सामने की सीट पर अनजान चेहरों के बीच जुत्शी साहिब हाथ में अखबार लिये खबरें पढ़ने में मसरूफ थे।

उसने खिड़की में कोहनी टेक बाहर नजर गड़ा ली। मन ही मन साथ लिये रुपयों की गिनती करने लगी। जाने कितने पेड़ों को भागते देखा होगा कि कहीं से उठकर एक छोटा-सा इत्मीनान आँखों की कोर तक सरक आया। जरा-सी नमी। सभी कुछ प्रतिकूल नहीं, कुछ तो अनुकूल भी है। झटक दो उस अँधियारी कड़ी को।

इस प्राचीन अनजान नगर के निवासियों ने अपनी रिहायश के लिए पसन्द का घर एलॉट कर दिया। एक सुहावने सपने की तरह स्वरूपविलास के किनारे लगी छोटी-सी कॉटेज गंगावा। हरी जाफरी, ऊपर लाल पक्की टाइलों की छत। पीछे पूरी छत को ढाँपे हुए एक पुराना पेड़। बरामदे के सामने कुआँ। रहने के लिए और क्या चाहिए!

खुला बड़ा बाथरूम, साफ-सुथरा सफ़ेद टाइलों का फर्श! बरामदा लकड़ी की चौकोर जाफरी से सुरक्षित। कुछ गुजारे माफिक फर्नीचर चाहिए होगा। बरामदे में खाने की मेज और कुर्सियाँ। स्टडी टेबल।

बैडरूम के लिए पलंग। तीसरे कमरे में फर्श बिछाया जा सकता है। पी.डब्लू.डी. को फिर से लिखना होगा। वैसे तीन कमरों का घर अकेले के लिए बड़ा है। इन दिनों घरों में एक-एक कमरे में छह-छह आठ-आठ जन पड़े हैं। बाहर बरामदे भरे हैं। सिर्फ हमारे पढ़ने वाले छोटे कमरे में दादी माँ और बीमार चचा बलराज टिके हैं। दो पलंग और पढ़नेवाली दो मेज।

बलराज चचा कितने समझदार, मगर इलाज के मामले में एक ही रट कि हॉस्पिटल नहीं जाऊँगा। यह घर ठीक-ठाक हो जाए तो कुछ दिनों को दादी माँ को यहाँ बुला सकूँगी। खुले एकान्त में बनी गंगावा कॉटेज दादी माँ को अपने फार्म की याद दिलाएगी। खयालों ही खयालों में देखा, बरामदे में मेज लगी है और दादी माँ कुर्सी पर बैठी चाय की प्याली हाथ में लिये बातों पर बातें कात रही हैं। अंग्रेजों के जमाने की कहानियाँ। तीन पीस सूट साढ़े तीन रुपए में, दिल्ली दरबार में हाजिर होनेवाले कुर्सीनशीन, राय साहिब, राय बहादुरों द्वारा खरीदने के लिए इंग्लैंड से आए थे।

रजवाड़ों की पुरानी बस्तियाँ भी दादी को दिलचस्प लगेंगी। उन्हें तो सुननेवालों की मजलिस चाहिए। ऐमनाबाद के नन्दा दीवानों की बेटी बातचीत में माहिर। दादा साहिब की तीसरी पत्नी शोख और वार्तालाप की चसकोरी मशहूर थी।

और अब!

जमीन-जायदाद और जेब की औकात सब पीछे रह जाने पर चेहरे पर सदमे फैले हैं। आँखें अन्दर धँसी हुईं। बालों की कोई देखभाल नहीं। अकेले में हफ्तों रोती रही हैं। बेटों-बहुओं वाले परिवार में अब वह पुराने फर्नीचर की तरह महसूस कर रही हैं।

दादा साहिब के जाने के बाद उनका ऐमनाबाद फार्म पर ही रहने का

निर्णय किसी को भी अटपटा नहीं लगा था। वह किसी बेटे के साथ रही ही नहीं। अपने घर में अपनी खुदमुख्तारी। और अपना हुक्म हासिल! बेटों के शादी-ब्याह होते ही उनकी गृहस्थी अलग उन्हीं के हाथ में सौंपकर वह खुश और बहू-बेटे भी बेफिक्र!

अपने घर जब कभी भी उनका आगमन होता, चाव-चाव उनकी पसन्द के पकवान बनते और वे हँसी-खुशी सन्तोष से विदा होतीं। हम बच्चे उनकी कहानियों के लिए उन पर फिदा रहते। कहानियाँ राजा-रानियों की नहीं—अंग्रेज हाकिमों की, बंगाल के इन्कलाबियों और देसी लोगों के स्वाभिमान की। दिल्ली के चाँदनी चौक में लॉर्ड हार्डिंग के जुलूस का किस्सा सबसे ज्यादा दिलचस्प! घर के पुराने कामकाजी महानन्द और मास्टर साहिब के साथ उनके बेटे देवराज, पृथ्वीराज, बोधराज, धनराज, देसराज और लेखराज।

बेटों को राय साहिब के दोस्त गौरीशंकर के चबारे भेज दिया। साथ गया खाने-पीने के सामान से भरा टिफिन कैरियर। छज्जे के जंगले से सटे बच्चों की नजर से लाट साहिब का हाथी ओझल हो गया तो एकाएक बम फटने की आवाज से चाँदनी चौक में भगदड़ मच गई। जो जहाँ था, वहीं रोक दिया गया। बच्चे अगले दिन घर पहुँचे। रात-भर गौरीशंकर के चबारे पर ही टिकना पड़ा।—मास्टर जी, महानन्द और कलकत्ती टिफिन कैरियर ने मेरे बेटों की अच्छी देखरेख की। नहीं तो बच्चे बिना खाए-पिए क्या करते!

वही जिन्दादिल दादी हमारी अब खामोश पड़ी रहती है।

गाड़ी रुकी।

उसने बाहर झाँका।

सिगनल न होने से गाड़ी स्टेशन से पहले रुक गई है।

उसने पर्स को सावधानी से समेटा और जुत्शी साहिब से पूछा—

कोई बड़ा स्टेशन आएगा क्या? डाइनिंग-कार से चाय पीकर आ सकती हूँ।

—अरे क्या सोच रही हैं आप। यह फ्रंटियर मेल नहीं। चाय तो सिर्फ वैंडर से ही मिलेगी।

—ओह!

वह वापिस बैठ गई।

फ्रंटियर मेल।

दिल्ली स्टेशन पर फ्रंटियर मेल के सामने खड़ा है लाहौर जाती लड़कियों का गुच्छा। भगवती, किरण, सतवाद और कृष्णा—चुलबुली लड़कियों की हँसी। दिसम्बर की छुट्टियों के बाद लाहौर जा रही हैं।

उस दृश्य को क्या अब दोहराया जा सकता है! नहीं। अब तो वह कभी लौटाया ही नहीं जा सकता। हम लड़कियों की रात-भर की चेहमेगोइयाँ।

वह अहमदाबाद में प्रकाश मौसी और मुकुल मौसा की बात सोचने लगी। उनके यहाँ भी नाते-रिश्तों की शरणार्थी भीड़ जमा हुई पड़ी होगी। छोटी मौसी शान्ति भल्ला, मौसा, उनके बच्चे सत प्रकाश और सविता। मुकुल मौसा के अपने चचा-चाची, बुआ-फूफा, उनका परिवार और उनके समधी। अपने यहाँ दिल्ली में रुकते-रुकते कोई लखनऊ, जयपुर, अम्बाला और कोई अहमदाबाद, बम्बई रवाना होते रहे हैं। यह रुचिकर कि और कुछ नहीं तो मिल की मजदूरी तो मुकुल साहिब की मदद से मिल सकेगी। मँझली मौसी रामप्यारी और कोएटा से आए मौसा विश्वम्भर नाथ नन्दा साहिब अम्बाला से कभी नीलोखेड़ी का नया शहर बसाने में व्यस्त, कभी नई राजधानी चंडीगढ़ की योजनाओं में मसरूफ।

भूचाल में गर्क हो चुके कोयटा शहर का दुबारा निर्माण करवाने वाले वही थे! अब उनका अनुभव विस्थापितों के लिए। एक दिन हाल ही में उनके साथ ऊपर घर पर आए थे एस.के.डे और बलोच गांधी। बलोच गांधी अब भी गांधी के भगत हैं। घेरदार सलवार, लम्बी कमीज और पठानी चप्पल। कितना अचरज हुआ था उन्हें देखकर। मुल्क के दो टुकड़े हो चुके हैं। पाकिस्तान बन चुका है और वे यहाँ मौजूद होकर कहाँ देख रहे हैं। जो घटित हो चुका है, क्या उसे बदला जा सकता है!

उसने हड़बड़ाकर अपना पर्स खोला। छोटी-सी जेब में इलायची खोजने लगी। न पाकर पर्स बन्द किया, हैंडल की कलाई पर लपेटा और टेकन लगाकर आँखें मूँद लीं।

इक्की दुक्की तिक्की
मैं तीन भाइयों से निक्की
मेरे मजे ही मजे
तीन मेरी राखियाँ
तीन मेरे टिक्के

गाड़ी हरकत में थी। घूँघटा निकाले पास बैठी माँ बच्चे को दूध पिला रही है।

उसके साथ जमा उसका धनी गाड़ी के हिचकोलों में नींद ले रहा है। सिर की पाग, मूँछें उसके नक्श उभार रही हैं। उसने दुपट्टे के छोर से आँखें पोंछीं और सपने को पाकिस्तान की ओर धकेल दिया।

सपनो, जाओ वहीं जाओ। यहाँ भेस बदलकर वहाँ ताक-झाँक करने से क्या फायदा!

मेरी ओर से कोई उधार तो बाकी नहीं।

बिम्बो की माँ को रोते-पीटते देख उसका दिल दहल गया था। उसकी बेटी और मेरे बचपन की सहेली भारत माँ की धरती तक न पहुँच सकी। चिट्टा दूध उसका रंग-सुनहरी बाल और घनीली आँखें!

माँ छाती पीटकर रो पड़ती, हाय दुश्मनों उसे वहीं रख लिया होता! उसका चोला बदल दिया होता। उसकी बाँहें क्यों काट फेंकीं?

उसे याद आई—आँखों के आगे लटक गई वह रात, जब उसने आधी रात को लौटकर राइटिंग-पैड पर 'डरो मत, मैं तुम्हारी रक्षा करूँगा!' कहानी लिखी थी और अगली दुपहर 'प्रतीक' को भेजी थी।

बिम्बो की माँ का आगमन। रोने-करलाने की आवाजें एक-एक को दहला गईं। छाती पीट-पीटकर नेहरू, जिन्ना को गालियाँ देती ने सबको डाँवाडोल कर दिया था। अरे सरकार वालो-कुर्सियोंवालो, तुम्हारी भी वहीं जाए जहाँ हमारी पली-पलाई सजरी परणाई बेटी गई है। अरे खलकत को बचाने के लिए तुम्हारे पास पुलिस-फौज नहीं थी तो क्यों बँटवारा माना था। बापू गांधी, तुम क्यों चुप हो? जिस नेहरू को तुमने अपना पुत्र बनाया, उससे अपना हुक्म क्यों न मनवाया!

उसने अपने लम्बे बालों की गुँथी चुटिया हाथ लगाकर महसूस की। भयभीत होकर सोचा, क्या लम्बे बालों वाली लड़कियाँ देर तक जीती हैं? बिम्बो के बाल क्या पतले, उलझे और महीन थे?

यह क्या अवा-तवा सोच रही हूँ। उधर ध्यान करो कि श्रेयस को देखने जाने पर हमें क्या-क्या नोट करना होगा। तलाक्षी द्वारा भेजी लिस्ट पर निशान क्यों न लगा लो कि हमें शिशुशाला में क्या-क्या चाहिए।

शिशुशाला की शैल्फ और चौकियाँ कम ऊँची होनी चाहिए। जहाँ बच्चों का हाथ आसानी से उन तक पहुँच सके। बच्चों के जूतों के लिए प्रवेश-द्वार पर ही दीवार के साथ-साथ एक खुली शैल्फ होनी

चाहिए। नाश्ते के लिए एक चौड़ी, लम्बी चौकी। नाश्ता क्या शिशुशाला की ओर से दिया जाना चाहिए? शिशुशाला के बजट पर निर्भर करेगा।

क्या इतने छोटे बच्चों को यूनीफार्म लगाना सही होगा! कैसे बच्चे होंगे सिरोही के!

यह क्या सोच रही हो—बच्चे कहीं के भी हों, एक जैसे होते हैं। छोटे बच्चे!

उसने अटैची खोल डायरी निकाली—पैन खोला—जुत्शी साहिब बोले—सोबती बाई, अब क्या करने जा रही हैं? कागज कलम अन्दर रख लीजिए। अहमदाबाद पहुँचने ही वाले हैं।

उसने अटैची बन्द की। सामान चैक किया और खिड़की से बाहर देखने लगी। भारतभूमि का विस्तार! अपना देश कितना विशाल! राजस्थान की सीमाएँ गुजरात से मिल रही हैं।

कभी शहरों की बस्तियाँ, प्रजाएँ सरहदों के पार भी कर दी जाती होंगी!

एक गुजरात इधर, एक गुजरात उधर!

श्रेयस के धुले-पुँछे सँवरे बच्चों और उनकी शाला की कुशल कार्यप्रणाली देखकर वह और जुत्शी साहिब रोहित मिल के अहाते में पहुँचे तो आँखों के आगे एक नई ही दुनिया उघड़ी। ऊँचे टावर, चिमनियाँ, पानी की टंकियाँ, टैंक, तालाब, गोदाम, मजदूरों के घर, अधिकारियों के बँगले देखकर लगा, फाटक के अन्दर कोई कस्बा बसा हुआ हो। चीफ इंजीनियर साहिब का घर तलाशने की जरूरत नहीं पड़ी। पूछते ही सिक्यूरिटी ने उन्हें बँगले के सामने लाकर खड़ा कर दिया। मुकुल मौसा बरामदे में चाय पी रहे थे। पास ही खेलते अपने बच्चों के शरारती नटखटपन से बेखबर। बच्चे बरामदे में बिजली का स्विच ऑन-ऑफ कर रहे हैं।

—मौसा जी नमस्कार।

—आओ बेटी, आओ।

—मौसा जी, इनसे मिलें, जुत्शी साहिब हैं। हमारे एग्जूकेशन डाइरेक्टर।

मौसा जी ने उठकर हाथ मिलाया— आइए, पधारिए। हमें कृष्णा का खत आज ही मिला। आपका इंतजार था।

चाय के दो प्याले और बनकर आ गए। साथ ही चिउड़ा की दो रकाबियाँ।

मेहमानों को चाय देने की यह शैली उसे अजीब और अटपटी लगी।

नौकर सामान उठा अन्दर ले जाने को हुआ कि मौसा बोले—जुत्शी साहिब का सूटकेस गैस्ट हाउस में ले जाओ। जुत्शी साहिब आपको वहीं ठहरा रहे हैं। आपको मिल भी दिखा देंगे। रात की शिफ्ट बदलने को है।

जुत्शी साहिब बोले—आप गैस्ट हाउस की तकलीफ क्यों कर रहे हैं?

—कोई तकलीफ नहीं। आप वहाँ आराम से रहेंगे।

—मुकुल साहिब, आप अहमदाबाद में कब से आए हैं।

—पंजाब से इंटर किया और मामा गुलजारी लाला नन्दा के पास यहीं चला आया। यहीं पढ़ता रहा, इंजीनियरिंग कर ली और यहीं रोजगार भी मिल गया।

चाय के बाद मौसा और जुत्शी साहिब गैस्ट हाउस की ओर निकल गये। बच्चे बरामदे की कुर्सियाँ खींचने लगे।

दीदी ने रोका—नहीं, कुर्सी खींचने की नहीं बैठने की होती है।

—इसे गाड़ी बनाकर हम पूरे बरामदे का चक्कर लगाते हैं।

—अच्छा, कौन से स्कूल में पढ़ते हो?

—जहाँ भी पढ़ते हों, आपको क्या?

सुभाष ने पूछा—दीदी आप कहाँ से आई हैं?

मैं दिल्ली से आई हूँ।

देवी बोली—

दिल्ली से आई है बिल्ली
बिल्ली के गले में माला
बिल्ली के कान में बुन्दे

बिल्ली की नाक में लौंग
बिल्ली के पंजे में झांझर

सुनकर दीदी को खूब मजा आया। बच्चों ने तुकबन्दी अच्छी जोड़ रखी है।

उसने बड़े लाड़ से कहा—अच्छा बच्चो! अब अपने-अपने नाम बताओ।

क्यों बताएँ?

इसलिए कि मैं आपको आपके ही नाम से पुकारूँ—एक नाम से तो सबको पुकारा नहीं जा सकता।

दीदी—

मैं सुभाष हूँ

—मैं सतीश हूँ

—मैं देवी हूँ

—मैं सुबोध हूँ—

—तुम्हें बहुत कुछ याद है। सुनाओ—

सूथन में आई है पंजाबन
साड़ी में आई है बंगालन
लांगड़ में आई है मराठन
धोती में आई है गुजरातन
लहँगे में आई है राजपूतन।

मौसी हँसी—कृष्णा, ये पंज़ाबी टप्पों की तरह बोल मिलाती रहती है।

—कुछ करें मौसी। बच्चों पर वक्त लगाया करें।

मौसी ने आँखों ही आँखों में पलटा खाया।

—देखो, बच्चे मेरे ऐसे बुरे भी नहीं। शरारती हैं। पर भोले हैं। हाँ,

तुम्हारे घर जैसा कानून यहाँ नहीं चलता।

—ऐसा क्यों कह रही हैं।

—यही कि यूँ नहीं—यहाँ नहीं। वहाँ नहीं। ऐसे नहीं। वैसे नहीं। बच्चे का स्वप्न तो कैद कर लिया न।

—मौसी, यह तो अनुशासन है। हमें तो इतनी छूट है कि हम बड़ों से कुछ भी कहें। पर बोलते हैं तो तमीज से। यह नहीं कि तू-तड़ाक और छीना-झपटी करें।

मौसी ने जैसे फूँक मार दी।

—तुम्हारा घर तो दफ्तर है। वहाँ तो बच्चे भी समझदार हैं और बड़े भी। चलो तुम्हें तुम्हारी छोटी मौसी से मिला लाऊँ।

मौसी ने अल्मारी खोल ताजी धोती निकाली। फिर नीचे के खाने से कुछ कपड़े निकाल उसके आगे किए।

—देखो, यह तुम्हें पसन्द तो हैं। बम्बई जा रही हो वहीं सिलवा लेना।

—प्रकाश मौसी, यह सब कैसे सँभालूँगी। एक छोटा सूटकेस और अटैची ही ले जा रही हूँ। अभी यहीं रहने दीजिए। फिर बम्बई में दर्जियों के पीछे कहाँ भागूँगी।

—यहाँ पास दर्जी बैठे हैं—तुम कहोगी तो कल दिन ही दिन में सिल देंगे।

—मौसी जगह नहीं है। सूटकेस में नहीं आएँगे।

मौसी ने कैनवस का बैग निकाला और उसमें तीनों पीस डाले। चिउड़ा का पैकट और बिस्कुट भी।

धोती बदलते-बदलते मौसी ने पूछा— अपना सामान तो ले आई थी लाहौर से?

—नहीं। जो एक बैग में उठा सकी, उतना ही। दो किताबें, कपड़े, गर्म, ठंडे शॉल, स्वेटर, कोट जूते सब वहीं छूट गए।

—चलो। अब मलाल क्या करना। सब के साथ हुआ सो हमारे साथ। शान्ति की ओर देखो। खाली हाथ पहुँचे। एक-एक चीज जुटानी पड़ी।

—यहाँ से कितनी दूर रहती हैं छोटी मौसी?

—पास ही है। चलते हैं।

अल्मारी बन्द करने से पहले मौसी ने पूछा—धोती पहनो तो निकालूँ। खास सेठानियों के लिए बनी थी। दर्जन-भर मैंने भी ले ली थीं। महीन कपड़ा है और सुन्दर किनारे और पल्लू।

—नहीं मौसी, मैं धोती नहीं पहनती। बस एक बार खादी की पहनी थी फोटो खिंचवाने के लिए।

मौसी ने तालियों का छल्ला कमर में खोंसा और कहा—तुम क्या मुसलमानी कपड़े पहने रहती हो। गरारा कमीज। जहाँ तुम्हारा काम लगा है, उन्हें यह पसन्द नहीं आएगा। वह हिन्दू रियासत है। बँटवारे के बाद भला हम भी क्यों पहने उनकी पोशाकें!

—मौसी यह कपड़े की लड़ाई नहीं। रोटी-रोजी, खेती और नौकरियों की लड़ाई थी।

—देखो, अगली बार यहाँ आओ तो गरारे की जगह सलवार पहनकर आना।

उसने तेवर चढ़ाकर कहा—फिर तो मैं यहाँ कभी न आऊँगी। मैं अपनी मनपसन्द पोशाक बदलने से रही।

मौसी हँसी।

—तुम्हारी नौकरी लग गई पर तुम्हारे स्वभाव की जिद्द कम न हुई।

कुछ दूरी पर मिल के अहाते में मकानों की अस्थायी कतारें। टीन की छतें और टीन की ही दीवारें। इन्हीं में से एक घर शान्ति मौसी का है। दरवाज़े को खटखटाया कि सारा घर खुल गया। टीन के साँचे में खड़ी थी शान्ति मौसी।

वही बड़ी-बड़ी रसीली आँखें, सफेदी पकड़ते घुँघराले बाल और ओठों पर की मोहनी मुस्कान। पतली-दुबली मगर तेज-तर्रार उसकी मनसुहाती मौसी। उसने मौसी के कड़ियोंवाले पुराने घर को अन्दर खींचकर चुलबुली आवाज में पुकारा—शान्ति मौसी, मैं आ गई।

मौसी-भांजी ने एक दूसरे की ओर बाँहें बढ़ा दीं। ऐसी सावधानी से कि बँटवारे वाले आँसू न निकल आएँ।

दोनों मुस्कुरा-मुस्कुरा एक-दूसरे से आँखें चुराती रहीं और आँखों की नमी को बचाती रहीं।

कोने में बड़ी सी टोकनी में करोशिए से बुने जा रहे थैलों का ढेर। तो मौसी यह कर रही हैं—क्या बाजार में—

मौसी ने चटाई पर आसन बिछाया और प्रकाश मौसी से कहा—बहनजी बैठिये।

उसे लगा दोनों बहनों के बीच की दूरी उस आसन में सिमट गई है। वह झूठ-मूठ का चहकने लगी—छोटी मौसी, अपनी बड़ी बहन और छोटी भांजी की खातिरदारी में इतना फर्क क्यों?

शान्ति मौसी की घनी पलकों में कोई पुरानी रार घिर आई। छेड़छाड़ करने को कहा—अरी पंजाबी गुजरातन भांजी, तुम और तुम्हारी शान्ती मौसी उधर की शरणार्थी हैं और प्रकाश बहन इस हिन्दुस्तानी गुजरात की सेठानी। फर्क कैसे न होगा। एक ही आसन है इस घर में, सो इनके लिए। इन्हीं की बदौलत सिर छुपाने को यह छत मिली है।

उसने मन ही मन सोचा, शुरुआत कुछ गलत है।

शान्ति मौसी हँस-हँसकर बोली—कृष्णा, देख तो सीधे पल्ले की धोती में हमारी बहन यहाँ की गुजरातन लगती है। हाथ में थैला लेकर निकलती है तो कौन कह सकता है कि पीछे से सम्बड़याल पंजाब की बहू-बेटी है।

वह पुरानी याद के सहारे छोटी मौसी के उत्साह को उकसाने लगी।

—कितना सुन्दर घर था आपका छोटी मौसी। इतने करीने से रखा हुआ। मौसा जो मेरे लिए हलवाई से निशास्ते के लड्डू बनवाकर लाए थे, उनका स्वाद मुझे कभी नहीं भूलता।

प्रकाश मौसी बोली—तो तुम भी कड़ियोंवाला देख आई हो। अब तो वह सब पराए हो गए। कृष्णा मेरे यहाँ आई तो रास्ते में घोड़े से गिर गई थी। नवाब ने इसे समझाया। जाते ही शान्ती को न बता देना। वह तुम्हारी चोटों पर टकोर करने लगेगी। मुझे रात को लौट जाना है। पहले चौधरी बेगू का घोड़ा छोड़ूँगा फिर अपने गाँव जाकर पहुँचूँगा। शान्ती के हाथ की सेवइयाँ तो इलाही! भुनी हुईं और ऊपर तैरता घी और खांड, मैं खा-पीकर वहाँ से चल पड़ूँ तो अपनी चोट का जिक्र करना, तुम्हें घी हल्दी से ठीक कर देगी तुम्हारी मौसी। सारी बहनों में सबसे ज्यादा होशियार है।

शान्ति मौसी बोली—अरे कहाँ गए वह दिन। उन्हें तो सरकारें हज्म कर गईं। अब न वह घर-बाहर, न वह अपना वतन।

बड़ी मौसी ने बातचीत का रुख पलटने को पूछा—

—कैसे गिरी तुम घोड़े से, कृष्णा।

—घोड़ा तालाब में पानी पीने को झुका कि दूसरे किनारे पर घोड़ी हिनहिनाई। घोड़ा भड़क गया। मौसी, लगाम मैं मजबूती से खींचे रही

पर जाने कैसे हुआ कि ऊँचे टिब्बों पर मुझे सिर्फ धुँधला-सा आसमान दीखने लगा। सोचा, अब गई। अब नहीं बचती। पाँव रकाबों में थे। घोड़े की रफ्तार ने जाने कैसा मोड़ लिया कि मैं काठी समेत नीचे जा गिरी। रकाब में से एक पाँव खींच लिया होगा नहीं तो सिर जमीन पर घिसटता और मैं आसमान में पहुँची हुई होती।

—फिर?

—मैं जरूर कुछ देर बेहोश रही होऊँगी। नवाब मामू पहुँचा तो आवाजें दीं—ऐ हमको तुमको कहनेवाली दिल्ली शिमला की हिन्दुस्तान उठ खड़ी हो जा। चोटें जख्म ठंडे हो गए तो फिर कदम न उठा पाओगी।

—फिर?

—फिर क्या। मैं उठी। धीरे-धीरे कदम उठाया। दर्द था पर चल रही थी। पास के गाँव के चौधरी ने दूध में घी पिलाया और नवाब मामू को घोड़ा दिया—जाओ बेटी को पहुँचाकर लौटती में घोड़ा यहाँ छोड़ देना। तुम्हारा घोड़ा तो सीधा अपने घर पहुँच जाएगा।

प्रकाश मौसी हँसी।

—यह बता उधर की गुजरातन, नवाब के कहे को भी तुमने क्यों मान लिया।

—इसलिए कि वह मुझे ठीक जँचा। मैं अपनी चोट दर्द का शोर मचाती तो उसे लौटने को देर होती। उसकी मनचाही खुराक बेकार होती। मौसी जाने किस वक्त पकाती खिलाती। उसे रोटी सालन की नहीं इंतजार सिर्फ सेमईंयों की थी। कोसों पैदल चलने के बाद यह वाजिब ही था।

प्रकाश मौसी जाने क्यों उखड़ गईं।

—चलो इन पुराने किस्सों में दोहराने को अब क्या रखा है? अब तो

यहाँ की बात करो। हिन्दुस्तान के गुजरात की।

शान्ति मौसी उठ खड़ी हुई। चलो चाय बनाती हूँ। इलायची दालचीनी वाली। उसी के पीने से उछाह पैदा होगा हमारे दिलों में। नहीं तो पिछलियाँ ही याद आती रहेंगी।

सुनकर वह छोटी मौसी पर फिदा हो गई। कहाँ इनका कड़ियाँवाला का घर और कहाँ यह टीन की झुग्गी।

सोचा, प्रकाश मौसी की घर-गृहस्थी बरसों से यहाँ जमी है। चीफ इंजीनियर के यहाँ भला किस चीज की कमी। छोटी मौसी ने मानो उसका मन पढ़ लिया हो। स्टोव पर पानी रखते हुए बोली—मुकुल साहिब की वजह से ही हमारे सिर पर यह छत है। यहाँ आए सभी शरणार्थियों के लिए सेठों ने गद्दे-लिहाफ बनवा दिए। साथ दिए छोटे-बड़े तौलिए और काठियावाड़ी छपाई के थान। सबने मिलकर मदद की तो आज यहाँ बैठे हैं।

शान्ति मौसी ने बक्से पर से मेजपोश सा उठाकर चटाई पर बिछाया और बिस्कुट चिउड़ावाली रकाबियाँ रखकर छोटे-छोटे प्यालों में चाय उँड़ेलने लगीं।

प्रकाश मौसी बोली—मेरे लिए चाय न डालना। मन्दिर जाने का वक्त हो गया है। गाड़ी आ गई लगती है। कृष्णा मन हो तो यहीं मौसी से बातचीत करो—मेरे साथ मन्दिर जाने की इच्छा हो तो मेरे साथ चलो।

—नहीं मौसी आप चलिए। मैं यहीं बैठी हूँ। सविता और सत से भी कुछ देर बातें करूँगी।

बड़ी मौसी के जाने के बाद उसने शरारती दिलचस्पी से पूछा—भला प्रकाश मौसी किस मन्दिर में जाने लगीं।

—स्वामी नारायण मन्दिर में। हमारी बहन तो उन्हीं की चेरी बन गई।

—रोहित मिल की सेठानियाँ भी वहीं जाती होंगी शायद।

—छोटी मौसी मन्द-मन्द मुस्कुराने लगीं।

—समाजियों की सारी शिक्षा-दीक्षा यहाँ की साबरमती में बह गई। सुबह शाम ताना-फेरा स्वामी नारायण मन्दिर का।

शान्ति मौसी ऐसे खिलखिलाई जैसे टीन की दीवारों पर कंकर मारती हो—

—किशनी यह नए धर्म नाते का खाता है। अंग्रेजों ने भी यही चालें चली होंगी और उनके हुक्म हासिल को कायम रखनेवाले कारकूनों ने भी यही कुछ किया होगा जो मेरी बहन कर रही है। समझो आजादी के बाद यह नई गुलामी शुरू हो गई। सत्यार्थ प्रकाश के नियम कहाँ गए।

—छोटी मौसी, आप भी कभी गईं उस मन्दिर में?

—न, जो राह अपनी डगर से बाहर हो उसकी ओर क्यों बढ़ना? सत्यार्थ प्रकाश के नियम तुम्हें भी याद हैं न।

—छोटी मौसी, बँटवारे के शोर में वह सब गुम हो गए हैं। आँखों के आगे खड़े रहते हैं वो खँडहर—मलबों से उठती धूल-मिट्टी और बेवजह मर गए लोगों की लाशें।

शान्ति मौसी जैसे कुछ याद कर रही हों।

—सुनो कृष्णा, वह तुम्हारे पिछवाड़े फिरोजशाह वाली जलालपुरनी क्या अभी वहीं है?

—वहीं मौसी। दिन-रात कपड़े सिलती है।

—जानती हो किसकी बेटी है ?

—वह जलालपुर वाले सांई दित्ता की बेटी है, दिल्ली में आन मिली।

—ऐसे गदरी समयों में कौन किसको कहाँ मिल जाए, क्या ठीक।

दिल्ली पहुँचकर धोने-बदलने को जोड़ा सिलवाने को थी। पता लगा तुम्हारे घर के पीछे फिरोजशाह रोड वाले बंगलों के सर्वेंट क्वार्टर्स में एक औरत सिलाई करती है। मैं पूछते-पूछते पहुँच गई। उसने मुझे देखा मैंने उसे—बहनजी आप कहाँ से।

—मैं जलालपुर से और आप!

—मैं कड़ियावाले से।

—क्या हांडो की छोटी बेटी शान्ति हो?

—दोनों झट समझ गईं और गले मिल आँखें पोंछने लगीं।

—वह जलालपुरवाले चौधरी सांई दित्ता की बेटी थी और हमारी भाभी बननेवाली थी। दो साल भाई से सगाई हुई रही थी। तुम्हारे नानाजी का समधियों से मन-मुटाव हुआ और सगाई टूट गई।

—यह तो बातें पुरानी ठहरीं। अब कौन छूटा, कौन मिलने को जिन्दा रहा, इसका कुछ पता नहीं। सुनते हैं—

—मौसी हम लोग अपनी बातें क्यों न करें। कल तो इस वक्त गाड़ी पकड़नी होगी मुझे।

शान्ति मौसी देर तक पीछे छूट गए जमीन-जायदाद, घर-बाहर की बातें करती रहीं—कशमीरी खलावी ने कैसे सत और सविता, दोनों बच्चों को सुरक्षित जम्मू पहुँचाया। उसका कर्ज उतारने का मौका न मिलेगा। ऊपरवाला उनकी झोली में हजार बरकतें डाले। सजा-सजाया पूरा घर वैसे का वैसा पड़ा रहा और हम उसके बाहर हो गए। कोई चिट्ठी-पत्री खबर नहीं वहाँ से कि कौन घर का मालिक बना। इधर से गया कौन दुखियारा उस घर की चौखट तक पहुँचा। सुई-सिलाई से लेकर खेस रजाई दुलाई धुस्से कम्बलों की कमी नहीं थी। सूजनी

ओढ़ती हूँ तो हँसती हूँ—ऊपरवाले तेरे रंग। तुम्हारे लीडरों ने कलम के जोर से एक साथ सारी खलकत को सजा दे डाली, जो चाहे अपनी मरजी से रिजक की खातिर विलायत, कनाडा, अफ्रीका जाए। पर री, प्रजा को, पेड़ों की तरह बन्दों को उखाड़ना, काट-काटकर मारना किस तरह का इंसाफ है। रब्बा बहुत बुरा हुआ।

मौसी की कलाइयों में एक-एक सोने की चूड़ी बहुत कुछ कह रही थी। उसे मालूम है दिल्ली आते ही जो जेवर उनके पास था, बेच दिया गया था। उसने आवाज में हल्का उत्साह भरकर कहा—

—मौसी अब आपका घर यहाँ बनेगा। आप और मौसा मन मरजी का बनाएँगे। मनपसन्द का।

शान्ति मौसी झूठ-मूठ का हँसने लगी—

—सच कह रही हो। वहाँवाले यहाँ और यहाँवाले वहाँ। जो बीच में मर-खप गए—उनके नाम के क्लेम तो ऊपर वाले के पास। वह जो भी करे। दे या फाड़कर फेंक दे।

दोनों मिलकर हँसती रहीं।

मौसी बोली—कभी करोशिया हाथ में लेती हूँ तो सोचती हूँ, कहाँ वह अपनी हरी-भरी धरती और कहाँ यह मिल-मजदूरों की बस्ती। कुछ देर इनके बीच रह गए तो हम कुछ और ही न बन जाएँ, तुम्हारी बड़ी मौसी की तरह। जैसा देश वैसा भेष। बहन मेरे पीछे पड़ी रहती है—शान्ति सूथन कमीज छोड़कर धोती पहना कर। तुम्हारे मौसा को मुकुल साहिब ने मिल में रखवा दिया है। हिसाब-किताब का खाता देखते हैं। अब वहीं की बोली बोलने लगे हैं। कैम्छौ—

—मौसी, इसमें भला क्या बुराई। उधर का जिला गुजरात गया पाकिस्तानियों के पास—इधर आपको मिल गया एक और गुजरात, हिन्दुस्तानी।

—यह बताओ, जहाँ तुम्हारी नौकरी लगी है वह भी गुजरात है क्या?

—नहीं मौसी, वह कभी गुजरात कभी राजपूताना राजस्थान। ऐसे-ऐसे झगड़े वहाँ भी हैं। गुजरातियों का अम्बाजी मन्दिर क्योंकि राजस्थान में है सो गुजरात भी धुआँ उठा रहा है कि यह मन्दिर अम्बा जी का, तो सिरोही को गुजरात में होना चाहिए।

भल्ला मौसा के साथ सविता और सत दोनों बच्चे अन्दर आए। जूते उतार कोने में रखे। आकर दोनों ने नमस्ते की।

—दीदी को अपने-अपने बस्ते दिखाओ। शिशु गीत सुनाओ।

वह खुश हुई। सोचा, छोटी मौसी और मौसा ने कितना अच्छा सिखाया सिधाया है। कहाँ यह और कहाँ बड़ी मौसी के शैतान बच्चे।

सतप्रकाश बोले—दीदी आप आज हमारे पास रहिए। माँ सेमईयाँ बनाएगी आपके लिए।

सविता ने उसकी चुन्नी का आँचल पकड़ लिया—मैं आपको कहानी सुनाऊँगी दीदी—

राजे के बाग में धनिया, मेथी, पालक—

उसे सविता पर खूब प्यार आया।

—राजे के बाग में सब्जियाँ उगती हैं क्या!

आजाद भारत में सब छोटे-बड़े बराबर हैं पर जनमानस में राजा-रानी तो बने रहेंगे न।

मौसा बड़ी मोहक हँसी हँसे। मौसा किसी शहजादे से कम नहीं। धनी बाप के बड़े बेटे रहे पर सतौली माँ ने उसे हवेली सौंपने की जगह शादी के बाद ही अलग कर दिया। बिरादरी में जग-हँसाई होने लगी पर पिता दशरथ बने रहे। बेटा-बहू भी पी गए। कुछ न बोले।

एक रात पिता आए, सिर पर प्यार फेरते हुए रोने लगे। मेरी एक नहीं चली। मैं तुम्हारा गुनहगार हूँ बेटा। फिर भी माफी का हकदार हूँ। वह अपने बच्चों के हक में कुछ भी कर सकती है। तुम्हारा अलग रहना ही ठीक है।

मौसा को यह प्रसंग न भाया—उसे दोहराने से फायदा। जाओ बच्चो इतने तुम स्कूल के काम पूरा करो उतने हम तुम्हारी दीदी को प्रकाश मौसी के यहाँ छोड़कर आते हैं।

बच्चों ने बस्ते खोले और कापियाँ निकाल स्कूल का काम करने लगे।

बारी-बारी से झुककर दोनों को प्यार किया।

—नमस्ते दीदी।

—नमस्ते दीदी। कल शाम को जरूर आइएगा।

छोटी मौसी और मौसा उसे बड़ी मौसी के घर छोड़ने आए तो रास्ते में दो-चार घरों की ओर संकेत किया। यह सब हमारे ही हमसाये हैं। इनकी परेशानियाँ बेचैनियाँ तो हम से बहुत ज्यादा हैं री।

बच्चों की बात पर मन हल्का हुआ था फिर वहीं लौटना।

सड़क के बाईं ओर से जोर-जोर से रोने-चीखने की आवाज आ रही थी।

उसने सहमकर पूछा—मौसी, यह कौन है। क्या यह भी—

—हाँ यह भी किस्मत की मारी। इसके परिवार का कोई नहीं बचा। लाशों के ढेर तले जाने कैसे पड़ी रही। अब दिमाग चल गया है। बिना खाए-पीए पड़ी रहती है। बस रात हुई नहीं कि छाती पीट-पीटकर बकारा करने लगती है। अरे लीडरो, फतूहीवालों, जहान तुम पर थूक रहा है। छिन जाएँगे तख्त-ताज तुम्हारे। तुम्हें बेगुनाहों की आह लगेगी। मैं सुबह शाम अरदास करूँगी—वाहगुरु इन्हें सजा दें।

हाय, जुल्मियो हाय!

हाय, वैरियो हाय!

सुनकर उसके पाँव के तलवे सरसराने लगे।

फाटक के बाहर ही मौसी और मौसा ने प्यार फेरा—हम अन्दर नहीं आ रहे। बच्चों को खाना देना है। हाँ, बम्बई में तो नानी माँ को मिलोगी न!

बम्बई।

एक बड़ी दुनिया प्लेटफार्म के साथ ही खुलती चली गई। लाहौर, कलकत्ता और दिल्ली से कितनी अलग। अलग और अनोखी।

स्टेशन पर माँ के पूनावाले मामा साहिब की तेज निगाह ने उसे पहचान लिया। पास आकर सिर पर हाथ फेरा।

—ठीक हो न बेटी कृष्णा?

उसने हाथ जोड़े—जी मामा साहिब। जुत्शी साहिब, बड़े मामा साहिब से मिलिए। मामा साहिब, आप हमारे डाइरेक्टर जुत्शी साहिब हैं। मैंने इनके बारे में आपको खत में लिखा था।

—हाँ, बेटी। तुम्हारे बहाने इनके दर्शन भी हो गए।

मामा साहिब ने एक बार फिर जुत्शी साहिब से हाथ मिलाया। पहले से कहीं ज्यादा गर्मजोशी से—कृष्णा बेटी ने हमें खत में आपके बारे में लिखा था। आप महकमे के डाइरेक्टर हैं और बम्बई से सामान खरीदने आ रहे हैं। अब यह बताइए कि आपको किस तरफ जाना है, कहाँ ठहरेंगे।

—कालबा देवी।

—आप इस गाड़ी में बैठिए। जगन भाई, जुत्शी साहिब से पता ले लो।

हाँ जुत्शी साहिब, बम्बई की यात्रा पहली बार है कि पहले भी आ चुके हैं।

—पहले भी आ चुका हूँ।

—कृष्णा बेटी, तुम इस गाड़ी में आओ।

वह जुत्शी साहिब की ओर मुड़ी—हम लोग हार्नली रोड पर तलाक्षी के यहाँ ग्यारह बजे मिल रहे हैं न?

—क्या आप वक्त पर पहुँच सकेंगी? कैसे आएँगी?

—मामा साहिब से डाइरेक्शन लेकर पहुँच जाऊँगी!

—अच्छा कल सुबह मिलेंगे—

बड़े मामा साहिब ने कुली को विदा किया।

—पहले तो माँ के मामा से मिली हो न। अब अपने मामा से मिलो।

—काशीनाथ, मिलो अपनी भांजी कृष्णा से। पहले कभी मिले तो नहीं।

काशीनाथ मामा ने हैलो किया। उसने परिचय के साथ हाथ उनकी ओर बढ़ा दिए। बड़े मामा साहिब बोले—मिल रहे हो पहली बार, पर नाम तो एक दूसरे के सुने हुए हैं न?

—जी।

वह काशीनाथ मामा की ओर देखकर मुस्कुराई।

रास्ते में एक-दूसरे की जिज्ञासाओं के जवाब-सवाल होते रहे। एकाएक बड़े मामा साहिब ने टोका—काशीनाथ ध्यान से। मेरी भांजी दुर्गा की यह अमानत हमारे साथ है। तुम्हारी भांजी का हिसाब तो रहा तुम्हारे साथ। कुछ गड़बड़ हुई तो डबल चार्ज मुझ पर ही लगेगा।

—डबल चार्ज क्यों, पापाजी।

—एक तो मैं ठहरा कृष्णा की माँ का मामा, दूसरे यह भी सोबतियों की बेटी और हम भी सोबती। थोड़ा ही फर्क है। यह गुजरात की सोबती और हम आलमगढ़ के। संयोग देखो, मेरी बहन—सोबतियों की बेटी—ब्याही हांडों के घर और इसकी माँ—हांडों की बेटी—ब्याही सोबतियों के घर। कहने का मतलब यह कि इसकी खातिर-तवाजा ठीक से होनी चाहिए।

वह गुपचुप हँसती रही। माटुँगा किंग सर्कल पहुँच गए।

गाड़ी घर के सामने खड़ी हुई।

वह उठने को हुई तो बड़े मामा साहिब ने हाथ के इशारे से रोका—बेटी, अभी रुको।

—पापाजी क्यों रोक रहे हैं?

—इसे एक सरप्राइज देनी है। रुको-रुको।

—काशीमामा, बड़े मामा साहिब बहुत दिलचस्प मिजाज के मालिक लगते हैं।

काशीमामा ऐसे हँसे जैसे अपने बाप साहिब की नहीं बेटे की बात कर रहे हों।

—घर में पापाजी मौजूद हों तो रौनक ही रौनक। पूना से जब भी आते हैं तो घर की आबोहवा बदल जाती है। बम्बई में ठेठ पंजाब चला आता है।

मामा साहिब ने आवाज दी—आओ बच्चो, हमारे आलमगढ़ में पराहुनों के आने पर दहलीज पर तेल चुआने का चलन था। अन्दर जाकर देखा तो सरसों का तेल ही नहीं मिला! काशीनाथ का खुशबूदार तेल तो इस शुभ काम के लिए इस्तेमाल नहीं किया जा सकता। क्यों, बेटी कृष्णा?

वह हँस दी।

—हमारे बड़े बेटे बैजनाथ से तो मिली हो न दिल्ली में।

—जी, मामा साहिब।

—अब मिलो अपनी मामी से। तुम्हारी हमनाम कृष्णा। तुमसे बड़ी हैं। उम्र में भी और करनी में भी। कॉलेज में नेतागिरी करती रही हैं। जेल की हवा भी खा चुकी हैं। हम सब इसके रौब में रहते हैं। बैठो।

इधर चाय आई, उधर बड़े मामा साहिब ने उसके आगे एक फोटो रख दी—देखें, तुम इन्हें पहचानती भी हो कि नहीं।

—क्यों नहीं। हमारी नानी माँ हैं।

—पक्का यकीन है तुम्हें? कहीं रिफ्यूजियों के झूठे क्लेम की तरह तो नहीं कह रही कि यह मेरी नानी है—यह मेरी दादी है।

उसके माथे पर बल पड़े।

—मामा साहिब ऐसे तो न कहिए—क्या शरणार्थी ऐसे-ऐसे झूठ बोलते हैं?

—यहाँ के लोग बताते हैं इनके बड़े-बड़े क्लेम। लगता है कोई बन्दा वहाँ गरीब था ही नहीं।

उसने सख्ती से कहा—ऐसा कहना ठीक नहीं।

बड़े मामा साहिब बोले—काशीनाथ, इस फोटो का नैगेटिव तो तुम्हारे पास है।

—नहीं, पापाजी।

—चलो अगर नैगेटिव नहीं तो हम हमारी बेटी को असल दिखा लाते हैं। आओ उस कमरे में चलें।

दीवान पर बैठी नानी माँ माला फेर रही थीं।

नानी माँ—उसने पुकारा।

मामा साहिब बोले—

—बहना, अब राम-राम बन्द कर, कृष्ण-कृष्ण कह। तुम्हारी नातिन कृष्णा आई है तुम्हारा दिल लगाने को।

वह नानी माँ के पास झुकी।

नानी ने सिर सहलाया। फिर माथा चूमा।

—सुख से हो न। दिल्ली में तो सब कुशल हैं?

—जी नानी माँ, अहमदाबाद में प्रकाश मौसी और शान्ति मौसी से मिलकर आई हूँ।

बड़े मामा साहिब अपनी बहन को छेड़ने लगे।

—बहन, अभी पिछले हफ्ते तो तुम यहाँ पहुँची हो और आते ही अपनी भाषा बदल ली। वहाँ तो खैर-खैरियत पूछते हैं और यहाँ पूछते हैं कुशल-मंगल। मतलब सुख-आनन्द है न।

नानी ने जैसे सुना नहीं।

इस बीच नानी ने फिर आँखें मूँद ली थीं। संकेत—मुझे अकेला छोड़ दो। माला फेरती हूँ। काशीनाथ मामा ने हाथ से चुप रहने का इशारा किया और सभी दबे पाँव ड्राइंगरूम की ओर लौट आए।

बड़े मामा साहिब बोले—काशीनाथ, तुम्हारी डॉक्टरी किस काम आएगी। अपनी बुआ को कोई ताकत की दवा दो। काफिले के साथ चलकर हिन्दुस्तान पहुँच जाना मामूली बात नहीं। इन शरीरों में पुरानी सत्या है। पर मेरी बहन की थकान उतारना तुम्हारा काम है। माना बूढ़ा शरीर है, पर भीतर की शक्ति पुरानी है।

—पापाजी, बुआजी पीछे की उदासी पकड़े हुए हैं। धीरे-धीरे लौटेंगी पुराने सदमे से।

—क्या दिल्ली में भी ऐसी ही थीं?

—जी, मामा साहिब। कभी सोई रहतीं कभी छ्ट गए पुराने खेत, कूएँ, पेड़ याद करतीं। कभी घर-तबेला, गाय, भैंस, घोड़े—

एकाएक वह रुकी।

—काशीमामा, मुझे कल सुबह ग्यारह बजे तलाक्षी के यहाँ पहुँचना है। कितना नम्बर बस ले सकती हूँ?

बड़े मामा साहिब और काशीमामा ने दिलचस्पी से देखा—पहली बार बम्बई आई हो, क्या जगह ढूँढ़ सकोगी?

—जी, मामा साहिब।

—काशीनाथ हमने मान लिया। बेटी हुशियार है। पर कल सुबह तुम्हीं इसे हार्नबी रोड छोड़ोगे।

फुर्र से उड़ गए वे सात दिन! सिरोही लौटने के लिए फिर अहमदाबाद की गाड़ी और फिर वही प्लेटफॉर्म।

काश कि वह आज बम्बई पहुँच रही होती! आने और आकर चले जाने में कितना फर्क है!

वह काशीनाथ मामू के साथ धीमी चाल से गाड़ी की ओर बढ़ रही है।

बड़े मामा साहिब ने पीछे मुड़कर देखा।

यह लड़की इतना धीरे क्यों चल रही है?

—बेटी, तुम्हारा मन आज जाने का न हो तो भी हम तुम्हें रोकने वाले नहीं। पूछो, भला क्यों!

काशीनाथ, मुश्किल से यह भाँजी तुम्हारी यहाँ हफ्ता-भर रुकी और इसे छोड़ने के लिए इतनी भीड़ इकट्ठा हो गई। ज्यादा दिन रह जाए तो क्या इसके मित्र, सहेलियों को सँभाल सकेंगे हम। न भई न, तुम्हारी नई नौकरी है। समझ रही हो न मेरी बात!

वह हँस दी।

काशीनाथ मामू के दोस्त धंजी आगे बढ़ आए। हाथ छूकर कहा—जल्दी आना। कृष्णा, हमें तुम्हारा इन्तजार रहेगा।

श्रीनाथ ने घेरकर कहा—यहाँ तुम्हारे चाहने वाले बहुत हैं। पैमला नहीं

आ सकी। उसकी ड्यूटी थी।

रमण ने हाथ हिलाया—कृष्णा, वादा करो, हमारी शादी पर जरूर आओगी। एक पैकेट उसकी ओर बढ़ाया—प्रीति ने तुम्हारे लिए दिया है।

—आप दोनों के लिए मेरी सराहना। धन्यवाद। रमण, आपकी दोस्त मुझे बहुत अच्छी लगी।

—कहूँगा उससे। खुश होगी।

जुत्शी साहिब मामा साहिब से हाथ मिलाकर गाड़ी की ओर बढ़े। उसने बड़े मामा साहिब को प्रणाम किया। आशीर्वाद लिया।

—बेटी, बम्बई सिरोही से बहुत दूर नहीं। कभी कोई भी जरूरत आन पड़े तो तुरन्त एक खत या टेलीग्राम। फौरन चला आऊँगा। तुम्हारे बहाने आबू देख आऊँगा।

—जी, अच्छा।

काशीनाथ मामू बोले—फिर मुलाकात होगी, हमें भूलना नहीं।

—कभी नहीं मामू!

वह खिड़की में से हाथ हिलाती है। उदास भी और खुश भी। सबने कितने प्यार-चाव से उसकी देख-रेख की।

जुत्शी साहिब सामने की सीट पर अपनी अटैची जमा रहे हैं। कुछ खिंचे से, कुछ पराये से। चेहरे पर तलाक्षी प्रसंग अब भी छाया हुआ है। वह अपने को अलग रखने को मजबूर थी। हैरानी इतनी ही कि वह दोनों मिलकर मुझमें एक सीधी-सादी जरूरतमंद लड़की देख रहे थे। जो आइटम तलाक्षी के पास थे नहीं, उन्हें दूसरों की डुप्लीकेट सूची में कैसे सही किया जा सकता था। चलो छोड़ो। यह सब सिरोही पहुँचने पर।

मामू के पड़ोस में रहते कुन्दनलाल सहगल के भाई को मन ही मन याद किया। चेहरा-मोहरा उसी साँचे में ढला हुआ। मिलने आए तो बोले—चाहता था भांजी के लिए हाथ की तुरपाई वाला कुरता सिलाई कर दूँ, पर वक्त कम रहा। अगली बार आएगी भांजी तो अपना कमाल दिखलाऊँगा।

बड़े मामा साहिब अपनी अलमारी से कुरता निकाल लाए—कृष्णा बेटी, यह देखो इस शख्स के हाथों की महीन तुरपाई।

विस्मयकारी! इस बार सफर में पाकिस्तान में छूट गई यादों पर बम्बई के नजारे तैरने लगे। सिरोही लौटकर घर खत लिखा।

गंगावा
स्वरूपविलास
सिरोही

प्रिय मम्मी-पिताजी,

प्रणाम।

बम्बई से पोस्ट किया पत्र अब तक मिल गया होगा।

लौटकर सीधे गंगावा ही आ गई। फूलीबाई और मिश्रीबाई ने घर की सफाई-धुलाई करवा दी थी। जरूरत माफिक फर्नीचर भी पहुँचा दिया गया था। यहीं आना ठीक समझा। बरामदे में बैठकर चाय पी रही हूँ और आप सबको याद कर रही हूँ।

स्वरूपविलास गंगावा से न इतना पास है, न इतना दूर। और बगीचे से घिरा है। यह जगह सिरोही में हरियाली का द्वीप ही समझिए। आसपास सुनसान ही है, मगर पेड़ों पर पाखियों का चहचहाता शोर सन्नाटों को मुँह चिढ़ाता रहता है। सुबह घूमने निकली थी। चीकू के फलदार पेड़ बहुत सुन्दर लगते हैं। गंगावा का फाटक शहर की ओर जाती सड़क

के बाहरी किनारे पर है। पीछे स्टाफ के लिए जगह बनी है। मुझे रहने के लिए गंगावा मिल गया, इससे खुश हूँ। खाना बनाने के लिए रसोइया हमीद साहिब हैं और साथ ही दो सन्तरी भी। पैलेस के दोनों ओर गारद रहती है। बाहर गंगावा का कुआँ है। पक्का चबूतरा बना है और साथ ही सटा है कुएँ पर छाँह करता एक पुराना पेड़। कहते हैं, कभी रात कुएँ पर जानवर पानी पीने आते हैं। उन्हीं के डर से कॉटेज को जाफरी से घेर दिया गया है। दिन में पूरा दृश्य बहुत सुहावना लगता है। हाँ, अँधेरा उतर आए तो कुछ डरावना-सा। चूँकि इसे भुतहा घर कहा जाता है इसलिए मैं रात को चौकस रहती हूँ। कॉटेज के पिछवाड़े भी एक विशालकाय पुराना पेड़ है। हवा में टहनियाँ गंगावा की ढलवाँ छत को छूती हैं तो छत की खपरैल हिलती है। मेरे नजदीक भूत की इतनी ही पहचान उभरी है। नानी माँ बम्बई में कुशल से हैं। बड़े मामा साहिब उनकी ठीक से देखभाल कर रहे हैं। पूना में इतने बरस रहकर भी वे मिजाज में ठेठ आलमगढ़ी पंजाबी और काशीनाथ मामा बिलकुल बम्बई निवासी। एक शाम बड़े मामा साहिब घर भर के लिए अंग्रेजी सिनेमा के टिकट ले आए। मैंने कहा, आप लोग जाएँ, मैं नानी माँ के पास रहूँगी।

बड़े मामू बोले—यह नहीं होगा। हम सबको एक साथ जाना होगा।

मैंने बहुत समझाने की कोशिश की—मामा साहिब, नानी माँ अंग्रेजी पिक्चर में क्या देखेंगी? आप उन्हें मजबूर क्यों कर रहे हैं?

—इसलिए कि मैं बहन को अकेले नहीं छोड़ सकता।

मामा साहिब ने नानी से कहा—तैयार हो जाओ, बहन। साथ में अपनी जाप की माला रख लो। पिक्चर चलती रहेगी, तुम आँखें बन्द करके माला फेरते रहना।

मम्मी-पिताजी, मेरी तो हँसी थमने में न आई। यहाँ तक कि पिक्चर

हॉल में बैठे हुए भी मैंने दोनों बहन-भाई की ओर नहीं देखा। इस डर से कि जोर से हँस न पड़ूँ।

काशीनाथ मामू मुझे बहुत अच्छे लगे। फिर भी कहना होगा कि रत्न मामा ननिहाल वालों में कम नहीं। बम्बई में इतनी भागमभाग रही कि कुछ भी खरीदने का वक्त नहीं था।

बलराज चाचा कैसे हैं? उन्हें एक छोटा-सा मनीऑर्डर भेजा था। मम्मी, मुझे अहमदाबाद और बम्बई में सभी ने रुपये दिए। वही जमा कर मैंने उन्हें मनीऑर्डर कर दिया कि यह मेरी तनख्वाह के हैं। आप कोई फिकर न कीजिएगा। बलराज चाचा हॉस्पिटल जाने को राजी हुए कि नहीं? एक-एक करके ही चीजें सुलझायी जा सकेंगी। अब बन्द करती हूँ। सबको मेरी याद दें।

पुनश्च : खबर है कि जब तक शिशुशाला नहीं खुलती, मुझे सिरोही दरबार की गवर्नेस के पद के लिए नियुक्त किया जाएगा। सोच रही हूँ कि अगर ऐसा हुआ हो तो क्या फैसला करूँगी?

आपकी बेटी

कृष्णा

जाफरी के अन्दर बैठे-बैठे चाय के प्याले में चीनी का चम्मच हिलाया ही था कि खयालों ही खयालों में फिर बम्बई जा पहुँची। तभी बाहर गाड़ी रुकने की आवाज आई।

यूरोपियन गेस्ट हाउस के पट्टेदार प्रकट हुए—कमिश्नर साहिब ने सलाम भेजा है। हुक्म मिला आपको लिवा लाएँ। लॉन में विराजे चाय पी रहे हैं—

—मैं सिर्फ पाँच मिनट लूँगी, आप इन्तजार करें।

वह अन्दर गई। चेहरे को ताजा किया। पुराना उतार गले में नया दुपट्टा ओढ़ा, जूते बदले और पर्स हाथ में ले जीप में जा बैठी।

देसी गेस्ट हाउस पीछे छोड़ जीप यूरोपियन गेस्ट हाउस की ओर मुड़ी।

अभी भी यूरोपियन गेस्ट हाउस। निखार ही कुछ दूसरा।

हरा-भरा सींचा हुआ लॉन। मेज पर चाय लगी है और कुर्सी पर आसीन थी प्रशासन की हस्ती कमिश्नर मीरचन्दानी साहिब।

जीप से उतर वह कोर्ट शू की ऐड़ी की अनुशासनबद्ध लय से लॉन की इज्जत में किनारे-किनारे चलकर मेज तक जा पहुँची।

—गुड आफ्टरनून सर—

—गुड आफ्टरनून—

सर ने प्रशासनिक ठंडेपन से तीखी निगाह दी।

—बैठिए।

—थैंक्यू सर।

वह इंटरव्यू देने की मुद्रा में विनम्र और चौकस।

—कैसा लग रहा है यहाँ?

—जी, एक बार निर्णय ले लिया है कि यहाँ टिक जाऊँगी तो एडजस्ट करने की पूरी कोशिश में हूँ।

—शिशुशाला के खुलने में वक्त लगेगा। तब तक महाराज की गवर्नेस के पद पर काम कर सकेंगी?

—जी, मैं कोशिश कर देख सकती हूँ—

—अगर इसे न निभा सकीं तो—

—सर, अगर महसूस किया कि इसकी योग्यता मुझमें नहीं है तो मैं लिखित में सूचित कर दूँगी ताकि नया इन्तजाम किया जा सके।

—अगर ऐसा हुआ तो फिर आप क्या करेंगी? क्या कॉल्विन को ज्वाइन करना चाहेंगी—

—माफ कीजिएगा सर। कॉल्विन में तो करना न चाहूँगी।

—आपको सुविधा दी जा रही है। इसका लाभ नहीं उठाएँगी तो आपको यहाँ से दिल्ली लौट जाना पड़ेगा।

—जी सर, जानती हूँ।

एकाएक मीरचन्दानी साहिब मुस्कराए।

—दरबार को सँभालने के प्रस्ताव को गम्भीरता से लीजिए। हमें विश्वास है कि उसे अच्छे से निभा सकेंगी।

—थैंक्यू सर। अपनी ओर से मैं पूरी कोशिश करूँगी।

कमिश्नर साहिब ने अपनी कलाई पर नजर दी और वह इजाजत ले कुर्सी से उठ खड़ी हुई।

सर ने मुलायम स्वर में कहा—मन बना लीजिए। आप निभा सकेंगी। महारानी साहिबा को पूरा विश्वास है।

—थैंक्यू सर।

वह लॉन पार करते ऐसे चली जैसे देर बाद कोई मैदान जीता हो। गंगावा पहुँच बरामदे में बैठे-बैठे चाय पी—अन्दर के कमरों की ओर देखा। दरवाजे की चौखट से लटकता मद्धम-सा बल्ब। अस्थायी तार। इस रफ्तार से वायरिंग होने में कम से कम चार-छह दिन और। कहाँ बम्बई और कहाँ सिरोही। एक बड़ी दुनिया। एक छोटी दुनिया। एक नई और एक पुरानी। एक महानगर और एक अपने ही खामोश दबदबे वाला राजस्थान का प्राचीन शहर।

बम्बई के तो क्या कहने।

आने से दो दिन पहले पूरा परिवार समुद्र तट पर पिकनिक के लिए पहुँचा था। बड़े मामा साहिब ने नानी माँ से पूछा—बहना नहाने का मन हो तो उस चट्टान पर बैठकर नहा लो। हर रोज दरिया में नहाने वाला तुम्हारा दिल परच जाएगा।

नानी माँ बोलीं—कोई कपड़ा या तौलिया ले आती तो—

—इसकी सोच न कर बहना। मैं तुम्हारे लिए घर से चद्दर उठा लाया था। सोचा, पानी में नहाने को तुम्हारा दिल जरूर मचलेगा। कृष्णा बेटी, जाओ नानी की मदद कर दो।

नानी माँ ने चट्टान की ओट बैठकर जो कपड़े उतारे और चादर से

बदन इस तरकीब से ढँका कि मालूम ही न हुआ कि कपड़े उतारे भी गए थे।

नानी माँ ने कपड़े उतार मुझे थमा दिए। डुबकी लगाई। खड़े हो हाथ जोड़े—हे समुद्र देवता! अपने पोथी-पत्रो और शालिग्राम को पीछे छोड़ मैं घर से निकल पड़ी। नदियों के रखवाले सागर देव, मेरे गुनाह माफ करना। कुछ ऐसा करो कि मेरे पवित्र पत्रे और शालिग्राम किसी दुर्जन के हाथ न लगें। सागर देव उन्हें अपने पानियों में समो लेना।

नानी माँ आँखें पोंछने लगीं।

बड़े मामा साहिब पर मुझे दिल ही दिल बहुत प्यार आया। लगा नानी माँ के साथ मैं भी रोने लगी हूँ।

सुबह की चाय पी देर तक लेटी रही। अपने से कोई बात नहीं कर रही। दिल-दिमाग पर एक ही इबारत कि वक्त से तैयार होना है—स्वरूपविलास पहुँचना है। नहाकर आई। हमीद के हाथ की बनी नाश्ते की ट्रे मेज पर आ लगी। बैठे-बैठे जाफरी के बाहर देखती रही। गंगावा। अच्छा होता अगर यहीं टिकी रहती।

घड़ी देखी।

अन्दर जा सूटकेस खोला।

इने-गिने जोड़े—कौन सा रंग पहने। कपड़ों की उलट-पलट, ऊपर-नीचे किए, फिर रूममेट स्वर्ण सेठ का उपहार दिया जोड़ा निकाल पैताने पर फैला दिया। फीका दबा सा प्याजी घेरदार गरारा-कुर्ती और रुपहली मुकैश से जड़ा दुपट्टा।

फूलीबाई भरपूर अँखियों से देखती रही।

—बाई साहिब खूब फबेगी।

फूलीबाई की ओर देखते-देखते जाने कहाँ से जुबेर भाई सामने आन खड़े हुए। दुपट्टे पर रखा हाथ देर तक वहीं ठिठका रहा।

बुरा मत मानना—तुम्हारी यह बहिन, लाली यार सूफियाने रंगों की मद्धम शोखियों में से दूसरों को घूरती रहती है।

वह बोली—जुबेर भाई आपको तो चमकीले चटक रंग पसन्द हैं न! आप इन्हें न देखा करें।

—नहीं, मुझे तो ऐसे पसन्द हैं जो तुम पहनती हो। वह एक काशनी—जो तुमने अपने एनुअल डे पर पहना था। तुम्हारी बहुत सी बातें याद रखता हूँ।

वह अनोखे गले से बोली—

—शुक्रिया जुबेर भाई! आपने आज मुझे ये तोहफा दे दिया। मैं तो सोचती थी आप हमारे रंगों को देखते तक नहीं। इसके लिए मैं आपको दूँगी ट्रीट—क्या लेंगे, कुल्फी कि आइसक्रीम?

जुबेर के जाने के बाद वह और लाली, उसके दूर पार के चचेरे लाली भाई, उसके होस्टल के फाटक पर रुके। सुनो, लाली भाई ने उसे समझाकर कहा—इन दिनों जुबेर से ज्यादा अपनापा बढ़ाने की जरूरत नहीं। आजकल किसी भी बात पर आपसी झमेला खड़ा हो सकता है।

कहाँ खो गईं वे दिल्लगियाँ। कहाँ छूट गए वे चेहरे—

उसने जूते पहने, गले में दुपट्टा सधाया, पर्स खोल कॉम्पैक्ट में अपने को निहारा और कोर्ट-शू के सन्तुलन में स्वरूपविलास की ओर चल दी। खट्ट-खट्ट-खट्ट—

महल के प्रवेश द्वार पर ही सिरोही के प्राचीन इतिहास के साथ-साथ चमचमाती तलवारों के प्रतीक चिह्न। रियासत की पठारी बहादुरी का निशान! ड्योढ़ी के बाहर गारद। वहाँ से कदम-भर इधर आ रहे हैं—दत्तक महाराज तेजसिंह के ए.डी.सी. जयसिंह साहिब।

—स्वागत है। आइए मिस साहिबा, पहले आपको आपका निवास स्थान दिखा दें।

बरामदा पार कर दोहरा द्वार सरकाया—तिकोना कमरा।

एक कोने में पलंग और दूसरे में बैठने के लिए लम्बे सोफे का विस्तार—इन दोनों के बीच में से ऊपर जाती सीढ़ियाँ। ए.डी.सी. साहिब ने फूलीबाई को हुक्म दिया—

—बाई साहिबा को ऊपर का बाथरूम दिखा लाओ।

तीन-चार मुलायम संगमरमरी सीढ़ियाँ चढ़कर दाईं ओर नजर मारी। सोचा, ऐसे बाथरूम के साथ क्या कुछ और भी चाहने की जरूरत हो सकती है!

लौटकर ए.डी.सी. साहिब का धन्यवाद किया—जी, मुझे यहाँ कोई दिक्कत नहीं होगी। सब ठीक है।

—आइए, अब कर्नल साहिब से मिलते हैं। हम सबको उन्हीं के हुक्म की तामील करनी होती है।

ए.डी.सी. साहिब ने कर्नल साहिब के ड्राइंगरूम के बाहर जूते उतारे। उन्हें देखकर बाई ने भी।

कर्नल साहिब सोफे पर विराजमान हैं।

अभिवादन किया—गुडमार्निंग, सर।

—गुडमार्निंग, मिस।

सचमुच का रौबीला सैनिक चेहरा, गुत्थीला साफा और कनैंली चेहरे को सजाती-लहकाती बड़ी-बड़ी मूँछें। जाने कौन-सी रेजीमेंट होगी जनाब की!

ड्योढ़ी के अन्दर पहुँचते ही जयसिंह साहिब ने कामदार साहिब से परिचय करवाया—मैम, आप कामदार भीखमलाल जी हैं—कुछ भी जरूरत हो—आप इन्हें लिखकर भेज सकती हैं।

ड्योढ़ी से ऊपर जाती सीढ़ियाँ—चौकोर गैलरी में खुलते कमरे में धूप-छाँवी आलोक के टुकड़े। खिड़कियों की लम्बी कतार—सोफे पर विराजमान सिरोही दरबार और उनकी छोटी-बड़ी माँ जी साहिब, सभी जैसे किसी सजीले फ्रेम में जड़े हों।

जयसिंह साहिब ने परिचय दिया—बड़ी माँ जी साहिब, साहिब महाराज और छोटी माँ जी साहिब।

महाराज के मुखड़े का निखार—छुटके-छुटके कानों में चमकते हीरे और नटखटी मुसकान। दरबार बड़ी माँ जी साहिब को गुदगुदा रहे हैं—

ए.डी.सी. साहिब बोले—खम्मा बावसी, यह हैं आपकी नई मैम।

बाई ने हाथ आगे बढ़ाया—हैलो, बेबी हम लोग एक शाम केसरविलास में मिले थे न?

दरबार ने तनिक-सा सिर हिला हामी भरी।

बाई का हाथ अब भी अकेला था।

—तेजसिंह, पहले मैं आपकी मित्र हूँ, फिर टीचर—अब मैं यहीं रहूँगी आपके पास।

बड़ी माँजी साहिब ने जयसिंह साहिब से पूछा—कौन-सा खंड दिया बाई को रहने के लिए?

—माँजी साहिब, दक्खिनादे पहली मंजिल के धुर कोने पर।

तेजसिंह नटखटी में बड़ी माँजी साहिब की ओर मुड़े।
—माँजी साहिब, यह मैम आपको भाएँगी कि नहीं—

छोटी माँ साहिब चुपके-चुपके मुस्कुराने लगीं।

सुनकर मैम ने आगे बढ़कर तेजसिंह का हाथ पकड़कर हिलाया—बाइ! बेबी बाइ, लंच के बाद मिलेंगे।

इस बार एक नन्हा सा हाथ बाई के हाथ से मिला।

तेजसिंह बड़े सयानों की तरह बोले—

—मैम, लंच के बाद क्यों?
—गंगावा जाऊँगी, सामान के साथ लौटूँगी।

दरबार ने ऐसी मुद्रा में सिर हिलाया, जैसे उसे ऐसा कर लेने की आज्ञा देते हों।

बाई ने मन ही मन सोचा—बहुमूल्य राजसी संस्कार। अपने लिए कम मुश्किल होगी।

जयसिंह साहिब से कहा—मिसेज मैकफर्ल्न की तारीफ करनी होगी कि दरबार की सहज स्वाभाविकता को विदेशी रूप में नहीं ढाला।

—मैम, आप देखेंगी कि उम्र में इतने छोटे दरबार जन्मजात मेधावी हैं।

आइए मिस, आपको आपका वर्करूम भी दिखा दें।

—बाई साहब, यह कमरा आपके काम के लिए वर्करूम और दुपहर में आराम के लिए है। महाराज दुपहर माँजी साहिब के साथ कुछ वक्त बिताते हैं। तब तक आप यहाँ आराम कर सकती हैं। दरबार के लिए कुछ सामान मँगवाना हो तो ऑर्डर कर सकती हैं। ब्यूरो में आपको सब नाम, पते मिल जाएँगे। मैकफर्ल्न साहिबा सामान मँगवाती रही हैं।

सिरोही की यह पुरानी दुनिया कितनी नई लग रही है। वह ए.डी.सी. साहिब के साथ ब्यूरो के सामने जा खड़ी हुई।

बन्द ब्यूरो के नीचे बने अलग-अलग खानों में सुनहरे अक्षरों में छपा सिरोही राज का राइटिंग-पैड प्रतीक-चिह्न के साथ, छोटे-बड़े लिफाफे, स्टाम्प-टिकट, पैंसिल होल्डर, कलम-दवात। ए.डी.सी. साहिब ने पीतल के खटके दबाए तो बन्द ब्यूरो के पट खुले। ऊपरी कपाट के तीन भाग। एक पर कोहिनूर से जड़ा ब्रिटिश राज का हुकूमती ताज, दूसरे पर जवाहरलाल नेहरू और तीसरे पर महात्मा गांधी। इतिहास की किताब ढूँढ़ने की जरूरत अब कहाँ है?

गोलबाग लाहौर की आवाजें गूँजने लगीं कानों में—

छीन सकती है नहीं सरकार वन्दे मातरम, हम गरीबों के गले का हार वन्दे मातरम—

वे ऊँची आवाजें, प्रतिध्वनियाँ मानो उसके अन्दर से नहीं, कमरे से उठ रही हों।

महल में सिमटा यह कमरा।

कमरे में सिमटी प्राचीन देश की नई ऊर्जा।

यहाँ भी बहुत कुछ हुआ होगा?

जरूर टकराई होंगी आवाजें प्रजामंडल की। हिन्द-भर में प्रजाएँ उठ खड़ी हुई थीं—वे नारे यहाँ भी क्यों न पहुँचे होंगे।

मादरे वतन—

जिन्दाबाद।

नेताजी सुभाषचन्द्र बोस—

जिन्दाबाद

आजाद हिन्द फौज

जिन्दाबाद।

गोलबाग के मंच पर से अपने बहादुर जवानों की खून सनी कमीजें दिखाई जा रही हैं।

—नौजवानो, दिल खोलकर आजाद हिन्द फौज की मदद करो। जो देश के लिए कुर्बानियाँ दें, जो वतन के लिए शहीद हों, उनके लिए जी खोलकर—

भीड़ के आगे फैलाई गईं झोलियाँ चन्दे से खड़कने-खनकने लगीं।

ऐलान हो रहा है—

लाहौर कॉलेजों के होस्टलों का एक दिन का खुराकी खर्च आजाद हिन्द फौज के लिए दिया जाएगा।

इंकलाब जिन्दाबाद!

हिन्दुस्तानी सी.आई.डी. वालों के दिल वतनपरस्ती में गरमाने लगे, सरकारी आँखें नई रोशनी की किरणें देखने लगीं।

छीन सकती है नहीं

सरकार वन्दे मातरम

वन्दे मातरम, वन्दे मातरम।

भीड़ का जोशीला मिजाज देख गोरे सी.आई.डी. अहलकारों ने मंत्रणा की और गोलबाग नारा-ए-तकबीर के साथ गूँजने लगा—

"तुम अपने नापाक इरादों से हमारे पैगम्बर को रँगीला रसूल कहोगे तो हम इसके एवज में तुमसे ऐसी कीमत वसूल करेंगे जो तुम्हारे खून को हमेशा के लिए ठंडा कर देंगी।

अल्लाह ओ अकबर!"

उसने अपने अन्दर फैली भीड़ को गुम आवाज दी—

हो चुका—
खबरदार

होशियार।

अब अपना मुल्क आजाद है।

आँखों के आगे घूमने लगा—

दुबारा चला-पैदल काफिला।

नानी माँ अमृतसर पहुँची तो पैदल क़ाफ़िले की भीड़ सड़कों, पटरियों और गलियों में तितर-बितर फैल गई। आखिर टूटे-भज्जे थके-मारे कुछ अपनों को रास्ते में छोड़ आए। जो खुशकिस्मत थे अपने देश

पहुँच गए। सगे-सम्बन्धी, दोस्त-मित्र भीड़ों में अपने-अपनों को ढूँढ़ रहे हैं कि अगर कोई अपना जीता-जागता पहुँच गया हो तो उसे अपने साथ लिवा ले जाएँ। इन खूनी हलचलों की क़ीमत पर मिली आजादी—रब्ब करे इस कातिल आजादी, इस तकसीम के बाद बचे-खुचों को अंग्रेजी चंगुल से निकलना रास आए। दोनों ओर जो कुर्बान हुए, मर-खप गए वे तो वतन के लिए शहीद हुए—जो बच गए वे अपने-अपने मुल्कों की बरकतों को माथों पर लगाएँ—लम्बी उम्रें भोगें।

थकी-हारी कोई अपने घर-बाहर से उखड़ी बूढ़ी काया किसी गली के अनजान घर के थड़े पर घुटनों पर सिर रखे ऊँघ रही है। सूजे हुए बुढ़िया के पाँवों पर मिट्टी और कीचड़ की परत जमी है। इन पाँवों को टकटकी लगाए देखते हुए कोयटा से विस्थापित हो निकले इंजीनियर विशम्भर नाथ नन्दा देर तक उसके जगने का इंतजार करते रहे। शायद कोई अपना हो। लगभग घंटे बाद बुढ़िया माँ ने सिर उठा आँखें खोलीं तो सामने पहचान के लिए शाहनी के अपने दामाद विश्वम्भर दास नन्दा खड़े थे। सासूजी के जीवित पैरों की चरण वन्दना को पैरी पौना किया तो पुरानी थकी आँखों ने तनिक पलक झपकी और कमजोर आवाज में पुराने शब्द दोहरा दिए—जीते रहो बेटा।

—माँ जी मुझे पहचाना नहीं! मैं हूँ, आपका जामाता पुत्र विशम्बर, आपकी बेटी रामप्यारी का घरवाला। अब तो पहचान में आ गया न।

अनमनी सी में सिर हिलाया—हाँ, रब्ब तुम्हारा भला करे। जरा मुझे एक घूँट पानी तो पिला।

जमाई राजा गली के नुक्कड़ तक गए और गिलास भर चाय ला आगे की—लो माँ जी, मुँह गीला करें। सासूजी ने चाय का गिलास मुँह को लगाया। घूँट भरे जैसे बदन में गर्मी आई। पूछा—पुत्तर तुम कहाँ से—

जामाता ने पास जाकर कहा—पहचानें माँजी—मैं हूँ। आपका दामाद-कोयटा से आया हूँ—शाहनी माँ रोने लगीं।

—मैं सदके पुत्तर—फिर लम्बी साँस लेकर डर-डरकर पूछा—रामप्यारी और मेरे बच्चे।

दामाद ने सासू माँ के कान को गुँजा कर कहा—सब खैर से कैम्प में हैं।

माँ जी वहीं चलते हैं—

—रख साँई की, पुत्तर जी ऊपर वाले ने क्या संयोग मिलाया, तुम आन मिले। नहीं तो मैं यहीं बैठी-बैठी खत्म हो जाती।

घर में सम्बन्धियों का शिविर।

काफिले में पैदल चलकर आई नानी माँ अमृतसर से दिल्ली पहुँची। एकाएक नींद से उठीं, जम्हाई ले बोलीं—सुनते हैं गांधी महात्मा इन दिनों दिल्ली में हैं। अरे, कोई मुझे उनके दर्शन तो करवा दे।

कस्तूरीलाल बोले—भाबो, पगला तो नहीं गई। जिसने मुल्क बँटवा दिया, लाखों बन्दों को मरवा दिया, भला उसके दर्शन करने चली हो—

लाहौर के उर्दू अखबार में काम करनेवाले बलवन्त हांडा ने अपनी मोहतबिरी दिखलाने को कहा—

—सज्जनो, असल बात कुछ और है। बाम्हनों की चित्तपावनी बिरादरी ने यह खूनी बखेड़ा शुरू किया। यह साजिश दरअसल गांधी के खिलाफ नहीं थी, बनियों को नीचा दिखाने को थी। उनके बर्दाश्त के बाहर था कि गांधी महात्मा बनिया होकर बाम्हणों जैसा आदर पाए। खलकत उसे सन्तों-ऋषियों की तरह पूजे।

गुजराँवाले से उखड़े धनपत बोले—अरे यह जात-पाँत, बाम्हण-बनियों का गर्दो-गुबार झाड़ने लगा। अपने मुल्क से जाने कब साफ होगा! दलितों को तो जात-बिरादरी के बाहर अलग खड़ा कर रखा है।

—अँधेर साईं का, सोचने की बात है लोको, मनुक्ख की जून एक सी, मुँहमाथा, हाथ-पैर एक से, फिर इनमें दुवैजी क्यों?

—नफरतें, बेरहमियाँ अब न चलेंगी।

—हाँ जी, नक्शा बदलेगा अपने आजाद देश का।

एक शाम बापू की प्रार्थना-सभा में नानी को ले जाया गया।

नानी-माँ प्रार्थना सभा में पहुँचीं। दूर से हाथ जोड़ नमस्कार किया—बापू, ऊपरवाला जानता है कि बँटवारे का अनर्थ क्यों हुआ? पिता समान बाप तो सबको अच्छी सीख देता रहा।

खिड़की के काँच पर हल्की खटखटाहट—

—कौन?—

चौकीदार साहिब।

अन्दर से माँ ने झाँका—

—क्या बात है चौकीदार—आज इतनी जल्दी—

खिड़की-दरवाजे बन्द कर लीजिए। मेहमानों को बाहर न निकलने दीजिए—शहर में बड़ा हल्ला है। क्या साहिब ऑफिस से आ गए?

—नहीं, पर यह तो बताओ हुआ क्या?

—साहिब, बापू गांधी को गोली मार दी गई है।

—हाय रब्बा! अभी यह बाकी था। अन्धेर साईं का—अरे किसने यह कुकर्म किया?

साहिब अभी कुछ मालूम नहीं। कोई कहता है—शरणार्थी था, कोई मुसलमान बताता है—

घर में आए लुटे-पुटे उखड़ों की भीड़ बरामदों में जुटी।

—अरे अब क्या कहर बरपा?

माँ ने हाथ से इशारा किया—चुप्प! यहाँ नहीं, आप लोग अन्दर चलें—बापू गांधी को किसी हत्यारे ने गोली मार दी है।

सयानियाँ माथे पीटने लगीं। हाय-हाय यह अनर्थ—अरे यह पाप किसने कमाया?

बाहर से अखबारी खबर वालों का शोर दिलों से टकराने लगा।

बापू को बिड़ला हाउस की प्रार्थना सभा में गोली मार दी गई।

बड़े-बूढ़े शरणार्थी धिक्कारने लगे—अरे अब डरने का क्या काम? बाहर जाकर पूछो तो सही हत्यारा कौन था?

कुछ देर में साइकल पर आवाजें मद्धम हो दूर हो गईं कि शोर का नया रेला उभरा—

—महात्मा गांधी को गोली मारनेवाला न शरणार्थी था, न मुसलमान, वह हिन्दू था। हिन्दू—

लानतें—लानतें—अरे हत्यारों! लोग वैरियों, दुश्मनों को मारते हैं और तुम पितृ-हत्या करने चल पड़े। तुम्हारे कुल-खानदान हमेशा को नष्ट-भ्रष्ट हों—उनके अंग-संग कभी न दुबारा जगें—नालायकों अपनों को बचा न सके तो सन्त-महात्मा को मार गिराया। ऐसे पुरोधा को जिसने सयानफ से अंग्रेज को मुल्क से बाहर किया।

—हाय ओ रब्बा—क्या तुम गहरी नींद सोए हुए थे।

नानी माँ जो दो दिन पहले ही बापू की प्रार्थना-सभा में होकर आई थीं, छाती पर हाथ मार-मार दोहराती रहीं—अरे पतित पावन उस

घड़ी आप कहाँ जा छिपे थे। आपको तो बापू उम्र-भर पुकारते रहे—

रघुपति राघव राजाराम

पतित पावन

सीताराम।

राजाराम आप कहाँ गुम हो गए। यहाँ आपकी दुनिया बँट गई—बेटे कत्ल हो गए। आप गहरी निद्रा में सिंहासन पर विराजते रहे।

घर की पूरी भीड़—

रेडियो से शोक-ध्वनि। सुनकर कलेजा मुँह को आया। बज रहा है—यह साज खून से लथपथ गांधी के लिए। मुल्क दो हो गए पर—

हम लाहौर रेडियो से बोल रहे हैं—

रुँधे गले से अनाउंसमेंट।

हमारे महात्मा गांधी...

ऐमनाबाद से आई हमारी दादी माँ रह-रह आँखें पोंछने लगीं। सयानों की भर्राई आवाज में कहा—जो भी कहो—हजार मार-काट हुई हो पर हमारी गमी में पाकिस्तानियों ने हमसायों की सी रोल निभाई है। ऐसे बापू को याद कर रहे हैं जैसे गांधी महात्मा उनका भी कुछ लगता था।

कमरे में सिसकियाँ तैरने लगीं।

शाम को रेडियो से अनाउंसमेंट हुई—

'प्लीज, स्टैंड बाइ फॉर ए इम्पोर्टेंट अनाउंसमेंट—द फादर ऑफ द नेशन महात्मा गांधी हैज बीन एसेसिनेटेड। ही वाज किल्ड बाई ए हिन्दू।'

ऑल इंडिया रेडियो से जैसे ही हमने सुना कि महात्मा गांधी की

अन्तिम यात्रा इंडिया गेट से राजघाट की ओर हार्डिंग ब्रिज से जा रही है, हम लोग लगभग दौड़ते हुए सिकन्दरा रोड पर पहुँच गए; अपार जनसमूह पटरियों पर कायदे से खड़ा था और रो रहा था।

जुलूस के सबसे आगे एक ट्रक में पंडित नेहरू और पटेल खड़े थे। जनता में ऐसा कोई मुखड़ा नहीं था, जो सिसकता और रोता न लगे।

घूम-फिर रहे हैं पुराने दृश्य आँखों में किंग्सवे कैम्प के।

एक दिन सुबह थानेदार के आते ही कैम्प में खबर फैल गई कि कैम्प की एक लड़की पहाड़ी पर बेहोश मिली है। रात उससे कुकर्म किया गया है। अब अस्पताल में है। कैम्प कमांडेंट रजिस्टर खोल लड़कियों की हाजरी लेने लगे।

दम्मो-हाजिर।

तीजी-हाजिर।

कुंतो-हाजिर।

चम्पा-हाजिर।

कमली-हाजिर।

पुष्पा-हाजिर।

वचनी-कोई जवाब नहीं।

कैम्प कमांडर बोले—लड़की के हाथ पर नाम खुदा है—वचनी।

कोई जाकर सरगोधे वाली को बुला कर लाई।

वचनो की माँ कैम्प कमांडर की मेज के सामने आन खड़ी हुई।

—जी।

—तुम्हारी लड़की वचनो कहाँ है माई।

माँ ने कमजोर आवाज में कहा—सोई पड़ी है—

कुर्सी पर से आवाज गरजी—कहाँ—

—बुला लाओ।

वचनो की माँ ने दुपट्टे से मुँह ढँक लिया और फुसफुसाकर कहा—कहाँ होगी! यहीं कहीं होगी। मेरे वीवा-क्या जानूँ—ऊपर वाला ही जानता होगा—

थानेदार ने हाथ से इशारा किया—

चल माई जीप में बैठ और हिन्दूराव में चलकर बेटी की शनाख्त करो कि तुम्हारी ही बेटी है। वचनो की माँ छाती पीटने लगी—

—गाड़ियाँ कट गईं। बेटे-बेटियाँ मर गईं। हाय नामेदी, हाय तुम्हें चैन न आये दुश्मन—बेटियों की नस्ल को खत्म कर दो। अपने लड़के पैदा करना कीकरों से-कीकर के काँटेदार पेड़ों से। कमीनो!

इधर कैम्प कम्पाउंड के कमरे के सामने टँगे बोर्ड पर बड़ी-बड़ी लिखावट में चमकती सूचना शरणार्थियों के कानों में शोर करने लगी—लाट साहबनी लेडी माउंटबेटेन रामेश्वरी नेहरू के साथ कैम्प का दौरा करने आ रही हैं। कैम्प की सफाई शुरू हो गई। चारों ओर कनात लगी और जेल में बनी दो बड़ी-बड़ी दरियाँ बिछ गईं। मेहमानों के लिए दो गद्देदार कुर्सियाँ और एक मेज रख दिया गया। आसपास कुछ गमले।

हिदायत हुई कैम्प में रहनेवालों को कि साफ-सुथरे कपड़े पहनें। बच्चों के बाल सँवार उन्हें फर्श की अगली कतारों में बिठाएँ।

औरतों की कतारें। बीच-बीच में मामूली कपड़ों में झलमलाने लगीं ओढ़नियाँ। लाट साहबनी को अटपटा लगा।

रामेश्वरी नेहरू ने जनानियों से पूछा—बहनो! हमारी मेहमान अचरज

में हैं कि सलमे-सितारे और किनारे वाली चद्दरें तो कुछ और ही दर्शाती हैं। यह कीमती दुपट्टे कहाँ से मिल गए? मेम साहिबा इस पर कुछ हैरा'न सी हैं।

मुल्तान से आईं जनानियाँ उठीं और तल्खी से जबान कतरने लगीं— बहन जी! अपने मैले-कुचैले कपड़ों में लाट साहिब की मेम का स्वागत होता? जो बहनें अपनी-अपनी शादी की ओढ़नी बचाकर ले आई थीं, वही बाहर निकालीं। हम तो लूटे-पुटे हैं, पर लाटनी की आबरू तो हमने रखनी थी।

स्वरूपविलास में लम्बे डाइनिंग टेबल के साथ एक छोटा टेबल जोड़कर दरबार के साइज की ऊँची कुर्सी लगा दी गई थी। एक ओर बाई-दूसरी ओर तेजसिंह के ए.डी.सी. जयसिंह साहिब और सामने अपने भारी-भरकम डीलडौल में कर्नल साहिब। राजपूती मुखाकृति। सर्विस करते चेहरे ऐसे चौकस और मुस्तैद जैसे किसी बड़े होटल के वेटर हों। प्लेट उठानेवाले प्रभुड़ा को एक दिन सीढ़ियों से उतरते हँसते देखा तो लगा ही नहीं कि यह वही लड़का है जो महाराज की कुर्सी के पीछे बिना हिले-डुले कुछ ऐसे खड़ा रहता कि अचानक प्लेट उठाते या रखते प्रभुड़ा की बाजू ही हरकत में दीखती।

इस मेज पर खामोशी-खामोशी में ही नाश्ते, लंच और डिनर से छोटे-बड़े खेलों की शुरुआतें हो जातीं।

एक चम्मच भर पौरिज-दो चम्मच भर दूध और चम्मच से अन्दर लेते ही उबकाई।

इशारा होता—प्लेट उठा लीजिए।

दूसरी प्लेट-अंडा टोस्ट-अंडा हाफ बौयल्ड है तो फुल चाहिए—फुल है तो उसका पीला नहीं चाहिए।

—तेजसिंह, यह तो पहले बताने की बात है न।

—पहले पूछा नहीं गया।

—प्लेट उठा लीजिए—

पूरा उबला हुआ—छिलके के बिना क्यों है—

—हाफ बौयल्ड।

प्लेट आते ही जयसिंह साहिब हाथ बढ़ा काँटे से हलकी-सी चोट करते, छिलका हौले से तिड़कता और अंडा खाना शुरू होता।

—बस।

—फल।

—बस इतना ही?

गवर्नेस आँखें चुराए देखती जैसे न देखती हो। लगता उसकी अपनी आँखें किसी कोठरी में बन्द हैं और उसकी जगह दूसरे लोग महाराज को देख रहे हैं।

खखम्माघणी-खम्माघणी।

सीढ़ियों से नीचे उतरने की नपी-तुली चाल!

फाटक पर गार्ड सलामी दे रहे हैं।

तेजसिंह सलामी ले रहे हैं।

चार कारों का काफिला धीमे-धीमे आगे बढ़ रहा है।

मैम ने मुलायम आवाज में कहा—प्यारे बच्चे, आज आपकी सलामी ठीक नहीं थी।

—कैसे मैम।

—आपका बाजू अपनी जगह पर नहीं था।

—ऐसा क्यों कह रही हैं मैम—

—वह ढीला था न! क्यों जयसिंह साहिब!

—हाँ, ढीला तो था बावसी!

लम्बी ड्राइव से लौटकर आराम को बैठे हैं महाराज तेजसिंह। सामने जूस का गिलास।

घूँट भरते-भरते तेजसिंह ने सफाई चाही। कहा—मैम अब आप मुझे बताएँ—सुबह सलामी में कहाँ गलती थी!

मैम ने जयसिंह साहिब की ओर देखा। ए.डी.सी. साहिब ने खड़े होकर पहले बाजू सीधा किया, फिर सैल्यूट दी—

—बावसी, क्या ऐसी ही थी आपकी सैल्यूट!

—नहीं, ऐसी नहीं थी।

गवर्नेस बोली—प्यारे बच्चे, आपका बाजू आस्तीन की तरह लटक रहा था। कुछ ऐसे थी सुबह की सलामी। दृश्य के अन्दर नहीं, बाहर थी।

तेजसिंह चौकन्ने हो उठे।

—फिर से बताइए मैम, बाहर क्या था। बाहर तो गार्ड था न!

—डार्लिंग, गार्ड अपनी जगह पर अपने कदमों पर मौजूद था। हम धीमी रफ्तार से चलती गाड़ी में थे। आपको अपना हाथ गार्ड के साथ मिलाना चाहिए था। यह जानकर कि हम रफ्तार में हैं और जेल का गार्ड 'अटेंशन' में खड़ा था।

अब तक तेजसिंह जैसे कोई चित्र देखने लगे हों।

एकाएक बोले—अब ठीक से समझ में आ रहा है। गार्ड खड़ा था और हम कार में थे। मैम भूल तो उसी की हो सकती है। हमारी नहीं।

जयसिंह कर्नल साहिब की ओर देखने लगे।

तेजसिंह सुबह की सलामी पर इतने एकाग्र और चौकन्ने कि कोई हँसा नहीं, न ही मुस्कुराया।

इसके बाद मैम परेशान रहीं। और खामोश बनी रहीं। तेजसिंह इस तेवर को देख रहे थे। बच्चे होने के साथ-साथ अपने को हमेशा ठीक समझने वाली बड़े-बुजुर्गों की अदा से।

बाई के लिए शुरू के दिन खासे मुश्किल थे। आस्ट्रेलियन मिसेज मैकफर्ल्न अभारतीय होने के नाते तेजसिंह पर एक खास तरह का नियंत्रण रख सकती होंगी। उम्र में बाई से काफी बड़ी और अनुभवी। इस नई गवर्नेस के पास फकत अपने बचपन के अनुशासन का तजुरबा था और एक छोटा-सा प्रशिक्षण। दरबार की दोनों छोटी-बड़ी माँओं में से बीकानेरी बड़ी माँ साहिबा हमेशा बच्चे पर कब्जा जमाने की कोशिश में।

बाई ने अपनी डायरी में दर्ज किया—ड्राइविंग पर दरबार की पल्टी का जिक्र।

तेजसिंह की ड्राइविंग पर लगातार तीन दिन पल्टी! क्या वजह हो सकती है! सबके सामने ब्रेकफास्ट। फिर यह कैसे और क्यों?

दरबार के डॉक्टर साहिब बाई की ओर देखते हैं। मिसेज मैकफर्ल्न के जमाने में तो ऐसा कुछ नहीं हुआ। अब ऐसा क्यों? नाश्ते में तो सब वहीं मौजूद रहते हैं। बाई की ओर ही शक की निगाह से क्यों देखा जा रहा है?

स्वरूपविलास के डॉक्टर कह रहे हैं कि ऐसा पहले कभी नहीं हुआ। सावधानी आपके हित में ही होगी कि दरबार क्या खा रहे हैं क्या नहीं, इस पर कड़ी नजर रखें। नहीं तो आप मुश्किल में पड़ेंगी।

—जी, डॉक्टर साहिब।

लंच से पहले दरबार और मैम दोनों सोफे पर आमने-सामने बैठे हैं। बीच में रखी है—मकैनो।

एकाएक तेजसिंह पूछते हैं—मैम आप तो बाहर देख रही हैं। शाम को टेनिस खेलेंगी कि हमारे साथ राउंडर्स।

मैम ने मन-ही-मन कुछ फैसला किया—

—डार्लिंग, इस पर तो अपना ध्यान ही नहीं। मैं सोच रही हूँ कि ड्राइविंग पर आपकी पल्टी कैसे बन्द की जाए?

तेजसिंह जैसे मैम की बात सुनकर फिर से अपने मकैनो में व्यस्त हो गए।

—देखिए मैम, हमने यह ब्रिज कैसे जोड़ा है?

—ठीक जुड़ा है।

रात सोने से पहले मैम किताब में से पढ़कर कहानी सुना रही हैं। दरबार सुन रहे हैं, चौकन्ने होकर मैम की ओर देखा फिर एकाएक बोले—मैम, माँजी साहिब तो आती ही होंगी।

लगता है बच्चे को यह कहानी दिलचस्प नहीं लग रही!

मैम ने कलाई पर वक्त देखा—हाँ दस मिनट में यहाँ होंगी।

—मैम, आपको एक बात बतानी है। माँजी साहिब ने आप को कहने को मना किया था पर आपको तो बताना जरूरी है।

बाई ने आवाज सख्त कर कहा—तेज सिंह, जिस बात के लिए माँजी साहिब आपको मना करें, उनकी आज्ञा के विपरीत जाना ठीक नहीं।

—मैम, आपको यह बात मालूम न होगी तो सब लोग मेरी पल्टी के लिए आपकी ओर देखते रह जाएँगे। जैसे आप मुझे पल्टी करवा रही हैं।

मैम जानना चाहती थी, पर कहा—तेजसिंह माँ जी साहिब ने जो मना किया है, वह तो मैं सुनना नहीं चाहती।

—मैम सुबह बड़ी माँजी साहिब बादाम, इलाइची मिश्री वाला दूध पिला देती हैं। फिर नाश्ते में ओवलटीन पीने पर पल्टी होती है।

माँ साहिब के छनकार की आवाज पास आई तो तेजसिंह बोले—मैम, अब अगली कहानी कल।

मैम ने हाथ छुआ—थैंक्यू बेबी।

—गुडनाइट मैम—

—गुडनाइट।

वह अपने कमरे में जाकर हल्के मन दीवान पर पसर गई। अद्‌भुत! इतनी समझ तेजसिंह को भला कहाँ से मिली होगी, कि इसके पहले कि डॉक्टर साहिब की मुझ तक सचमुच में वार्निंग आए बच्चे को पल्टी का भेद मैम को बता देना चाहिए। हल्के मन बाई देर तक लेटी रही। जैसे अरसे बाद कुछ इतना अच्छा घटा हो। बच्चे पर खूब प्यार आया।

उसने सोने से पहले तेजसिंह को लेकर डायरी में कुछ पंक्तियाँ लिखीं। पिछले तीन दिन कोई संकेत न देने के बाद मैम की सहायता करने की यह पहल—

वह लाड़ से मुस्कराई।

क्या कहेंगे इसे—संस्कार, कि राजसी समझ, कि परिवार की छुटपन से स्थितियों को समझने-परखने की रीति-नीति! अद्‌भुत! फिर भी कहना होगा कि इन सबके लिए तेजसिंह बहुत छोटे हैं।

सिरोही दरबार तेजसिंह के पिता भूपाल सिंह मनादर के ठिकानेदार थे। अपने रुतबे के मुताबिक सभी मामलों में बीकानेरी बड़ी माँ छोटी माँ

से हलकी पड़ती थीं। बेटे साहिब बड़ी माँ पर कुछ ऐसे न्योछावर हुए रहते कि देख-देखकर खुश होते। उनका एक-एक संकेत समझते। और बड़ी माँ साहिबा अपनी आँखों से बच्चे को बाँधे रखतीं। हँसती-हँसाती, लाड़-लड़ाती, शरारत को उकसाती।

ज्यों ही दोनों इकट्ठा होते, हँसी-खुशी की लहरें कमरे में फैल जातीं। छोटी माँ दोनों को किसी बाहर के वृत्त से देखतीं।

सामने वाले बड़े कमरे में अब तेजसिंह जी के लिए खेलने-पढ़ने का सामान जुटाया जा रहा था। मुहूर्त निकाला गया। समारोह की तारीख पक्की हो गई। गवर्नेस ने उपहार के रूप में सुनार को बुलाकर चाँदी की कलम और दवात बनाने का ऑर्डर किया और किताबों के लिए बम्बई की बुक-शॉप को लिख दिया गया।

महल के प्रवेश द्वार की सीध में बने क्रिकेट मैदान में राउंडर्स का खेल खत्म। बावसी के नन्हे-नन्हे हाथों से छोटा-सा क्रिकेट बैट और गेंद ले जगूड़े को पकड़ा दिया और सब बिलियर्ड रूम की ओर बढ़ चले। तेजसिंह बिलियर्ड रूम की ऊँची कुर्सी पर विराज गए और जयसिंह साहिब खिलाड़ी की तरह गेंद को दक्षता से उसकी मंजिल तक पहुँचाने लगे।

बाई मन ही मन चमत्कृत हुई—वह इस बिलियर्ड टेबल पर हाथ आजमाएगी। यह मारा और निशाना अपनी जगह पर। कनॉट प्लेस में एक जगह उसने बिलियर्ड रूम का बोर्ड देखा था। बिना देखे-जाने कब मालूम हो सकता है कि यह खेल कितना बन्दी को उबारने वाला है। जाने कैसे मेज पर हो रही निशानेबाजी से उसने अपने अन्दर अजीब स्फूर्ति का चमत्कार महसूस किया।

रात तेजसिंह को कहानी सुनाने के बाद— गुडनाइट-गुडनाइट की कि माँजी साहिब कमरे में दाखिल हुईं और वह सीढ़ियाँ उतर अपने कमरे की ओर। पलंग के पैताने रात के कपड़े रखे हैं। उसने बेड-साइड टेबल पर डाक से आए दो-दो लिफाफे देखे, उन्हें उठा सोफे पर जा पसरी। मिश्री बाई पास फर्श पर ऊँघती रही। पहले राज दीदी का लिफाफा खोला। फिर डलहौजी से तारा सूरी का।

“डियर सोबती— तुम्हारा खत मिला। कई बार पढ़ा। जाने कैसे लगता है यह सोचकर की कभी मुल्क के भी टुकड़े हो सकते थे। खुदा का शुक्र कि हम एक-दूसरे को खत लिखने के लिए जिन्दा हैं।

मेरे पापा सुबह-शाम चर्च के कामों में मसरूफ। मन ही मन इन्तजार कि देखें किसके जिन्दा होने की खबर मिलती है। जब भी लिख सको। मैं भी काम ढूँढ़ रही हूँ। एक दिन यहाँ की पहाड़ी चप्पलें लेकर नीचे बैलून गई थी। सिर्फ दो ही जोड़े बिके।”

उसने एक बार फिर राज दीदी का खत पढ़ा। घबराहट हुई। अगर जीजू की बदली शाहजानपुर हो गई तो घर की देख-भाल में मम्मी का हाथ कौन बँटाएगा? इतने लोगों का काम निबटाने को सुखिया और गोबिन्द काफी नहीं। वह कुछ देर बैठी रही फिर बाई को आवाज दी।

मिश्री बाई बाथरूम में जरा पानी देखो—हाथ-मुँह धो कपड़े बदल लें!

मिश्री बाई ने पलंग से कपड़े उठाए और तीन-चार सीढ़ियाँ चढ़ गुसलखाने में पहुँच गई। यहाँ आते ही बाई का जी खुश हो जाता है। इससे अच्छे गुसलखाने की बात ही नहीं सोची जा सकती। संगमरमर में सादा बाथरूम, वाशबेसिन बढ़िया, दीवारों पर चमकते दर्पण। मुखड़े पर खूब छींटे दिए। हाथ में टॉवल लिया कि जैसे कोई हल्की-सी आहट सुनी हो।

मिश्री बाई को हाथ से संकेत किया— ऊपर देखो! सीढ़ियों का किवाड़ बन्द है न।

मिश्री बाई ने दरवाजे पर खड़े हो कहा— जी, बाई साहिब।

उसने रात के स्लीपर पहने और पलंग के पास आ खड़ी हुई।

मच्छहरी खोल दो।

मिश्री बाई ने पलंग की मच्छरदानी फैलाई कि बाई के तेवर चढ़ गए। मैंने रंगदार मच्छहरी के लिए मना किया था। क्या फराश तुम्हारे सामने लगाकर गए?

—जी बाई साहिब।

—मैंने उसे तुम्हारे सामने मना किया था कि मुझे सिर्फ सफेद चाहिए।

बाई से तल्खी से पूछा— जब उसने बिस्तर बनाया तो तुम यहाँ थीं। तुम्हें याद कैसे नहीं रहा? इस मच्छरदानी को समेट दो।

—जी साहिब।

उसने मेज पर से दो-तीन किताबें उठाईं और सिरहानों को दुहराकर उषा देवी मित्रा की 'वचन का मोल' के पन्ने पलटने लगी।

मिश्री बाई उसी तरह खड़ी पलंग पर आँखें गड़ाए थी। पूछा—सफेद मच्छरदानी फराश से माँग लाऊँ।

उसने कड़ी आवाज से कहा—नहीं, इस वक्त वहाँ जाने की जरूरत नहीं। आज इसके बिना ही चलेगा।

मिश्री बाई हाथ जोड़ विनती करने लगी—न बाई जी, मैं अभी लेकर आती हूँ।

बाई कुछ देर मिश्री बाई की ओर देखती रही, फिर कहा—

—नहीं आज नहीं, कल याद दिलाना।

वह पुराने उपन्यास के पन्ने पलटने लगी। मिश्री बाई फर्श पर लेटी रही, लगा सो गई है।

फिर लगा, कहीं हल्का खड़का—

नहीं— उसने ही पन्ना पलटा है।

उसने बाई से पानी माँगा—

दो-तीन बार दोहराया— लगा मिश्री बाई गहरी नींद में है।

वह पलंग से उठी। मेज पर से जग उठाया कि गिलास फर्श पर जा बजा।

—बाई जी आप?

मिश्री बाई तुम गहरी नींद में थीं—गिलास धो लाओ।

मिश्री बाई की आँखों में से अचानक उठने पर नींद का उनींदापन कहीं नहीं था।

उसने अचकचाकर देखा और कहा— मुझे बाथरूम जाना है— मेरे साथ आ जाओ।

मिश्री बाई ने ठंडी आँखों से गिलास उठाया और अनचाहे पैरों के साथ सीढ़ियाँ चढ़ीं।

दोनों बाथरूम से बाहर हुईं तो बाई ने न जाने क्यों ऊपर छत की ओर, दरवाजे की ओर देखा— चिटकनी ऊपर थीं। मतलब दरवाजा अपने कमरे की ओर से खुला है।

मिश्रीबाई को सिर्फ आँखों की झपक से इशारा किया— ऊपर की मंजिल का दरवाजा भी देखो।

मिश्री बाई झिझकी, फिर सीढ़ियाँ चढ़ हाथ से टोहा— दरवाजा सपाट खुल गया। उसने तेजी से दोनों दरवाजे बन्द किए। तेज गति से नीचे आ पलंग पर से शाल उठा कन्धों पर डाला और बाई का हाथ पकड़ कमरे से बाहर दरवाजे का खटका दिया और ड्योढ़ी में पहुँच गार्ड को इशारा किया— बड़ी माँ जी के पास जाना है— मिश्री बाई तुम यहीं रुको। ऊपर महाराज के कमरे के बाहर दो सिपाहियों की गारद।

दरवाजे पर हाथ की थपकी— कैसे!

—नीचे से मिस साहिब आई हैं।

भारी रोबदार कपाट तनिक-सा खुला— बड़ी माँ जी साहिब दिखीं। क्यों बाई ?

—खोलिए मुझे आपको कुछ बताना है—

—हमारे विंग से छत की ओर जाते दो मंजिलों के दरवाजे खुले हैं। सन्तरी साहिब ऊपर छत पर नजर दें।

सन्तरी साहिब ने अन्दर आते ही चोर भीत खोल बाथरूम की ओर हाथ बढ़ाया—दरवाजे पर बाहर से साँकल पड़ी थी। इतने में जयसिंह ऊपर आ जुड़े।

बाई की मुख्तसर सी कैफियत सुनी और सधे स्वर में कहा—

—मिस साहिब— आप सोने को पधारिए। दरवाजे बन्द कर दिए गए हैं। दिन में छत की धुलाई हुई थी। जूझासिंह को आने में देर हुई—इसलिए आपको यहाँ आने का कष्ट हुआ। आवाज में झूठ की सच्चाई।

वह गुडनाइट कर नीचे उतर गई और मिश्री बाई के साथ अपने कमरे में लौट आई। हाथ में किताब ली और खाली पन्ने पर नजर गड़ाए रही। बीच-बीच मिश्री बाई की ओर देखती—पता नहीं लगता, जाग रही है कि सो रही है।

मालूम नहीं, वह कब सोई और मिश्री बाई कब ?

सुबह चाय की ट्रे में प्याले में चाय का उड़ेलना सुना तो आँख खुली।

—बाईसा—जरा जल्दी तैयार हो जाएँ। दरबार कहीं बाहर जा रहे हैं। आपके सूटकेस में मैंने सब सामान रख दिया है। गाड़ियाँ बाहर जाने को तैयार हैं।

चाय का प्याला खाली कर वापस ट्रे में और जल्दी से बाथरूम की सीढ़ियाँ चढ़ गईं। रात को जो पहरन उतारा था वही पहना—सिर में

ब्रश किया, हाथ में पर्स और तेजी से डग भर कमरे से बाहर। बावसी और कर्नल साहिब कार में विराजमान थे। पास खड़े थे सिरोही के पारसी पुलिस—चीफ मिस्टर मिस्त्री लम्बी कद-काठी में—कार में बैठते बाई ने मन ही मन कहा—लगता है रात का खतरा कम न था। गाड़ियाँ आबू रोड पहुँच माउंट आबू की ओर बढ़ीं तो साफ हुआ—ड्राइविंग की मंजिल माउंट आबू का स्वरूपविलास था।

राजमाता साहिब की उपस्थिति में सारनेश्वर जी के यहाँ पहुँच प्रसाद चरणामृत लिया गया। फिर किले की बारहदरी में राजमाता जी की उपस्थिति में सिरोही के ठाकुर, जागीरदार, ठिकानेदार और नागरिक दरबार को नजर करने लगे। सिरोही के बच्चों में कपड़े, मिठाई बाँटी गईं और स्वरूपविलास पहुँचकर तेजसिंह जी ने अपनी शाला में पहली बार पदार्पण किया! दोनों माँएँ साहिबा दाएँ-बाएँ चहकती-हँसियाती बच्चे को बार-बार प्यार करती रहीं।

—यह देखें बावसी—

—यह देखें, सब किताबें पोथियाँ आपकी हैं।

एकाएक लगा, इस सारे हँसी-खेल में वही कुछ परायी-सी लग रही है! बाहर की बाहर। अपने को चेतावनी दी अपनी सुरक्षा के बहाने। अब अन्दर पहुँचती बनो। अपने कर्तव्य से न चूको।

—माँ जी, आप जरा सोफे पर विराजें, मुझे इन्हें कुछ हिदायत देनी है!

—बाई जी, आज की तो छुट्टी समझें। अपना काम तो कल से ही शुरू करना।

—जी नहीं। शुभ आरम्भ तो आज ही करना होगा।

—तेजसिंह इधर आइए। मेरे पास आइए—आप दरवाजे पर खड़े होंगे और मुझसे पूछेंगे, क्या मैं अन्दर आ सकता हूँ। मैं कहूँगी—हाँ आप

अन्दर आ सकते हैं—तो आप अन्दर प्रवेश करेंगे।

बड़ी माँ ने घूरकर पूछा—यह क्या करने जा रही हैं? महाराज माँगेंगे आपसे आज्ञा कि अन्दर आ जाऊँ?

—देखिए, मैं महाराज की शिक्षिका हूँ। यह सब सिखाने का काम-कर्तव्य मुझ पर छोड़ दीजिए।

—नहीं-नहीं, बाई हमारी बात सुनो।

—इस तरह की दखलअन्दाजी न करें!

इतने में ए.डी.सी. साहिब और कर्नल साहिब अन्दर आए। दुबारा न्योछारना हुआ!

—आप भी बैठें। मैं महाराज को विधिवत प्रवेश करवा रही हूँ, उनकी शाला में—

तेजसिंह कुछ उत्साहित हुए—

दरवाजे पर खड़े हो पूछा—

—मैम, मे आई कम इन प्लीज—

—यस तेजसिंह, डू कम इन! पिक अप युअर बैग एंड टेक युअर सीट।

छोटा-सा चमड़े का बैग—

—जयसिंह साहिब, प्लीज ओपन दी बैग फॉर तेजसिंह—

जयसिंह जी ने बैग खोला और लाल गुलाबी और पीले चमकते कागजों में रिबन से बँधे उपहार महाराज के सामने पेश कर दिए गए।

—वाह, यह कलम—

—यह दवात—

—यह चाँदी के कवर वाली लिखने की पोथी—

तेजसिंह ने मैम की ओर देखा—

—मैम, थैंक्यू सो मच। यह आपकी ओर से है—हम जानते हैं।

कर्नल साहिब ने पूछा—बावसी कैसे जान लिया?

—रिबन की पैकिंग से।

इस बच्चे में गजब की दूरदर्शिता और बारीकी थी। साथ ही चीजों को सयानों की तरह समझने-बूझने का भी एक खास तरह का चौकन्नापन।

कभी बहुत परेशानी होती और कभी कोई-कोई रिमार्क सुनकर बेहद खुशी।

भोर दिशा की ओर खुलती खिड़कियों में से धूप पूरे कमरे को उजरा रही है। टेनिस कोर्ट में खड़ी ब्राजीलियन पाम की लम्बी कतार हवा के झोंकों में मुस्करा रही है। पाम के कँटीले पत्ते हवा के वेग में अपनी कतरनों को झुला रहे हैं।

ड्राइव से लौटने के बाद तेजसिंह मकैनो से छेड़-छाड़ करते हुए माँजी साहिब के इन्तजार में हैं।

पिछले दो हफ्तों में दरबार की दिनचर्या में कुछ नए परिवर्तन किए गए हैं। किसी न किसी बहाने दिन में दोनों माँओं के आसपास खेलने-बतियाने पर कुछ नियंत्रण कर लिया गया है।

बड़ी माँजी साहिब द्वारा लगातार इस प्रस्ताव का विरोध करने पर भी उसकी ओर से यह निर्णय ले लिया गया कि दरबार का कुछ समय सिर्फ बाई के साथ गुजरे।

ड्राइविंग से लौटकर ऊपर कमरे में पहुँचते ही बड़ी माँ जी साहिबा की पायल बज उठी। पीछे-पीछे छोटी माँ जी साहिब—

—खम्मा बावसी।

बड़ी माँजी साहिब बैठीं गाव-तकिए के सहारे और छोटी माँ बैठीं उनके दाएँ।

बड़ी माँजी साहिब की घूरती गुस्सैल आँखें छोटी माँजी की ओर उठीं।

—कितनी बार कह चुकी, पर तुमने यह ओढ़नी क्यों न बदली।

छोटी माँजी साहिब तत्काल उठीं और कमरे से बाहर हो गईं! दरबार ने शरारत से पूछा—माँजी साहिब, छोटी माँजी साहिब को यहाँ से उठा देने में आपकी क्या मंशा थी?

बड़ी माँजी साहिब हत्प्रभ हुईं, पर बावसी को पुचकारकर कहा—बावसी, आपको वह रंग नहीं भाता न, इसीलिए मैंने उसे याद दिलाया कि ओढ़नी बदलकर आओ। कुछ गलत किया क्या!

—न माँजी साहिब। छोटी माँ आती होंगी। वह आपकी बात को भला कहाँ टाल सकती हैं।

—हुकुम!

छोटी माँ जैसे उठकर गईं थीं, वैसे ही आकर बैठ गईं।

दरबार बोले—ओढ़नी का यह रंग बहुत सुन्दर है छोटी माँजी साहिब!

छोटी माँ बच्चों की तरह हँसने लगीं। देखो हमारे दरबार की समझ।

—बड़ी माँजी साहिब, हम पहले छोटी माँजी साहिब से 'बीतक' सुनेंगे। आप थोड़ी देर ऊँघ लें।

बड़ी माँजी ने चुपीता संकेत दिया और आँखें मीच लीं।

तेजसिंह छोटी माँ से इसरार करने लगे—

—करुणावती का 'बीतक' सुनाइए।

—बावसी, पहले करें करुणावती की प्रार्थना।

सरल तरल करुणावती शोभा कही न जाय
सबके संग महिमामयी जो माँगे सो पाय।

तेजसिंह ने मनुहार की—

—माँजी साहिब फिर से कहिए। हमें याद हो जाएगी। दरबार के

पंक्तियाँ दोहराते ही बड़ी माँजी साहिब ने आँखें खोल दीं।

बड़ी माँ जी साहिब ने छोटी से पूछा—'बीतक' के सिवाय कुछ और भी याद है कि नहीं। शूरवीर राजपूतों की कोई कथा-कहानी कहा करो।

खिड़की के पास बिछे दीवान पर बैठी गवर्नेस बाई सिलाइयों से तेज सिंह की जर्सी बना रही है। हाथों से फंदे पर फंदा डाल रही है पर कान-आँख माँ-बेटे की ओर ही।

दरबार की ओर देखा, वह बड़ी माँजी साहिब से लिपटे उनसे प्रगाढ़ होने की छब दिखला रहे हैं। माँ-बेटे दोनों नटखटिया वात्सल्य से हास-परिहास में लगे हैं।

छोटी माँ छोटी होने की साँसत को लाड़ से झेलते हुए दोनों की दर्शक बनी रह जाती हैं। बड़ी सो बड़ी, छोटी सो छोटी। तेजसिंह जैसे राजसी पुत्र को जन्म दिया गुजरात की छोटी माँ साहिब ने, पर दरबार की माँ होने के सारे मान-अधिकार इस बीकानेरी बड़ी तुष्टि के हाथ! सिरोही दरबार की राजमाता केसरविलास में विराजती हैं पर बड़ी माँ महाराज कुमार की सगी माँ बनकर अपना अधिकार जताती हैं। जो चाहें सो करें— कहने-सुननेवाले पतिराज अक्सर अमल में खामोश रहते हैं।

दरबार बड़ी माँजी साहिब से निहोरे करने लगे।

—अब आप सुनाइए कहानी कृष्ण कन्हाई की।

बीकानेरी बड़ी माँजी साहिब ने चूड़े-छल्ले से दमकता हाथ हिलाया—सुनिए बावसी, पहले प्रसंग राधारानी का। राधारानी सिर पर गागर उठाए पानी भरने को चलीं जमुना के तीर। राधारानी ओढ़े थी आसमानी चूनर। चूनर के माथे पर लगी थी सुनहरी गोट। गोट पर टँके थे माणिक मोती पोखरे—

दरबार ने टोका—

—माँजी साहिब, सबसे पहले चूनर की बात क्यों! पहले तो लहँगे की कहें!

सुनकर बाई हुई सावधान और बड़ी माँजी साहिब और छोटी माँजी साहिब अपने राजसी दरबार के लिए लाड़ में भीग-भीग गईं। बड़ी माँजी बोलीं—

—राधारानी का घाघरा था पीत बसन्ती। सलमे सितारों से जड़ा हुआ।

तेजसिंह ने कानों में चमकते हीरों वाला मुखड़ा ऊपर किया।

—माँजी साहिब, राधारानी की चोली कैसी थी भला? किस रंग की थी!

—राधारानी की चोली ठहरी गहरी गुलाबी! उस पर टँके थे दो मोती।

—माँजी साहिब, दो ही क्यों!

छोटी माँ साहिब ने मुड़कर बाई की ओर देखा। जैसे कहती हों कैसी-कैसी रसीली बातें दरबार के मन आती हैं!

गवर्नेस बाई को समझ में न आया कि यह चुहल उसके मन क्यों भायी और अनुशासन की रौ में उसे रास भी क्यों न आई!

बाई ने सिलाइयाँ टोकनी में रखीं और एक तीखी नजर तेजसिंह पर डाली।

देखते ही तेजसिंह फुर्ती से उठे और सोफे पर विराजमान हो गए।

बाई मन-ही-मन उत्फुल्ल हुई। कुछ तो असर हुआ उसकी हिदायतों का!

तेजसिंह माँ साहिब से पूछ रहे हैं—

—माँजी साहिब, राधारानी के गहनों का बखान करें।

—बावसी राधाजी की कलाई में जड़ाऊ कंगन-चूड़ा, ऊपर रेशम के फुँदनों में झूलता बाजूबन्द! कानों में कर्ण-फूल और गले में हीरे-पन्नों के हार!

—माँजी साहिब, राधारानी की वेणी में क्या लगा था।

बड़ी माँजी साहिब बोलीं—

—राधारानी के चुटीले में गुँथीं थी छोटी-छोटी घुँघरियाँ और पाँव में छनकती थीं सोने की पायल।

तेजसिंह ऐसे बोले जैसे जन्मजात आबू महाराज हों—

—माँजी साहिब, राधारानी ही हमारी महारानी बनकर आएगी!

—घणी खम्मा बावसी।

तेजसिंह ने अपनी दो छोटी-छोटी अँगुलियाँ एक-दूसरे पर बिठाईं जैसे वही महारानी साहिब के दो सजीले पाँव हों और हाथ की हथेली पर टिकाकर बोले—

—ठुमक-ठुमक-ठुमक करती आएँगी महारानी सा—पायल की आवाज खनकेगी—छन्न-न-छन्न-न

—तब आप क्या करेंगे बावसी—

तेजसिंह सयानों की तरह बोले—

—कुछ नहीं। मचल मारकर आँखें बन्द करके चुपचाप पड़े रहेंगे कि रानी साहिबा क्या करती हैं!

बड़ी माँ, छोटी माँ और बाई तीनों एक साथ मिलकर हँसीं। लगा कमरे में एक सुन्दर सुहावना मोहक क्षण तेजसिंह पर लहराकर उन्हीं में जा छिपा।

शिक्षिका बाई उठी!

अब होगा इस दृश्य का पटाक्षेप!

—तेजसिंह, कथा-कहानी का समय खत्म हुआ। अब हमें क्लास-रूम में जाना होगा। माँजी साहिब से आज्ञा लीजिए, अगली बार फिर नई दो कहानियाँ!

तेजसिंह के बालमुख पर मोहक-सी उदासी घिर आई। बड़ी माँजी साहिब की ओढ़नी छूकर कहा, अगली बार पूतना की कहानी सुनेंगे। छोटी माँजी साहिब, आप सुनाएँगी सुदामापुरी का बीतक।

—पधारो-पधारो बावसी।

हाथ पकड़े मैम और तेजसिंह गैलरी में आए तो सामने से आ रहे थे दरबार के ए.डी.सी. साहिब। नर्सरी का निरीक्षण करके।

सुरक्षा के लिए नर्सरी में जो कुछ भी देखना जरूरी है उसे ए.डी.सी. साहिब हर रोज देखते हैं और इसी तरह इसी वक्त दक्खिनादी सीढ़ियाँ उतरकर नीचे चले जाते हैं।

बाई और तेजसिंह स्टडी के बाहर खड़े हैं। इसके पहले कि मैम कुछ कहें, तेजसिंह हौले से बोले—

—मैम प्लीज, पहले आप अन्दर चलें।

—ऐसा क्यों कह रहे हो तेजसिंह?

—मैम अन्दर कोई छिपा हो सकता है।

—नहीं। जयसिंह साहिब अभी देखकर गए हैं। हाँ, मैं पहले अन्दर इसलिए जाऊँगी कि आपको अन्दर आने के लिए मुझ से आज्ञा माँगनी जरूरी है।

तेजसिंह ने जिद्दी आँखों से मैम की ओर देखा—बड़ी माँजी साहिब—

मैम ने सख़्ती से तर्जनी दिखाई—बस। यहीं खड़े रहिए। मेरे अन्दर जाते ही आप वही पूछेंगे जो आपको सिखाया गया है।

बाई के अन्दर पहुँचते ही तेजसिंह ने पूछा—

—मैम प्लीज क्या मैं अन्दर आ सकता हूँ!

आखिरकार।

उसने हर्षीली आवाज में कहा—

—तेजसिंह, प्लीज चले आइए।

तेजसिंह क्लास के अन्दर। मैम ने सोचा महल के पंचांग के अनुसार साइत अच्छी है। यह छोटी-सी घटना घटित होने में पूरे छः दिन।

अनुशासन की ओर पहला कदम।

मैम ने कहा—तेजसिंह आपको कुछ और भी कहना है।

—गुडमार्निंग मैम।

—गुडमार्निंग। शैल्फ पर से अपनी ड्राइंग-कापी और क्रियोन्स उठाकर अपनी मेज पर रखिए। बैठिए।

—आज आपकी सुबह कैसी रही।

—मैम आप भी तो साथ थीं।

—थी। पर अब तो हम क्लास में बैठे हैं न। टीचर जो भी पूछे, उसका जवाब आपको देना चाहिए।

—मैम, सुबह नाश्ते के बाद ड्राइव पर गए। जेल के सामने सलामी ली। लौटकर माँजी साहिब से भेंट की। उनसे कहानियाँ सुनीं। उसके बाद, उसके बाद मैम के साथ नर्सरी में—

मैम ने कहा—आपको मैम से पूछकर अन्दर आना अच्छा लगा न!

—जी, मैम।

—पहले ड्राइंग करना चाहेंगे कि ब्लॉक से खेलेंगे।

—ड्राइंग, मैम!

—शैल्फ में रखी ड्राइंग कापी और क्रियोन्स उठा लाइए।

तेजसिंह ड्राइंग-बुक के पन्ने पलटते गए। फिर शेर के आकार पर हाथ रुका। क्रियोन में से तीन रंग निकाले—पीला, भूरा और हरा।

सधी सहज रेखाएँ और रंगों का भराव साफ-सुथरा।

हाथ से कॉपी मैम की ओर सरकाकर कहा—

—मैम, देखिए कैसा बनाया है!

तेजसिंह शेर की आँखें बन्द क्यों हैं?

—मैम, शेर ने पिछली रात पूरा बकरा खाया। ऊपर से तलैया में खूब पानी पीया। बस खाकर सो रहा है।

—बहुत खूब। शेर अच्छा बना है। अपने मन से कुछ और बनाना चाहें तो सादी ड्राइंग-कॉपी उठा लाइए।

तेजसिंह ने कापी मेज पर रखी।

—मैम, केसरविलास बनाएँ क्या?

—बनाइए!

तेजसिंह ने पन्ने के नीचे से शुरू कीं सीढ़ियाँ। आगे बनाया चबूतरा। फिर ड्योढ़ी। ड्योढ़ी के पास खड़े हैं किलेदार साहिब। सिर पर साफा। लम्बी नाक और बड़ी-बड़ी मूँछें।

—बहुत अच्छी।

—मैम ने लाल पैंसिल से लिखा 'गुड' और नीचे अपने हस्ताक्षर कर दिए।

तेजसिंह खुश और उत्साहित!

—मैम, अब क्या करें?

—जो चाहें। ब्लाक, वर्ड-मेकिंग बीड्स-शब्दों का खेल भी खेल सकते हैं।

—मैम वही। कौन जीतेगा?

—देखते हैं।

ट्रे में दो जूस के गिलास रखे लुइस अन्दर आए और कोने में आराम के लिए पड़े सोफ़े की मेज पर रख दरवाजे की ओर पलटे।

मैम ने याद दिलाया—

—तेजसिंह, क्लास में बच्चों को जूस नहीं दिया जाता पर आपको मिल रहा है, इसके लिए लुइस का धन्यवाद करना होगा।

तेजसिंह तपाक से बोले—

—थैंक्यू, मिस्टर लुइस!

लुइस ने झुककर सलाम किया। लुइस के बाहर जाते ही पास ही कहीं पायल बज उठी।

तेजसिंह की आँखें चमकीं।

—मैम, बड़ी माँजी साहिब खिड़की के पास खड़ी हैं। अब चलते हैं।

—तेजसिंह, माँजी साहिब नहीं चाहेंगी कि आप वक्त से पहले क्लास छोड़ें।

तेजसिंह की आँखों में किरकिरी-सी उठी और ओठों की मरोर में गुम हो गई। मैम ने गुमसुम हो गए शिष्य में उमंग जगाने को कहा—आपने चुनाव किया है शब्दों के खेल का। शुरू करें?

मैं कहूँगी रात-दिन, आप कहेंगे सुबह-शाम।

तेजसिंह पहले बारी आपकी।

चाँद-सितारे

धरती-आकाश

सर्दी-गर्मी

धूप-छाँह

बरखा-बादल

बादल-बिजुरी

डूँगर-टेकड़ी

सोना-चाँदी

माता-पिता

कलम-दवात

साधु-सन्त

जाड़ा-बसन्त

मोटर-कार

घोड़ा-गाड़ी

बहन-भाई

जंगल-मंगल

घुड़सवारी

—मैम, अलवर महाराज ने हमारी घुड़सवारी के लिए कितने बढ़िया घोड़े भेंट किए।

—अगले इतवार हम चलेंगे घुड़सवारी के लिए। इस इतवार तो अलवर महाराज अपने यहाँ पधार रहे हैं।

—मैम, वह हमेशा कुछ सुनाने को कहते हैं। पिछली बार महाराज ने

रामायण से प्रसंग उठाया था!

—हम भी वहीं से कुछ और चुनते हैं। आप याद कर सकेंगे न!

—जी, मैम।

मैम ने अलमारी से रामायण उठाई और कोई सरल-सा दोहा-चौपाई ढूँढ़ने लगी।

बालकांड के इस छन्द पर आँख रुकी :

भये प्रकट कृपाला दीन दयाला कौसल्या हितकारी
हर्षित महतारी मुनि मनहारी अद्‌भुत रूप विचारी
लोचन अभिरामातनु घनश्यामा निज आयुध भुज चारी
भूषण वनमाला नयन बिसाला सोभा सिन्धु खरारी।

आबू और अलवर में सगापन है। महाराज—अलवर आबू तेजसिंह को लाड़ से सरकार बुलाते हैं। बड़प्पन का भाव देते हैं। तेजसिंह के गोद लिए जाने पर अलवर महाराज पक्ष में रहे हैं। उन्हें स्नेह-प्यार से नवाजते हैं।

लंच के बाद तेजसिंह आराम को बड़े दीवान पर लेटे तो 'भये कृपाला दीन दयाला' की पंक्तियाँ उच्चारते रहे।

—मैम, अब याद हो गया। भूलेगा नहीं।

—अब आप चुपचाप लेटे रहेंगे। मुझे यह काम निबटाना है। डायरी लिखनी है।

—मैम, यह तो आप रात को लिखती हैं न।

—तेजसिंह, आज शाम वक्त की कमी होगी।

—ऐसा क्यों, मैम। प्लीज बताइए। सिन्ड्रेला की कहानी तो आप पढ़कर सुनाएँगी न।

—हाँ, तेज सिंह।

मैम हँसी।

—पर मैं एक बात आप से छिपा रही हूँ।

—मैम, ऐसा क्यों।

इसलिए कि तेजसिंह को सरप्राइज देना चाहती हूँ। इसलिए इसकी बाबत अब आप कुछ और नहीं पूछेंगे। मैं इसे लिखकर ही आपसे बात करूँगी।

मैम ने नीली लाल डायरी लिखकर समेटी और पैन बन्द कर कमीज

के गले में सटा लिया। तेजसिंह इसी इन्तजार में थे।

—मैम आप इस डायरी में क्या-क्या लिखती हैं?

मैम ने मन-ही-मन सोचा, कुछ ज्यादा ही समझदार है।

—तेजसिंह, सुबह से लेकर सोने तक, जो कुछ भी हम लोग करते हैं, वही डायरी में लिखना होता है।

—आपके पास दो डायरियाँ हैं न?

—हाँ, एक आपकी और एक मेरी।

तेजसिंह की डायरी में—

एक अच्छा दिन और एक अच्छी शुरुआत।

तेजसिंह में पिछले सप्ताह की तुलना में आशाजनक बदलाव देखा गया। क्लास में हल्की हिचकिचाहट के बाद प्रवेश चुस्त-दुरुस्त। आज्ञा माँगने में पहले जैसी झिझक नहीं।

मामूली संकोच के होते भी अलमारी पर से ड्राइंग-बुक और क्रियोन्स उठाने में किसी भी बच्चे की तरह तत्पर!

याद दिलाने पर जूस सर्व करने के लिए लुइस का धन्यवाद।

ड्राइंग में दिलचस्पी। रेखाएँ सुथरी और रंग भरने में हाथ इकसार। शेर की धारीदार पीलाई पर...गहरे भूरे रंग से शेर की आँखों को लुप्त कर दिया। उसका कारण दिलचस्प था।

—मैम, शिकार हज्म करके और पानी पी लेने के बाद शेर अब गहरी नींद में सो रहा है।

एक साथ कल्पनाशील और सही। केसरविलास की ड्योढ़ी और किलेदार साहिब का कद ड्योढ़ी को छूता हुआ! ऊँचा। साफ और

बड़ी मूँछें। राजपूती चेहरे की निशानी। तेजसिंह की याद रखने की क्षमता सराहने योग्य।

सुबह का एक घंटा दोनों माँजी साहिब के साथ 'बीतक' और राधाकृष्ण के वर्णन में बीता। दोनों माँ बच्चे में कैसी-कैसी जिज्ञासा और रुचि का संचार कर रही हैं, यह परेशान करने वाला है। ऐसे प्रसंगों से बड़ी माँजी साहिब बच्चे तक क्या पहुँचाना चाहती हैं—यह गौर करने लायक है। इसको अनुशासित करना होगा। बच्चे को लेकर ऐसा व्यवहार कड़ा सुधार चाहता है। वक्त लगेगा।

मैम ने अपनी डायरी में लिखा—

बच्चे को लेकर कैसी मनोवृत्ति है। रोज के कामकाज में कदम-कदम पर किसी न किसी बहाने बेमतलब हस्तक्षेप। कभी सिर्फ हँसने के लिए, कभी दरबार को हँसाने के लिए। कभी दरबार का ध्यान अपनी ओर बँटाने के लिए। वह क्या पढ़-लिख रहे हैं, क्या सीख रहे हैं इसकी कोई फिकर नहीं।

पहले विवाद इस पर कि दोनों माँजी साहिब नियत समय पर एक सप्ताह में एक बार एक घंटे के लिए क्यों मिलें।

एक दिन छोटी माँजी किसी बात पर खुश हुईं तो बोलीं—बाई हम तो आपसे बहुत खुश हैं। आपके आने से हम तो बावसी में विभोर हुए रहते हैं। पहले वाली मेमड़ी तो हमें दरबार से न मिलने देती। सुबह-शाम ड्राइव पर जाते तो हम इन्हें ऊपर से देखतीं।

मन में सोचा—रियासती सन्तानें और देसी गवर्नेस। सारा व्यवहार संस्कार देसी कर लो।

छोटी माँ साहिब ने मानो इस बाई का मन ही पढ़ लिया हो। रहस्य खोलने की मुद्रा में कहा—क्या कहूँ। बड़ी तो बड़ी है। छोटी सो छोटी

है। बच्चे को जन्म मैंने दिया पर सब अधिकार अख्तियार बड़ी के हाथ में! अंग्रेजी मैम से भी ठान ली। उसे उखाड़कर ही दम लिया। बाई, बड़ी का मुकद्दर देखो—उधर अंग्रेज ने हमारा देस छोड़ा, उसके साथ ही बड़ी ने मैम को पछाड़ दिया।

बाई ने सोचा—क्या यह दुनिया है और क्या वह दुनिया! वह जिसे मैं छोड़कर आई हूँ।

भोपालसिंह और बड़ी माँजी साहिब को कोई सन्तान न होने पर ठिकाने के वारिस की चिन्ता जगी। दूसरे ब्याह की बात होने लगी। बड़ी माँजी साहिब ने पति के लिए गुजरात के राजपूत ठिकाने से आप ही आप सम्बन्ध पक्का किया और राजयोग वाले बच्चे की माँ बनने वाली बेटी को पति की दूसरी पत्नी बनाकर ले आई।

किस्सा कोताह यह कि जो हुआ सो बड़ी माँ की बदौलत। भले छोटी ने राजसी पुत्र को जन्म देने का वरदान पाया हो, उसे ढूँढ़ लाने का प्रयास तो बड़ी ने ही किया था! तेजसिंह गोद ले लिए गए और सिरोही दरबार बनकर गद्दी पर आसीन हुए! रियासती गद्दी और वह भी आजादी के बाद।

इसमें कुछ न होता तो इतना बड़ा बखेड़ा क्यों होता। राजमाता केसरविलास में हैं। बड़ी माँजी साहिब बनी हैं यहाँ की विराजमाता। अपनी मुश्किलें भी कम नहीं, पर धीरे-धीरे उन्हें तुम्हें ही सुलझाना पड़ेगा सोबती बाई। पर खबरदार यहाँ रहकर इन जैसी छोटी-बड़ी लुका-छिपी वाली चालाकियाँ और चालबाजियाँ न सीखना। बहुत महँगी पड़ेंगी। आँख और समझ धुँधला जाएगी। वैसी रहो, जैसी तुम हो।

आज मैम ने डायरी में क्या लिखा है—

—आज तेजसिंह मैम से आज्ञा ले क्लास में अन्दर आए। शैल्फ से अपनी ड्राइंग कापी क्रियोन्स उठाए, मेज पर रखे। अच्छे चित्र बनाए।

—थैंक्यू, मैम। और आपने अपनी डायरी में क्या लिखा?

मैम हँसी।

—जो काम ठीक हुआ वह भी और जो मुझसे ठीक नहीं हुआ वह भी।

—आपसे गलत क्या हुआ, बताइए।

—मुझे भी लुइस का धन्यवाद करना चाहिए था।...आज आपको 'सरप्राइज' मिलनेवाली है।

—क्या चाकलेट है?

—नहीं-नहीं।

—हम आपको ले जा रहे हैं—नक्कीताल।

—क्या हम रेजीडैंसी जा रहे हैं!

—नहीं, आज है कार्तिक पूर्णिमा और हम जा रहे हैं नौका-विहार के लिए और उसके बाद रघुनाथ मन्दिर में दर्शन।

तेजसिंह खुश। आँखें चमकने लगीं—मैम, क्या हम माँजी साहिब को भी साथ ले जा सकते हैं?

—लगता तो नहीं कि माँजी साहिब हमारे साथ चल सकें।

—क्यों मैम, ऐसा क्यों?

—कर्नल साहिब से पूछते हैं।

कर्नल साहिब के अन्दर आते ही तेजसिंह बोले—हम माँजी साहिब को भी साथ ले चलेंगे—

—हुकुम, इसके लिए राजमाता साहिब से पहले आज्ञा पानी होगी।

अब तो वक्त नहीं। फिर कभी चलेंगे।

—फिर कब?

—बावसी, आपके मामा साहिब और देवीसिंहजी और पांड्या साहिब पधार रहे हैं न कल। उन्हें आने दीजिए—

दरबार ने किसी बड़े सयाने की तरह पूछा—मामा साहिब के साथ पांड्या साहिब किसलिए आ रहे हैं?

कर्नल साहिब बोले—बावसी पांड्या साहिब राज के पुराने दीवान हैं। आएँ तो अच्छा ही रहेगा।

तेजसिंह ने मैम से ढिठाई से पूछा—नक्की पर प्रेमा भाई तो नहीं मिलेंगे?

—नहीं, नहीं तेजसिंह। हम उन्हें मिलने नहीं जा रहे।

सीढ़ियाँ उतरते तेजसिंह ने मैम का हाथ पकड़ लिया। ड्योढ़ी की ओर बढ़ते हुए धीरे से पूछा—मामा साहिब के साथ पांड्या साहिब क्यों आ रहे हैं, मैम।

इसके पहले कि मैम कुछ कहे, ए.डी.सी. साहिब ने दरबार को चौकस किया—हुकुम सलामी लीजिए।

बच्चे के चेहरे पर पांड्या साहिब काफी देर अटके रहे।

बाई ने सोचा—बड़ी माँजी साहिब ने तेजसिंह को कुछ तो ऐसा बताया है जो पांड्या साहिब के नाम पर सोच में पड़े हैं।

उसने डाक खोली, उसकी रूममेट स्वर्ण सेठ का पत्र।

कृष्णा मेरी इंगेजमेंट हो गई है और शादी भी जल्दी ही होगी। अगले खत में तारीख लिखूँगी। तुम्हें बहुत अच्छा लगेगा जानकर कि मेरे

मंगेतर डी.सी.एस. कैप्टन प्रताप आर्मी में हैं और उनकी नियुक्ति राष्ट्रपति भवन में हुई है। छुट्टी के लिए अप्लाई कर दो, तुम्हें शादी में जरूर आना है। आर्मी और राष्ट्रपति भवन में नियुक्ति की खबर ने बाई में फुर्ती भर दी।

उसने छुट्टी के लिए अप्लाई कर दिया। सैनिक दूल्हा को कुछ विशेष देने की सोची।

सोचते-सोचते सिरोही की तलवार पर मन बनाया।

मुन्नालाल जी को बुला सब सूचनाएँ लीं।

—मूठ चाँदी की कि सोने की।

—सोने का ऑर्डर करें तो क्या दो बार में कीमत चुका सकेंगे।

मुन्नालाल जी बोले—बराबर बाई जी, कुछ रुपए ज्यादा लगेंगे।

—ठीक है—आप ऑर्डर कर दें। पैकिंग ठीक से हो जाएगी न।

—बाई साहिब, बाहर ले जाने के लिए आपको लाइसेंस बनवाना पड़ेगा।

—मुन्नालाल जी, इसके लिए कुछ और भी करना पड़े तो मैं करूँगी। ये मेरा मनपसन्द उपहार है।

सिरोही तलवार की पैकिंग हो गई। लम्बे लकड़ी के बॉक्स में। उसने यूरोपियन गेस्ट हाउस में बुकिंग कर ली। इत्मीनान हुआ कि जैसे भी दीदी का प्रोग्राम बनेगा वह इन्तजाम कर लेंगी। गाड़ी को स्टेशन पर ले जाने के लिए भी आज्ञा ले ली।

दिल्ली से रामपुर वाली गाड़ी में बैठी बाई खयालों ही खयालों में आगे की जगह पीछे सिरोही की ओर भागने लगी।

इधर स्वर्ण सेठ के सैनिक दूल्हा के लिए आई तलवार को लकड़ी के बॉक्स में पैक करवाकर मुन्नालाल जी उसका लाइसेंस भी बनवा लाए।

बाई ने सोच-समझकर अपने लिए सिर्फ एक ओढ़नी खरीद ली। शादी के लिए नया जोड़ा बनवाने का इरादा छोड़ दिया। मुख्तसर-सी तैयारी की ही थी कि पिताजी का एक्सप्रैस खत मिला। अगले दिन टेलीग्राम पहुँच गया।

"तुम्हारे जीजा और जीजी रात बम्बई जा रहे हैं और बच्चों को भी साथ ले जा रहे हैं। जोर दे रहे हैं कि जगदीश सुषी को भी साथ ले जाएँ। बहुत सोच-विचार के बाद उन्हें भेजने के लिए मैं और तुम्हारी माँ तैयार हुए हैं।

"सुषी कुछ दिनों से अनमनी-सी है। उसकी क्लास-टीचर ने भी हमें यह नोट भेजा है कि सुषमा क्लास से बे-ध्यान खिड़की से बाहर देखती रहती है। क्या कुछ ऐसी बात है जो उसे परेशान कर रही है। किशन बेटी, हिन्दुस्तान टाइम्स-न्यूयार्क हैराल्ड ट्रिब्यून वाले 'द वर्ल्ड वी वांट' अखिल भारतीय निबन्ध प्रतियोगिता में सुषी को पहला

स्थान मिला था और यह सूचना चिट्ठी द्वारा हमें दी गई। फर्स्ट आने पर उसे विदेश का ट्रिप मिलने वाला था। हमने उसके जाने की तैयारी शुरू कर दी। जब दो हफ्ते गुजर गए और हमने आगे का प्रोग्राम जानना चाहा तो जवाब में शिक्षा मंत्रालय के हेमरंजानी साहिब ने माफी माँगते हुए बताया कि मंत्रालय का निर्णय है कि वहाँ लड़की की जगह लड़के को भेजा जाएगा। इस बात पर सुषी चुपचाप ही बहुत गुस्सा रही कि जो लड़का सेकेंड या थर्ड है उसे फर्स्ट कैसे बनाएँगे? क्या उसके निबन्ध पर मेरे नम्बर लगाएँगे? या मेरे लिखे निबन्ध पर उसका नाम लगा देंगे। सो प्रोग्राम यह है कि बम्बई से लौटते हुए दो दिन तुम्हारे पास रुकेंगे। तुम से मिलकर खुश होंगे और सिरोही भी देख लेंगे।

—प्यार से।"

बाई को कुछ हड़बड़ी-सी मची। इतने जन कहाँ रहेंगे? दौड़-धूप कर योरोपियन गेस्ट हाऊस में दो सूट रिजर्व करवा लिये।

ठीक खत में लिखे प्रोग्राम के मुताबिक सब सुविधा से हो गया। आबूराज जाने के लिए पेमेंट पर काब भी मिल गई और सब लोग सुविधा से दिल्ली पहुँच गए। बाई ने शाम एक राउंड कनॉट प्लेस का लगाया और सुबह रामपुर की ट्रेन ले ली।

खिड़की से बाहर देखते कभी हरियाली, कभी धूप में चमकते छोटे-बड़े तालाब, कभी गाँव के लिपाई से उजागर एक-दूसरे से सटे घर। हरियाली से दमकते पेड़—गाड़ी के साथ-साथ भागते खेतों का यही नजारा यहाँ है, यही वहाँ पाकिस्तान में है। मन ही मन पीछे छूट गए वतन का दरवाजा खटखटा लिया। वहाँ और यहाँ की धरती में क्या फर्क है? इतना ही तो कि यह गंगा-जमुना का मैदान है और वह पाँच दरियाओं वाला पंजाब। जिस पर यह गाड़ी दौड़ रही है, यह है—

हिन्दुस्तान और जो पीछे छूट गया वह अब पाकिस्तान। कानों में गूँजने लगा। एक ऊँचा शोर—खटाखट-खटाखट सड़कों को दबाता, बजाता कोई फौजी बूटों का शोर—गुजरात पंजाब सोबतियों की हवेली से लगे सरार्फे से निकलती बेलचा पार्टी—खट्टम-खट्टम खट-खट्टम खट्ट—बाई ने अपने में छिपी किसी दूसरी परछाईं को डपटकर कहा—चुप्प! अब वहाँ की बातें भूल जाओ।

तुम रामपुर जा रही हो स्वर्ण सेठ की शादी में। जब तक हमने एक कमरा शेयर किया—सिर्फ एक दो बार ही झड़पें और तकरारें हुईं। और वह भी साइड-रूम की अलमारी में सामान रखने पर और रात को एड़ीदार सैंडल खटखटाने पर। उसने रात को स्वर्ण के हाई हील सैंडल पर टोककर कहा था—माफ करना यार, क्वीन मेरी हॉस्टल में रहकर क्या इतना भी नहीं समझा कि ऐड़ीवाले सैंडल रात को नहीं पहनना चाहिए।

स्वर्ण टकटकी लगाए कुछ देर उसे घूरती रही। जाने क्यों उस दिन के बाद आपसी तनाव खत्म हो गए।

सिर्फ अगली सुबह स्वर्ण ने इतना-भर पूछा—सोबती तुम किस स्कूल से हो?

उसने हँसकर कहा—बेफिक्र रहें। मेरा स्कूल तुम्हारे स्कूल की बराबरी नहीं कर सकता।

उसने झीनी-सी सफरी नींद में झपकी ली और झटके के साथ आँख खोलीं तो पाया कि गाड़ी रामपुर स्टेशन पर खड़ी है। फुर्ती से पर्स खोला, टिकट चैक किया और कॉम्पैक्ट से चेहरा ताजा किया, बालों में कंघा घुमाया और प्लेटफॉर्म पर नजर मारी। भीड़ में से पास आ एक साहिब ने शायस्तगी से कहा—आप सेठ साहिब के यहाँ तशरीफ लाई हैं?

—जी।

—आइए।

दो अदद सामान उठवा उन्होंने गाड़ी में रखवाया। कार के आगे एक और कार खड़ी है। उसमें बैठ रहे हैं—एक आंग्ल दम्पती और अगली सीट पर स्मार्ट शूट में एक नौजवान। शायद कोई और मेहमान।

बँगले पर पहुँचकर सब साफ हो गया। दूल्हा साहिब कैप्टन डी.सी.एस. प्रताप अपने ब्रिगेडियर और उनकी मेम साहिबा के साथ थे। बस इतनी ही। दूल्हा साहिब की सगुण-शास्त्र के मुताबिक अगवानी हुई और सबको अन्दर ड्राईंग रूम में लिवा ले गए।

लॉन में ब्याह कारज के लिए वेदी बनी थी। मुहूर्त तीसरे पहर का था। सो अन्दर खान-पान चलता रहा।

स्वर्ण के पास नवाब रामपुर की बेटी डॉन मौजूद थी। हमने मन ही मन सराहा—क्या सलीका है इस शादी-ब्याह का।

दिन-भर सम्बन्धियों और प्रियजनों का निहायत ढंग का शोर-गुल।

रात के डिनर पर पुलिस बैंड और स्वर्ण की आवभगत में भाई लोग। सुबह दूल्हा स्वर्ण, छोटी बहन सुदर्शन और मैं दूल्हा के गाँव लालगढ़ के लिए नवाब साहिब की खासी लम्बी कार में रवाना हुए। इधर-उधर दिखते गाँवों को देख स्वर्ण सेठ परेशान। हम कहाँ जा रहे हैं—जवाब में दूल्हा साहिब हँसे—आर्मी दूल्हा डी.सी.एस. प्रताप बोले—स्वर्ण डार्लिंग, गाँव-देहात कैसा होता है इसे तो तुम्हें दिखाना हमारा फर्ज है। बाद में तो राजधानी दिल्ली। सुदर्शन बड़ी दीदी के साथ हमदर्दी जताने को बोली—दीदी कहाँ लालगढ़ और कहाँ लाहौर। फिर कहाँ रामपुर और दिल्ली।

डी.सी.एस. प्रताप छेड़छाड़ पर उतरे—स्वर्ण डार्लिंग, लालगढ़ में यह रामपुरी गरारा नहीं लहँगा-चोली चलेगा।

—जीजू! अब यह बताएँ दिल्ली में दीदी क्या पहनेंगी—वही जो लाहौर में चलता था?

सुनो—लाहौर की स्मार्टस्ट लड़की मेरे हिस्से में आई है। इसका जो मन आए पहने—आज के बाद न कोई बहस, न ऊँच-नीच का सिलसिला।

नए एडमिनिस्ट्रेटर, गुजरात काडर के मिस्टर प्रेमा भाई पटेल मिलने को आनेवाले थे।

वक्त रखा गया ड्राइविंग से लौटने के एकदम बाद।

औपचारिक बैठक की ओर जाते-जाते तेजसिंह बोले—मैम इस वक्त क्यों, आज तो कहानी सुनने का दिन है न।

—है तो मगर—

बाई ने कहा—ए.डी.सी. साहिब, कैंसल कर दीजिए यह भेंट।

—खम्मा बावसी, वे तो नीचे पहुँच भी गए होंगे। लीजिए—वे आ रहे हैं।

तेजसिंह सोफे पर इत्मीनान से बैठ गए।

प्रेमा भाई साहिब कमरे में दाखिल हुए।

—नमस्कार।

—पधारिए!

जयसिंह साहिब और मैम ने सामने के सोफे की ओर इशारा किया।

प्रेमा भाई साहिब दरबार के नजदीक आकर बैठे।

—कैसे हैं?

तेजसिंह खामोश रहे।

—पूछ रहा हूँ कैसे हैं आप! क्या नाम है आपका!

मैम ने सिर हिलाया।

—तेजसिंह, आपसे कुछ पूछा जा रहा है।

तेजसिंह पहले मैम से कुछ कहने को हुए, फिर प्रेमा भाई साहिब की ओर मुड़े—आप हमसे मिलने आए हैं और हमारा नाम नहीं जानते!

प्रेमा भाई साहिब ने इसके जवाब में सिगरेट सुलगाया, दरबार की ओर देखकर कहा—यह पुराने राजसी तरीके भूल जाइए! हाँ बाई, आप इन्हें कुछ नया सिखाइए! आपको इसीलिए यहाँ भेजा गया है।

तेजसिंह के चेहरे पर जाने कहाँ से यह अदा उतरी—पुराने रजवाड़ों के रौबीलेपन की—

—मैम, हमें माँ साहिब को मिलने जाना है। सो यह मुलाकात खत्म।

प्रेमा भाई साहब उठ खड़े हुए और लगभग मैम को धमकाते हुए कहा—कल ग्यारह बजे मेरे ऑफिस में आइए। आप महाराज को कुछ भी सही ढंग का नहीं सिखा-पढ़ा रहीं। देश को आजादी मिली है और यहाँ अभी पुराना सिलसिला ही जारी है। कर्नल साहिब, कल आप भी आइए बाई जी के साथ!

कर्नल साहिब किसी पुरानी तारीख की तरह ठेठ दरबारी आवाज में बोले—क्योंकि बाई जी यहाँ नहीं होंगी, इसलिए मैं तो दरबार को न छोड़ सकूँगा। क्यों जयसिंह?

—जी!

तेजसिंह की वह मुखाकृति भूलना मुश्किल होगा। दरबार की हैसियत में इन दोनों दरबारियों की ओर देखा—माथे पर एक हलका-सा बल और सोफे से उठ माँ साहिब के कमरे की ओर बढ़े। मैम साथ थीं।

राजवाड़ी कमरे को सजाते कर्नल साहिब और दरबार के ए.डी.सी. किसी पुराने जुलूस की झाँकी दे रहे थे।

एडमिनिस्ट्रेटर साहिब अकेले सोफे के पास खड़े रह गए थे।

तेजसिंह ने माँ साहिब को गले लगाकर बड़े कायदे से कहा—माँ साब, हमें मालूम था आप हमारी राह देख रही होंगी।

तेजसिंह का व्यवहार बहुत ही दिलचस्प, कभी खिजानेवाला, कभी गुस्सा दिलानेवाला होता। कभी हैरत होती कि क्या इतना छोटा बच्चा इतनी समझदारी की बात कर सकता है। दरबार के रूप में उनका शिष्टाचार ठीक वैसा ही, जैसा दरबार के अनुरूप होना चाहिए। बाई कभी मन ही मन मिसेज मैकफर्ल्न की तारीफ करती और कभी लगता, एक बच्चा अपने आस-पास के वातावरण को जिस नाटकीय सहजता से लेता है, जाहिर है महल का तमाम रखरखाव उसमें जज्ब होता चला जाता है।

एडमिनिस्ट्रेटर साहिब ने अपने अकेले खड़े रह जाने की स्थिति को मन ही मन बाई की फाइल पर लिखना शुरू कर दिया था। अगली सुबह की चाय की ट्रे में गवर्नेस के लिए दो लिफाफे थे। देखते ही दिमाग में जो शब्द कौंधा, वह था—मीमो।

एक में सुबह ग्यारह का अपाइंटमेंट अगले दो दिन के बाद कर दिया गया था; दूसरा लिफाफा खोलकर सरसरी निगाह से देखा—महाराज के व्यवहार के लिए गवर्नेस को दोषी ठहराया गया था और यह भी कि नई स्थितियों के साथ इस पुरानी विचार-पद्धति का कोई सम्बन्ध नहीं। महाराज का शिक्षक होने के नाते महल के रीति-रिवाज में बहुत-से सुधार लाने की जरूरत थी जिसकी तालीम गवर्नेस को सीखनी होगी।

गवर्नेस ने दोनों लिफाफे अपनी मेज पर रख दिए। इन पर 'तत्काल'

लिखा हुआ था। पल-भर को सोचा, जल्दी से जवाब दे और फुर्सत हो—फिर एकाएक अगले दिन करनेवाले कामों की फेहरिस्त देखकर इरादा बदल दिया। परसों!

अपने छात्र को लेकर लिखी जाने वाली रोजमर्रा की डायरी भी देखनी होगी जवाब बनाने के पहले। देरी का कोई निदान नहीं! प्रेमा भाई साहिब के स्वभाव के मुताबिक एक और रिमाइंडर आ जाए तब भी कोई हर्ज नहीं।

अगला दिन हलचल भरा था। दिल्ली से आला अहलकार भास्कर राव आ रहे थे। महाराज तेजसिंह को रेजीडेंसी में ग्यारह बजे आमंत्रित किया गया था। कर्नल साहिब कुछ अटपटा महसूस कर रहे थे।

जयसिंह ने कहा—दिल्ली वालों का जवाब नहीं। उनको पहले दरबार के यहाँ हाजिर होना चाहिए था।

दूसरी ओर का दबाव है—कर्नल साहिब ने यह कहना जरूरी समझा कि इस वक्त इस बात को उठाना ठीक नहीं। राव भारत सरकार की ओर से यहाँ आ रहे हैं।

सुनकर तेजसिंह के कान खड़े हो गए। कुछ बोले नहीं, पर कई देर कर्नल साहिब की ओर देखते रहे। कर्नल साहिब बोले—दिल्ली वाले मनमानियाँ कर रहे हैं।

जयसिंह सैनिक पोशाक में तैयार होते दरबार की ओर गहरे सन्तोष से देख रहे थे।

रेजीडेंसी के पत्र ने संकेत दिया था औपचारिक।

कर्नल साहिब ने तेजसिंह की ओर सराहना से देखा, फिर खिड़की से बाहर देखने लगे।

सुबह गर्म होगी, जयसिंह साहिब इन्हें हलकी अचकन दीजिए। थोड़ा सहज महसूस करेंगे। वह गुलाबी रेशम की।

तेजसिंह उत्साहित हुए।

जयसिंह साहिब बिना कुछ कहे दरबार को दुबारा पोशाक धारण करते देखते रहे। पहले ऐसा कभी नहीं हुआ होगा कि दरबार को एक पोशाक पहनाकर फिर दूसरी बदलनी पड़े। लेकिन औपचारिकता की मजबूरी थी।

बचपनी महाराज तेजसिंह गुलाबी अचकन में खूब जँच रहे थे। एकदम रियासती तस्वीर लग रहे थे।

रेजीडेंसी पर अगवानी के लिए भास्कर राव मौजूद थे। तेजसिंह कार से उतरे। सामने वाले हाथ का इन्तजार किया। मिलाया। आप कैसे हैं हाईनैस—

—आप कैसे हैं!

—थैंक्यू!

—थैंक्यू!

रेजीडेंसी की भव्य सजावट। लाल कार्पेट पर चलते हुए जैसे पुराने बीते हुए वक्तों की परछाइयाँ साथ-साथ चल रही हों।

—पधारिए।

तेजसिंह आत्मविश्वास से सोफे पर विराजे।

बड़े वयस्कों की तरह हाथ से भास्कर राव को संक्षिप्त-सा संकेत—

—पधारिए!

भास्कर राव दिल्ली मंत्रालय की सत्ता को अपने वजूद में समेटे मुस्कराकर पूछते हैं—

—हाईनेस, रेजीडेंसी में पहले कब पधारे थे आप?

—शरद पूर्णिमा को ही तो हम यहाँ थे! क्यों कर्नल साहिब?

—जी खम्मा—

—यहाँ से दृश्य बहुत सुन्दर है—

—शाम को देखें—नक्कीताल में चमकता रघुनाथ जी का मन्दिर।

भास्कर राव ने एक नजर गवर्नेस पर डाली।

आपके वार्ड चौकस हैं।

—हाईनैस क्या आप रॉक क्लाइम्बिंग के लिए भी जाते हैं?

—सिर्फ एक बार। हम लोग चलते-चलते ट्रैवर ताल तक पहुँच गए थे।

—मिस आपके वार्ड का सुथरा संवाद सुनकर हर्ष हो रहा है। संवाद और व्यवहार में उचित साम्य! क्या बच्चे को उभारने वाली यह उनकी जन्मजात शैली है या आपकी देन है।

—कुछ वातावरण, कुछ जन्मजात।

—जो भी है, स्थानीय आचार-विचार और उसे दूसरे तक पहुँचाने में सक्षम।

—भास्कर साहिब, तेजसिंह ट्रैवर ताल पर चढ़ने को बहुत उत्साहित थे!

गवर्नेस अपने छात्र की ओर मुड़ी—

—उस दिन की पिकनिक की बात बताइए राव साहिब को!

अब तक कर्नल साहिब के माथे पर भृकुटी तन गई थी!

—हम पथरीली चट्टानों पर खूब मजे से चढ़ गए। मैम ने तो अपने जूते नीचे ही उतार दिए थे।

—और आपने?

—नहीं! हमने ऐसा कुछ नहीं किया। हम और जयसिंह साहिब तेज-तेज मैम से पहले ऊपर पहुँच गए।

भास्कर राव के चेहरे पर एक हलकी-सी मुस्कान थी।

क्या कर्नल साहिब ने इसका कुछ मतलब बूझा!

कुछ तो—

बात के चुपीले बन्द पर कर्नल साहिब ने ऐलान कर दिया—

—खम्मा अब पधारिए—

सब एक साथ उठ खड़े हुए। भास्कर राव खिले चेहरे से दरबार के साथ हाथ मिला रहे हैं।

—हाईनेस, मैं खुश हूँ कि आपसे मुलाकात हो सकी।

तेजसिंह जी ने बाकायदा दरबार की तरह एक सूत भर सिर हिलाया—थैंक्यू-और बड़े सयानों की सी गम्भीरता से कहा—आप देलवाड़ा जरूर देखें, हमारे राज का अभिमान है वह!

भास्कर राव कितने खुश हुए मालूम नहीं—लेकिन झुके और अपने हाथ से नन्हा-सा हाथ उठा गर्मजोशी से उस पर दूसरा हाथ रख दिया—आपके सुझाव पर जरूर देलवाड़ा देखकर जाऊँगा। और आपको बताऊँगा कि मुझे कैसा लगा।

फिर गवर्नेस की ओर मुड़कर कहा—धन्यवाद! आप महाराज को सुचारु रूप से देख रही हैं।

—थैंक्यू, सर।

रेजीडेंसी के फाटक पर गार्ड ने सलामी दी और गाड़ियाँ स्वरूपविलास पैलेस की ओर भागने लगीं।

सब खामोश थे।

लगा तेजसिंह इस खामोशी को बाकायदा दूसरों के चेहरे पर पढ़ रहे थे।

एकाएक सोचा—क्या सचमुच ऐसा है या मैं ही खयालों में कुछ ऐसा सोच रही हूँ।

स्वरूपविलास से नक्कीताल प्रस्थान के लिए गाड़ियाँ तैयार खड़ी हैं। ड्राइवर पारजी वर्दी और साफे में मुस्तैद। कार के बोनट पर सिरोही दरबार का बावटा लहरा रहा है।

दरबार, गवर्नेस और ए.डी.सी. साहिब पीछे की सीट पर, और आगे बैठे हैं—राजपूती डीलडौल वाले कर्नल साहिब। कार के पीछे दो जीपों में पुलिस की गारद और भ्रमण के लिए साज-सामान। कालीन-कुशन, गाव-तकिए और पिकनिक बास्केट।

स्वरूपविलास के फाटक से बाहर निकली बावटे वाली कार देख आबू के पुराने प्रजाजन सिर झुका हाथ जोड़ते हैं—खम्माघणी महाराज—खम्माघणी अन्नदाता।

बाई सोचती है—पुरानी रस्म कब बदलेगी। विदेशी रेजीडैंट की रजामन्दी से तेजसिंह गोद ले लिये गए। अंग्रेज के चले जाने के बाद स्वदेशी राज की नीतियों के अनुसार गद्दी पर आसीन हैं। इस छोटे से बच्चे के आस-पास सिर उठाती चिन्ताओं की भीड़ है। अलवर महाराज जैसे हितचिन्तक कम हैं, दुश्मन ज्यादा। सिरोही राज के नए एडमिनिस्ट्रेटर प्रेमा भाई से सहानुभूति की कोई उम्मीद नहीं। सिरोही अम्बाजी तीर्थ के दबाव में राजस्थान से गुजरात में जोड़ दी जाएगी। तो भी क्या तेजसिंह दरबार बने रहेंगे? दिल्ली सरकार इस रियासती तामझाम को किसी और को सौंप देगी? कुछ कहा नहीं जा सकता!

दरबार मैम से पूछ रहे हैं—मैम हम लोग पोलो ग्राउंड की ओर से क्यों नहीं जा रहे? सन-सैट पाइंट से सूर्यास्त भी देख सकते हैं।

जवाब दिया कर्नल साहिब ने।

—हुक्म, यह बात हमेशा याद रखने की है कि जहाँ के लिए निकलें, वहाँ का रास्ता कभी न बदलें।

बाई मन-ही-मन हँसी।

पुराने वक्तों की पुरानी सीख। रास्ते क्या अपने बदलने से बदलते हैं। कब सोचा होगा—कभी मैं पिछले वक्तों के इस लैंडस्केप को आँखों से देखूँगी। देश आजादी के बाद आगे बढ़ रहा है—और ये रियासतें पिछले वक्तों को सँभालने की भरसक कोशिश कर रही हैं। पुराने मंसूबे। पुराने तरीके।

सहसा पारजी ने कार की रफ्तार धीमी की और कर्नल साहिब को इशारा किया।

आदेश दिया कर्नल साहिब ने शिलाखंड महाराज को देखकर—गाड़ी रोक लो। जयसिंह साहिब ने चौकसी से बाहर देखा—सड़क के बीच बाँहें फैलाए शिलाखंड महाराज खड़े हैं। धूप में पका ताँबई चेहरा, सिर पर राख सनी जटाएँ और बड़ी-बड़ी गंजेड़ी आँखें। मैम मन-ही-मन खीझी—गाड़ी रोकने में क्या तुक। निरा अन्धविश्वास।

शिलाखंड महाराज गाड़ी के बिलकुल पास आ गए और हाथ में एक सूखी टहनी लिये बोनट की पताका पर घुमाने लगे। फिर आसमान की ओर देखा, जैसे कोई मंत्र पढ़ते हों।

फिर जोर से चिल्लाने लगे—

आए हो किसके साथ
जाओगे किसके साथ

एक ही नाम अखंड है
जय जय जूजाननाथ
न कर गऊ का घात
जय जय जूजाननाथ।

कर्नल साहिब, जयसिंह साहिब और दरबार ने हाथ जोड़ दिए।

बाई ने मन-ही-मन कहा—निरा पाखंड। और तीखी आवाज में कहा—देर हो रही है कर्नल साहिब, रुकना ठीक नहीं।

कर्नल साहिब ने बाई को मौन संकेत दिया—सब्र रखिए।

शिलाखंड महाराज ने एक कर्कश कहकहा लगाया।

—दरबार जब तक गद्दी पर आसीन हैं—मैं सिर की जटाएँ न बाँधूँगा। न धोऊँगा। मेरी शक्ति मेरे बालों में है। जय हो जय हो जूजाननाथ।

फिर दाईं ओर के शटर से अन्दर झाँककर दरबार की ओर देखा।

—पधारो, पधारो आबूराज तेजसिंह, मैं आज के बाद आपको फिर दिखूँगा, जब सिरोही राज तेजसिंह की जगह दरबार होंगे—अभयसिंह! जय जय जूजाननाथ!

बाई ने सख़्त आवाज में ड्राइवर को हुक्म दिया—गाड़ी चलाओ, पारजी।

भविष्यवाणी सुनकर सबको साँप सूँघ गया जैसे।

तेजसिंह चुपचाप मैम की ओर मुड़े।

मैम ने हाथ से घेरकर कहा—बस हम ताल पर पहुँच ही रहे हैं। जयसिंह साहिब, वह जो गारद का टैंट दीख रहा है—वहीं पहुँच रहे हैं हम।

—मैम हम लोग स्वरूपविलास क्यों न लौट जाएँ! मैं बोटिंग के लिए नक्की पर जाना नहीं चाहता।

मैम ने समझाने के अन्दाज में कहा—तेजसिंह, बोटिंग को मेरा बहुत मन है। प्लीज क्या आप मेरे लिए इतना भी नहीं करेंगे?

तेजसिंह ने फिर आग्रह किया—मैम, प्लीज।

मैम ने कर्नल साहिब की मदद चाही—कर्नल साहिब, तेजसिंह पैलेस लौटना चाहते हैं।

कर्नल साहिब किसी दुःस्वप्न से जगे जैसे। पीछे की ओर मुड़कर दरबार से बोले—हुकुम, प्रजा आपके दर्शनों को एकत्र होगी। उन्हें निराश करना ठीक नहीं।

तेजसिंह बोले—मैम, अगर वह बाबा वहाँ भी पहुँच गए तो—

—उस पगलौटे की फिक्र मत करो। उन्हें मालूम ही नहीं था वह क्या कह रहे हैं!

—मैम, आपने उसे नमस्कार नहीं किया, क्या इसीलिए?

मैम ने हादसे के प्रभाव को कम करने के लिए कहा—

—हाँ, तेजसिंह। इसीलिए कि मैं जानती थी कि वह पाखंडी है।

गाड़ी रुकने से पहले ही किनारे पर गारद तैनात है।

नाव में गलीचा बिछा गाव-तकिए और कुशन लगा दिए गए।

ए.डी.सी. साहिब ने दूरबीन दरबार के हाथ में दी। हुकुम, वह देखिए ऊपर नन्स रौक। चट्टान ऐसे लगती है जैसे कोई क्रिश्चियन देवी प्रार्थना कर रही हो।

तेजसिंह ने चट्टान की ओर देखा और दूरबीन जयसिंह साहिब को पकड़ा दी। बच्चे का उत्साह, जिज्ञासा कहीं लोप होने लगे।

साँझ ताल पर उतर रही है। नीले पानी पर ढलते सूरज की परछाईं।

—खम्मा महाराज, पधारिए।

ए.डी.सी. साहिब ने दरबार को नाव में बिठाया। साथ मैम और सामने जयसिंह साहिब। और पीछे मदद के लिए माधो।

केवट ने हाथ जोड़ दरबार से आज्ञा ली और चप्पू सँभाल लिये। तीन ओर से तीन नावों से घिरी दरबार की नाव नक्कीताल की लहरों पर तैरती चली। अनादरा पाइंट की ओर से सरकता एकान्त लहरों में आ घुला। चाँद की आभा नाव के साथ-साथ तिर रही है। नक्कीताल पर जैसे कोई चित्र आँक रहा हो। कैसे क्रियोन हैं और किसके हाथ में है तूलिका। दिल्ली! दिल्ली की स्याही है यह। जाने इससे क्या इबारत लिखी जाएगी।

उस शिलाखंडी वितंडी की कर्कश हँसी और भविष्यवाणी। नौका-भ्रमण का उल्लास सबके दिलों से निकलकर कहीं डूँगरों के पीछे जा छिपा। किसी को अपना मन नक्कीताल में नहीं दीख रहा।

कर्नल साहिब, ए.डी.सी. साहिब गारद की ओर देख रहे हैं। क्या कोई नया सन्तरी चेहरा है?

आँख को आँख का विश्वास नहीं। नाव नाव नहीं। केवट केवट नहीं।

मैम सोच रही है, कौन है भेदी, किसने बताया होगा कि दरबार उस रास्ते से निकलेंगे जहाँ इन्तजार में शिलाखंड खड़े थे।

कोई न कोई महल का फराश या गोला, गोली। सारनेश्वर भगवान दरबार की रक्षा करें।

तेजसिंह ने नक्कीताल की पानी पर हिलतीं लहरों को देखा, फिर मैम की ओर। आँखें मूँद मैम की गोद में सिर रख लिया। ए.डी.सी. साहिब ने ऊपर हल्का शाल ओढ़ा दिया। दोनों को मालूम है, तेजसिंह ऊँघ नहीं रहे, थक गए हैं। रघुनाथजी के मन्दिर की घंटियाँ बजने

लगी हैं। काश, हम में से कोई भी मन्दिर से उठती आवाज को तेजसिंह के लिए आशीर्वाद में बदल सकता।

नाबालिग तेजसिंह की 'रीजेंसी काउंसिल' की मुखिया हैं राजमाता साहिबा। अभयसिंह जी राजमाता के नजदीक हैं। अभयसिंह जी महाराज जयपुर के निकट भी हैं। जाम साहिब नावानगर सिरोही राज के जामाता हैं—और लौहपुरुष सरदार पटेल के करीब हैं। उनके तराजू में कौन तुलेगा, एक ओर अभयसिंह और दूसरी ओर तेजसिंह! वजन आमने-सामने का नहीं। ऊपर-नीचे का।

कल दरबार के मामा देवीसिंह और पांड्या साहिब अहमदाबाद से आएँगे और अगले दिन तेजसिंह खेतड़ी हाउस में स्वामी महाराज के दर्शन को पधारेंगे। स्वामी महाराज हैं अनन्त कृपाओं के स्वामी! क्या तेजसिंह उनसे आशीर्वाद पा सकेंगे? उनकी समर्थ कृपाओं को छू सकेंगे? अँधेरे में कुछ तो दिखाई पड़ रहा है।

यह भी कि दरबार आरती के लिए रघुनाथजी के मन्दिर में नहीं जाएँगे। कर्नल साहिब और जयसिंह साहिब के बीच यह संकेत अबोले ही आ खड़ा हुआ। नाव जिधर से चली थी उसी दिशा की ओर लौट रही है। ढलते सूरज के बाद का गहराता अँधियारा और चाँदनी रात का उजियारा मानो नक्कीताल पर कोई सीमान्त बना रहा हो।

आबूराज की गोद में शोभायमान पवित्र नक्कीताल से सटी मँझोली पहाड़ियों पर से धूप सेंक रहा है—खेतड़ी बँगला। बँगले से सुहाना दृश्य। नावें पानी में हौले-हौले तैर रही हैं। एक में महाराज तेजसिंह, उनकी गवर्नेस, उनके ए.डी.सी. जयसिंह साहब—ठीक दाएँ की नाव में भारी-भरकम कर्नल साहिब और सिपाहियों वाली नावें, सतर्क आँखोंवाली नाव धीमे-धीमे तिर रही है। धूप की परछाईं को चीरती हुई नावें किनारे की ओर बढ़ रही हैं। ऊपर आकाश साफ है—झीनी धुपैली धूप की उजरी ओढ़नियाँ हवा में सरसरा रही हैं। अब हम किनारे की ओर इतना बढ़ गए हैं कि खेतड़ी बँगले की छत नहीं दिख रही। नावें रुकीं। सन्तरियों ने चारों ओर घेरा बना लिया। महाराज तेजसिंह उतरे। बाई हाथ से बच्चे को पकड़े हुए है। जयसिंह साहिब मुस्तैद। गाड़ी चढ़ाई से ऊपर चढ़ रही है। खेतड़ी बँगले में विराजते स्वामीजी महाराज से तेजसिंह आशीर्वाद लेने पधार रहे हैं। यही खेतड़ी रियासत है, उनके गुरु कभी स्वामी विवेकानन्द थे।

गाड़ी रुकी। आसपास फैली फूलों की क्यारियाँ। सुहावना समय। धूप में ठंडी बयार। बाहर के लॉन में कालीन बिछे हैं। सोफे लगे हैं।

तेजसिंह महाराज के ए.डी.सी. जयसिंह साहिब और गवर्नेस दाएँ-बाएँ के सुरक्षा पथ में सोफे की ओर बढ़ रहे हैं।

बड़े सोफे के ऐन बीच तेजसिंह विराजमान। उनके साथ उनकी गवर्नेस और सामने से स्वामी जी पधार रहे हैं।

तेजसिंह प्रणाम करते हैं। कर्नल साहिब द्वारा चरणस्पर्श करने पर स्वामीजी आशीष वचन उच्चारते हैं। कर्नल साहिब हाथ जोड़कर स्वामी जी से प्रार्थना करते हैं—पधारिए महाराज।

कर्नल साहिब प्रभुपाद स्वामी जी के सामने महाराज की ओर से थैली रखते हैं। महाराज गवर्नेस की ओर सोफे पर नजर डालते हैं। बिना बोले जैसे तेजसिंह को कोई हिदायत कर रहे हों कि बैठिए।

महाराज तेजसिंह का शोभित ललाट ठीक सामने की ओर। महाराज विराजे, गवर्नेस बैठी, और प्रभुपाद स्वामी पल-भर खड़े ही रहे, फिर जयसिंह को संकेत किया। ए.डी.सी. जयसिंह साहिब स्वामी जी के कान पर झुके—तीव्र तीष्णा को अलग बिठाओ।

जयसिंह साहब ने उत्तर में कुछ कहा—महाराज उन्हें आदेशानुसार महाराज का हाथ पकड़े रहना होता है।

—जो भी है, वयस्का को अलग कुर्सी पर बिठाओ।

जयसिंह गवर्नेस के पास झुके—मैम आपसे जरूरी बात कहनी है।

गवर्नेस ने कर्नल साहिब की ओर देखा और सोफे से उठीं।

जयसिंह फुसफुसाए—मेरे साथ जरा इधर आएँ। इकहरे सोफे की ओर इशारा कर कहा—आप यहाँ पधारें। वहाँ महाराज के साथ प्रभुपाद विराजेंगे—

—सोफा तो काफी बड़ा है न।

जयसिंह दूरी को सँभालते तनिक और झुके—आइए, यहाँ विराजिए।

—बताइए ऐसा क्यों?

—बाई साहिबा, स्वामी महाराज स्त्री के पास नहीं बैठते।

बाई खीजकर मन ही मन—वही प्रभु प्रसंग में पाखंडों का धन्धा!

स्वामी महाराज ने मंगलाचरण के साथ आशीर्वाद का स्तोत्र उच्चारा और महाराज तेजसिंह के माथे पर केसर का टीका दिया।

—मनोवांछा पूरी हो। राज-पाट बना रहेगा।

बाई इस क्षण इकहरी कुर्सी पर बैठी इस महान नाटकीयता को देख रही है। भक्तिज्ञान का यह शून्य भजन फल क्या रंग लाएगा?

तेजसिंह गुजराती माँ की कोख से पैदा हुए; उधर उप प्रधानमंत्री वल्लभ भाई पटेल भी गुजराती हैं और अभयसिंह महाराज को ज्यादा तौलते हैं। अभयसिंह का जयपुर सम्बन्ध कहीं ज्यादा महत्त्वपूर्ण है। चक्रव्यूह में घिरे रण-बाँकुरे बालक की रण-सज्जा हो रही है। अम्बा जी किसके सिर पर हाथ रखेंगी? अम्बा जी का वशीकरण किस पर काम करेगा?

—बाई साहिबा, महाराज को रनिवास तक ले जाइए।

बाई चौंककर उठी। महाराज को घेरकर सामने के दालान की ओर बढ़ी। दाएँ-बाएँ स्वामी जी के दो भक्त इधर-उधर और साथ ए.डी.सी. जयसिंह साहिब। अन्दर खुलते लम्बे गलियारे पर जयसिंह साहिब रुके—आप दोनों पधारें, हम दरबार के इन्तजार में हैं।

कदम बढ़े। दहलीज लाँघते ही कमरे की साधारण शालीनता को नाक की लौंग से उज्ज्वल करती मुखाकृति। सुन्दरता का वैभव। आइए-विराजिए। तेजसिंह को नमस्कार कर माथे पर तिलक किया और चाँदी की थाली में से उठाकर चाँदी की मूर्ति महाराज के हाथ से छुआ गवर्नेस की ओर बढ़ा दी।

—धन्यवाद।

—पधारिए। आप कहाँ से?

—मैं दिल्ली से। और आप?

—हम तो बनारस काशी से हैं। पिताश्री प्राचीन मन्दिर के महन्त हैं। कभी गई हैं उधर?

—जी हाँ।

बाहर से हलका सा आदेश—पधारिए। दोनों उठे।

गवर्नेस ने हाथ जोड़े। जी भरकर मुखड़ों को देखा और उनका हाथ छू कहा—अद्‌भुत, आप बहुत सुन्दर हैं। बनारस की बेटी को मैं हमेशा याद रखूँगी।

वह मुस्कराईं।

कमरे से बाहर आते ही जाने वह चेहरा कहाँ तिरोहित हो गया और उसकी जगह स्वामी महाराज का पक्का रंग, थुलथुली देह आ टिकी।

लॉन की हरियाली से कालीन पर कदम रखते ही सोफे पर बैठे स्वामीजी के साथ तेजसिंह को बिठाकर स्वयं बाई भी उसी सोफे पर बैठ गई।

कर्नल साहिब, ए.डी.सी. साहिब और स्वामी महाराज की आँखें एकदम खौलीं और तीनों एक संग उठकर खड़े हो गए। सभा विसर्जित। मानो कहीं ग्रहण लग गया हो।

रास्ते-भर कोई बोला नहीं।

दो-एक बार तेजसिंह की नजर बाई के चेहरे के रास्ते कार की खिड़की के काँच पर जा टिकी। बाई को लगा मुखड़े पर कुछ ऐसा जो बचपन से बहुत दूर है।

माउंट आबू के बाजार में बरुचा की दुकान पर खड़े हो पहली बार उसे अपने पर भाव हुआ। दूसरों के लिए जरूरत वाली सलवार-कमीजें और ओढ़नियाँ खरीदते-खरीदते आज पहली बार उसने अपने लिए कपड़ा पसन्द किया। कुछ देर छोटे-से बाजार में घूमी। फिर ड्राइवर साहिब को राजपूताना होटल चलने के लिए कहा। राजपूताना होटल से ही अक्सर महाराज के लिए बच्चों की कार्टून फिल्में स्वरूपविलास में दिखाने को मँगवाई जाती हैं।

कार से उतर, होटल के प्रवेश-द्वार पर पाँव रखते ही कुछ ऐसा लगा कि सब दुखियारे रंग कहीं ओझल हो गए।

उसने ऐसे कदम भरे जैसे हॉल के फर्श पर नहीं, पानी पर तिरते हों! निगाह-भर आँखों में पूरा हाल खींचा और मनपसन्द टेबल चुन लिया।

ऑर्डर—

पहले कुछ ठंडा।

फिर चाय।

बरुचा वाली अपनी मनपसन्द खरीद का पैकेट खोलकर देखा और सही चुनने की तसल्ली में फिर मीनू देखने लगी। आखिरकार सबको परचाने के बाद अपना नम्बर आ ही गया।

देखा मेज की ओर बढ़ते आ रहे हैं—रामसिंह साहिब। अभय सिंह जी

के छोटे भाई, जिन्हें वह एक शाम केसरविलास में मिली थी।

— मॉर्निंग बाईसा—

उनका प्याला उठाकर वेटर उनके पीछे-पीछे—

—हैलो-आइए।

रामसिंह साहिब सामने की कुर्सी पर विराज गए।

—कहें बाईसा कैसी हैं? आपको देखा तो सोचा आप ही के साथ चाय हो जाए।

—वेलकम।

—थैंक्यू।

—बाई साहिब आज इधर कैसे?

—जरा बरुचा तक गई थी। यहाँ से बच्चों की कार्टून फिल्म मँगवाया करते हैं। सोचा, मैं ही लेती चलूँ। आपसे भेंट हो गई, सौभाग्य।

—बाईसा आप लाहौर से आई हैं न!

—जी हाँ।

—बहुत बड़ा शहर है।

—हाँ है तो, कलकत्ता, बम्बई का मुकाबला करता।

—अपना वहाँ जाने का मौका नहीं लगा।

—जी राम साहिब-सदियों से हिन्दुस्तान की ड्योढ़ी रहा है। बँटवारे के साथ तो छूट गया। अब वह दूसरा मुल्क है—पाकिस्तान।

—सिरोही तो छोटा लगता होगा आपको।

वह हँसी, फिर कहा—

—माउंट आबू सुन्दर है।

—देलवाड़ा तो देख चुकी हैं न—अलवर पैलेस भी देखा होगा—

—जी हाँ।

एकाएक रामसिंह जी को जैसे कोई संकेत मिला हो। उठे।

—अच्छा बाईसा इजाजत दें। आपसे मिलकर खुशी हुई।

—मुझे भी। बाइ।

वहाँ से लौटी तो स्वरूपविलास में बिछा दिन खामोश था। कहीं कोई आवाज नहीं थी। स्वरूपविलास के साफों और मूँछों में जरूर कुछ ऐसा था जो रह-रहकर आँखों में कड़क उठता था। शहर-भर में तैर रहा था स्वरूपविलास का ही कोलाहल।

महाराज स्वरूपसिंह जी की पासवान लीलावती बम्बई से बेटे के साथ पधारी हैं। महाराज के दूर पार के भतीजे उदयसिंह जी भी पहुँच रहे हैं। तेजसिंह महाराज तो महल में विराजमान हैं ही। गुपचुप, गुपचुप शहर आँखों ही आँखों में सरदार वल्लभ भाई पटेल साहिब का नया पैंतरा देख-सुन रहा है।

तीन कारें स्वरूपविलास की ओर दौड़ रही हैं। महल का बड़ा फाटक खुला। महाराज तेजसिंह अन्दर विराजते हैं सो बावटा महल पर लहरा रहा है। इसी बावटे के गौरव के पीछे यह नई हलचल। आजादी के बाद की नई कांग्रेस सरकार अपने दम आजमा रही है। सभी जानते हैं अभयसिंह जी के वकील बैरिस्टर कन्हैयालाल माणिकलाल मुंशी पटेल के मित्र हैं। उन्हीं के बल पर यह पुरानी खानदानी रार उठाई गई है। तेजसिंह महाराज बच्चे हैं—उनके पीछे कौन है ? सिर्फ उनके गुजराती मामा देवीसिंह और अलवर महाराज।

स्वरूपविलास के बड़े ड्राइंगरूम में तीनों बम्बई से आए मेहमान पधारे। सुबह रसोई में कुछ खुसर-पुसर थी कि महाराज स्वरूपसिंह जी की पासवान लीलावती भी बेटे के साथ महल पधारेंगी। लेकिन जब ड्राइंगरूम में तीन बैरिस्टर ही दाखिल हुए तो देखनेवालों ने बेफिक्री की साँस ली। ड्राइंगरूम के बड़े चौड़े सोफों पर तीन दिमागी वकील आन सजे। चरक चढ़ी खादी की पोशाक, आँखों पर काला चश्मा, सिर पर गांधी टोपी—के.एम. मुंशी। ठीक इससे उलट गौर वर्ण, पैंट-कोट में सीतलवाड और तीसरे वकील अमीन साहिब।

तेजसिंह महाराज बीच के सोफों पर पधारते हैं। एक ओर जयसिंह जी महाराज के ए.डी.सी. और दूसरी ओर देसी गवर्नेस बाई। उनके आगे बैठे हैं पूरे राजपूती ठाठ में कर्नल साहिब।

बम्बई के अतिथि बारी-बारी दरबार को हाथ जोड़ते हैं—नमस्कार।

तेजसिंह महाराज पूरे महाराज होने की मुद्रा में तनिक-सा सिर हिला अभिवादन का उत्तर देते हैं। कर्नल साहिब रोबीली विनम्रता से संकेत देते हैं—पधारिए।

कन्हैयालाल माणिकलाल मुंशी महाराज दरबार की हस्ती में तेजसिंह से गुजराती में कुछ पूछते हैं—

तेजसिंह सिर्फ देखते रहते हैं—जैसे कुछ सुना न हो, समझा न हो।

मुंशी फिर गुजराती में दोहराते हैं—क्या गुजराती नहीं समझते? आपकी माँ साहिब तो गुजरात से हैं न!

कर्नल साहिब, सिरोही तो गुजरात में नहीं—तेजसिंह ऐसे बोले जैसे मुंशी से उम्र में बड़े हों—आबू सिरोही है, गुजरात नहीं—

—और अम्बा जी?

—अम्बा जी भी सिरोही में नहीं—माँ साहिब जब कहेंगी, तब जाएँगे।

अमीन और सीतलवाड के चकित चेहरे तनिक-से मुस्कराए भर।

मुंशी हार मानने वाले कहाँ!

फिर पूछा—अम्बा जी तो दर्शन को पधारे होंगे?

—नहीं, माँ साहिब जब कहेंगी, तब जाएँगे।

तेजसिंह महाराज जैसे मुंशी जी को शरारत से चिढ़ा रहे हों।

कन्हैयालाल माणिकलाल मुंशी की पोशाक की कलफ कुछ ढीली पड़ी।

बाई से पूछा—आप महाराज को क्या-क्या भाषाएँ सिखाती हैं?

—अंग्रेजी, हिन्दी और राजस्थानी तो इनकी माँ बोली है।

—क्या गुजराती भी बोलते हैं। इनकी माँ साहिबा तो गुजरात से हैं न?

—गुजराती तो नहीं बोलते। कभी सुनी नहीं।

—आप कहाँ से हैं? क्या शरणार्थी?

—जी पाकिस्तान गुजरात से—इस वक्त तो दिल्ली से।

फिर बातचीत का रुख पलटने को कहा—मैंने आपकी 'बैरनी वसुलात' पढ़ी है। हिन्दी अनुवाद में।

मुंशी खुश हुए।

—उसकी हीरोइन का नाम बहुत सुन्दर है—तन मन। तेजसिंह हँसने लगे जैसे उनके और उनकी टीचर के सिवाय वहाँ कोई और न हो।

—मिस, हम छोटी माँ जी साहिब को यही कहकर गुदगुदाते हैं। तनमन-तनमन।

इस बीच चाय आ गई।

जयसिंह साहिब को जैसे कर्नल साहिब की ओर से चुपके से कुछ कहा गया हो।

कलाई पर घड़ी देखी और गवर्नेस से मुखातिब हुए—घुड़सवारी का समय हो गया है।

गवर्नेस ने तेजसिंह की ओर हाथ बढ़ाया—वह फुर्तीले बच्चे की तरह उठ खड़े हुए।

तीन कानूनी हस्तियों वाली वह ऐतिहासिक शाम खुद-ब-खुद बहुत कुछ अंकित कर गई थी। तीनों जन कर्नल साहिब, जयसिंह साहिब और पाकिस्तानी गुजरात की शरणार्थी बाई इस शाम को घटित होने से न बचा सके।

गोद लिये दत्तक पुत्र महाराज तेजसिंह का भाग्य चक्रव्यूह में था। इस शाम ने चुपचाप ही रियासत के भविष्य का संकेत दे दिया।

स्वामीजी के दर्शन के बाद मौन प्रस्थान आबू से। चुपचाप ही सब तैयारी हो गई। स्वरूपविलास से निकल गाड़ियाँ आबू रोड की ओर दौड़ रही हैं। तेजसिंह के मुखड़े पर ऐसा कुछ नहीं जो जिज्ञासा में हो कि हम किधर जा रहे हैं। और सभी जानते होंगे, पर बाई नहीं। क्या सिरोही, क्या बम्बई? आबू रोड स्टेशन पर पहुँचकर सब साफ हो गया।

दरबार जा रहे हैं—दिल्ली—सुबह की चाय आई तो फूलीबाई ने बाई से धीरे से कहा—हुकुम, आपका सामान तैयार कर दिया है। कामदार जी ने मुझे रात ही बता दिया था। आप जल्दी तैयार हो जाएँ। महाराज आबू से नीचे उतर रहे हैं। गाड़ियाँ लगती ही होंगी। बाई फुर्ती से स्नान कर तैयार हो गई। पर्स को सहेजा, समेटा। इतने में बाहर से हॉर्न झनझनाया। जयसिंह साहिब दरबार का हाथ पकड़े गाड़ी की ओर, वह दूसरी ओर से कार के सामने। पुलिस की जीप हथियारबन्द सिपाहियों के साथ एक किनारे लगी है।

पास खड़े हैं—यूनीफार्म में बम्बई काडर के एस.पी. मिस्त्री। आबूराज राजस्थान की सीमा में स्थित है—अम्बाजी पर उनका हक है। उधर बम्बई को अम्बाजी चाहिए। आबू रोड से ट्रेन के छूटते ही तेजसिंह शुरू हुए—मैम, माँजी साहिब हमारे साथ होतीं तो कितना मजा आता!

—सो तो है, तेजसिंह।

एरिनपुरा पीछे छूट गया तो बाई ने नई पिक्चर बुक निकाल दी।

—कुछ देर आराम से नई चित्रमाला देखिए।

रात सोने से पहले दरबार ने किसी बड़े सयाने की तरह बाई से पूछा—मैम, आप राजपूताना होटल में रामसिंह साहिब से मिली थीं क्या?

सामने की सीट पौढ़ते कर्नल साहिब ने सिरहाने पर से सिर उठाकर सुना, दरबार बाई से क्या पूछ रहे हैं।

बाई अचरज से बच्चे को देखती रही। दरबार बाई के जवाब की राह तक रहे हैं।

—तेजसिंह, जिस दिन बरुचा पर गई थी—लौटते हुए आपके लिए कार्टून की फिल्म लाई थी, वहीं मुझे रामसिंह जी मिले थे।

मैम को अपने वार्ड पर बहुत भाव हुआ। प्यार से सिर सहलाया और कहा—सो जाइए। गुड नाइट। सुबह दिल्ली में जगेंगे।

दिल्ली स्टेशन पर पहुँचे तो औरंगजेब रोड के अलवर हाउस की दो गाड़ियाँ इंतजार में खड़ी थीं।

अगला दिन आराम में गुजरा, फिर रात की ट्रेन से देहरादून के लिए रवानगी। सुबह ब्रेकफास्ट के बाद मसूरी की ओर भागती कार में बच्चे को ऊँघते देखा तो बाई ने यह सोचकर कि बच्चे को पल्टी न हो जाए, ध्यान बँटाने को कहा—

हमारा पहाड़ पत्थरीला है। चट्टानों वाला, शिलाएँ हैं बड़ी-बड़ी।

—और यह पहाड़, मैम!

इसका रंग कुछ और है।

—मैम, यहाँ नक्कीताल भी होगा?

—नहीं, तेजसिंह यहाँ नक्कीताल नहीं। वहाँ एक भट्टा फाल है। वह पानी का झरना है—पहाड़ की ऊँचाई से नीचे की ओर तेजी से दौड़ता है।

—मैम, इसका नाम भट्टा फाल क्यों है? आपने देख रखा है?

—हाँ, तेजसिंह मैं जब छोटी थी तब यहाँ आई थी। खूब पैदल घूमी थी।

लम्बे सफर के बाद हैकमैन पर सुव्यवस्थित होने पर मालूम हुआ, हमारे वकील साहिब दो दिन पहले ही बम्बई से मसूरी पहुँचे हुए हैं।

हैकमैन की शाम।

देहरादून से दिल्ली पहुँचते-पहुँचते मसूरी और पास आती गई। स्टेशन पर राज की स्टूडीबेकर और जीप इन्तजार कर रही थीं। बावटे के लहराते रुआब में औरंगजेब रोड पर स्थित अलवर हाउस की ओर दौड़ने लगीं।

—रात को हैकमैन से कितना सुन्दर दृश्य दीखता है। अँधेरे में दून की बत्तियाँ ऐसे जगमगाती हैं जैसे आकाश नीचे आ गया हो। उतराई-चढ़ाई और सभी ओर फैली हरियाली।

—सचमुच अद्भुत।

—पर मैम, मसूरी में आबू जैसा नक्कीताल नहीं। मसूरी में हैकमैन है, आबू में राजपूताना होटल है।

कर्नल साहिब बोले—बावसी होटल में शाम के प्रोग्राम देखे?

—कर्नल साहिब, जोकर बहुत हँसाते थे। नाक पर गुलाबी क्या लगाए थे? सिर पर टोपा पहने कभी कूदते-फाँदते, कभी दाँत निकाल ही-ही करते, लोगों को हँसाते—

—खम्मा, इसी काम के लिए होटलों में जोकर को रखा जाता है।

—मैम, जोकर जैसे ही प्रकट हुए बैंड खामोश हो गया और जोकर जोर से खिलखिलाने लगे। फिर अपने गालों को नोचा—अरे, अरे पगले यह क्या कर रहे हो? आज तो अपने यहाँ सिरोही महाराज पधारे हैं।

सुनकर दरबार ऐसे हँसे थे जैसे मोहक मुखड़े पर धूप उग आई हो।

—मैम, जोकर ने आपको ठिकाने की राजकुमारी कहा तो आपने उसे आँखें क्यों दिखाईं? क्यों डाँटा?

मैम मुस्कुराईं—

—डार्लिंग, मैं ना किसी ठिकाने से हूँ और ना राजकुमारी हूँ, मैं तो सिरोही के तेजसिंह महाराज की गवर्नेस हूँ।

कर्नल साहब बोले—एक बात बताएँ बाई सा, आपने यह स्वभाव, यह मिजाज कहाँ से पाया।

—कर्नल साहिब, आपकी बात मैं समझी नहीं।

—यही कि आप कौन जात से हैं? क्या बनिया, ब्राह्मण?

—जी नहीं, इससे भला मेरे स्वभाव का क्या सम्बन्ध होगा?

—फिर भी बताइए बाई, आप कौन जात हैं?

—कर्नल साहिब, इसे जानकर भला आपको क्या फायदा होगा?

तेजसिंह मैम को ऐसे देखने लगे जैसे इस जिज्ञासा से बाई का कोई नुकसान हो जाएगा।

—कर्नल साहिब, अब आजाद देश में यह विभक्तियाँ नहीं चलेंगी। मैं तो हूँ क्षत्रिय-सत्रप सोबती वंशज।

—फिर?

मैम हँसने लगीं—आपको विस्मय होगा कर्नल साहिब, हम अपने को क्षत्रियों में सबसे ऊपर समझते हैं। हमारे पूर्वजों ने पंजाब पर राज किया था। और गुरु गोविन्द सिंह साहब ने जब कुर्बानी के लिए आह्‌वान किया तो जो अपने शीश की कुर्बानी देने के लिए उठे उनमें पहले पंचप्यारे भी दयाराम सोबती के वंश से हैं।

—कभी सुना नहीं, बाई।

—सिकन्दर महान ने पंजाब का जो हिस्सा जीता था वहाँ वह ग्रीस के सरदार क्षत्रप को नियुक्त कर गए थे। वहीं से वंशावली चलती रही है।

कर्नल साहिब बोले—किंवदन्ती है कि इतिहास—

—इतिहास है कर्नल साहिब—सिक्के मौजूद हैं जिसके एक ओर सोफाइटस का चेहरा अंकित है, नीचे ग्रीक में सत्रप सोफाइटस और दूसरी ओर खुदा हुआ है देवनागरी में सत्रप सोबती।

गाड़ी अलवर हाउस के सामने पहुँच गई थी। फाटक खुला। अलवर हाउस। एक बँगला।

कर्नल साहिब बोले—कहाँ आबू का अलवर महल, कहाँ दिल्ली का ये बँगला।

मैम, अब क्या होगा? क्या हमारे वकील अमीन साहिब भी साथ चलेंगे?

अद्‌भुत समझदारी इस बच्चे में। मैम निहाल हो गई। आसपास जुटे सयाने—

ठीक वक्त पर जयसिंह साहिब नमूदार हो गए। तेजसिंह को मिलिट्री सूट में तैयार किया।

फिर मैम से पूछा—आपकी तैयारी में कुछ वक्त लगेगा!

—जी नहीं, मैं तैयार हूँ।

बाहर गाड़ी का हॉर्न बजा।

तेजसिंह महाराज मैम का हाथ पकड़े ड्राइंग रूम में पहुँचे। तीनों जन उठ खड़े हुए।

पांड्या साहिब ने बाई की ओर देखा। फिर हुक्म देने के अन्दाज में कहा—आप यहीं रहिए, आपको हमारे साथ नहीं जाना होगा।

पांड्या साहिब के कहते ही बाई के आगे सारी उलझन साफ हो गई।

—ठीक—कहकर उसने तेजसिंह का हाथ छोड़ दिया।

तेजसिंह सुनते ही महाराज बन गए हों जैसे, आज्ञा के स्वर में कहा—मैम हमारे साथ जाएँगी, आप भले न जाएँ पांड्या जी—

मंत्रालय पहुँचकर इन्तजार हुई, मगर मुलाकात न हुई। लौटते में सबके ऊपर चुप्पी छाई रही। आर-पार फैली खामोशी ने जैसे सबका घेराव कर लिया हो। सब के मन में एक ही बात—अगर मंत्री महोदय किसी दूसरी मीटिंग में व्यस्त थे तो इन्तजार के बाद भी कोई दूसरा वक्त दिया जा सकता था। कार में एक दूसरे को बिना कुछ कहे सभी जैसे घुप्प अँधेरे में भटक रहे हों।

लॉज में तेजसिंह उछल-कूद में। कभी कालीन पर-कभी सोफे पर—मैम दिल्ली में ताँगे क्यों चलते हैं? स्टेशन पर ताँगों की कतारें खड़ी थीं। मैम घोड़ों के कितने रंग थे वहाँ?

—याद करो।

—कोई ब्राउन, कोई काला, कोई सफ़ेद, कोई ग्रे। मैम, शेर की तरह सब एक ही रंग में क्यों नहीं होते।

—हम लोग भी तो सब एक रंग के नहीं हैं। बड़ी माँ जी साहिब, छोटी माँ जी साहिब, कर्नल साहिब, जयसिंह साहिब और मैं—हममें कोई गोरा, कोई साँवला, कोई उससे भी गहरा—

—मैम, अलवर महाराज को भेंट किए हमारे घोड़े तो दोनों एक ही रंग के हैं।

—अलवर महाराज ने चुनकर देखकर एक से निकाले होंगे।

घोड़ों की कई किस्में होती हैं तेजसिंह, कोई अरबी, कोई काठियावाड़ी, कोई पहाड़ी। और रंग भी तरह-तरह के।

जिस घोड़े के माथे पर सफेद होता है उसे तारापेशानी कहते हैं। यह निशान घोड़े पर सवारी करने वाले के लिए शुभ नहीं माना जाता।

जिस घोड़े के बाल काले हों उसे सियाहकम कहते हैं।

जिस घोड़े की आँखें मगधी हों उसे लोग अच्छा-सा मानते हैं।

—और मैम, हमारे घोड़ों के पाँवों और माथे पर सफ़ेद निशान हैं—

—वह सवार के लिए सबसे अच्छा माना जाता है।

—मैम, और ऊँट—

ऊँट के बारे में हम कर्नल साहिब से पूछेंगे—उस दिन बता रहे थे। मेले में लोग ऊँट की खरीद में उसका मुँह खोलकर उसके दाँत देखते हैं। ऊँट के मुँह में पूरे दाँत न हों तो वह मुँह नहीं खोलता।

तेजसिंह हिरणों के झुंड पर पहुँच गए—मैम, कल वाली कहानी में हिरणों का झुंड उधर क्यों भागा जिधर सिपाही छिपे थे?

यह तो आप बताइए—जंगल की कहानियाँ तो आपने खूब सुनी हैं।

—मैम, हिरण भागे होंगे यह जानकर कि सिपाही पीछे से आ रहे हैं। बाघ ऐसा नहीं करता। माँद में सोता रहता है। शिकारी उसे बाहर निकालने के लिए बकरे का कान काटकर उस पर नमक छिड़क देते हैं। वह चिल्लाता-कराहता है तो उसकी आवाज सुन वह बाहर निकल आता है।

—हाँ तेजसिंह, शिकारी कमजोर हो तो शेर हमला कर दे—और शिकारी अच्छा हो तो शेर ढेर हो जाए।

फोन की घंटी बजी।

—बाईसा आपका फोन है।

बाई रंगहीन हो गई। यहाँ पांड्या साहिब और फोन पर नवीन जी थे। मामा सा देवीसिंह भी बैठे थे।

—दरबार के लिए वक्त मिला है—4.30 पर। पाँच-दस मिनट जल्दी पहुँचेंगे तो अच्छा होगा।

—जी ठीक—

पांड्या साहिब जाने क्यों तीखी आवाज में बोले—क्या ठीक? किस ठीक का जिक्र है?

—नवीन जी ने कहा कि दस मिनट पहले पहुँचेंगे तो अच्छा रहेगा और यह भी कि वहाँ से फारिग हों विंडसर प्लेस चले आएँ।

—वहाँ क्या होगा, सब मालूम है। तुम लोग मिलकर दरबार के खिलाफ खिचड़ी पका रहे हो—

उसके तेवर चढ़ गए—पांड्या साहिब!

दुपहर आराम के बाद विंडसर प्लेस जाने को तैयार तेजसिंह। बाई और जयसिंह ड्राइंग रूम में पहुँचे तो कर्नल साहिब के साथ महाराज तेजसिंह के मामा देवीसिंह साहिब और सिरोही राज के पुराने दीवान पांड्या साहिब ने खड़े हो महाराज को हाथ जोड़ खम्मा बुलाई।

तेजसिंह चौकन्नेपन से बोले—मामा सा' आप और पांड्या साहिब कब पहुँचे?

—खम्मा, जब आप आराम में थे महाराज, हमारी गाड़ी लेट थी।

दोनों कारें पोर्च में लग चुकी थीं। कदम बरामदे तक बढ़े ही थे कि सिरोही राज के पुराने दीवान पांड्या जी ने अपनी तजुर्बेकार हुकूमती शैली में कहा—बाई को वहाँ ले जाने की जरूरत नहीं।

बाई ने पलटकर पांड्या जी की बुजुर्गी की ओर देखा कि जयसिंह साहिब लपककर ड्राइंग रूम में पहुँचे और पांड्या साहिब और देवीसिंह के पास ही फुसफुसाकर कुछ कहा, और फुरती से पोर्च में लौटकर बाई से बोले—मैम, महाराज और आप पधारें। पांड्या जी को कुछ गलतफहमी हुई है।

दोनों के कार में बैठते ही सिरोही राज का रौबीला मुखड़ा कर्नल साहिब कार में विराज गए और ए.डी.सी. साहिब जयसिंह जी ड्राइवर के साथ आगे।

पीछे लगी गाड़ी में दरबार के मामा देवीसिंह साहिब और रियासती राजनीति में निपुण भूतपूर्व दीवान पांड्या साहिब। काँच में से दौड़ती-कूदती सड़कों की हरियाली और हवा में फरफराते धुले-धुलाए पौधे, पत्तों के झुंड। खामोशी से एक नजर तेजसिंह पर डाली तो मन ही मन गहरी चिन्ता से उभरकर जाने कैसा दृश्य उभरा कि दरबार के आसपास जुटे सभी कमजोर, बेबस दीखने लगे। लगा तेजसिंह अकेले हैं। बार-बार जो शब्द सुनने में आता है—वे अभी नाबालिग हैं। उनकी गद्दी की सुरक्षा में कौन इनका हिमायती है? महाराज अलवर। और सिरोही राज के जामाता जाम साहिब, नावानगर और बुआ साहिबा गुलाब कुँवर क्या महाराज स्वरूप सिंह के दत्तक पुत्र के अधिकारों की सुरक्षा बरकरार रखेंगे! जो वयस्क नहीं, उसके मुकाबले में एक ओर सिरोही राज के मजबूत खम्बे की तरह अभयसिंह साहिब और दूसरी ओर पाँव में सोना पहने लीलावती पासवान जिसकी औलाद सिरोही वंशावली के बाहर है—मगर महल के प्रवेश-द्वार पर झिलमिलाती सी बाहर भी और अन्दर भी।

राज की गाड़ियाँ 5, विंडसर प्लेस में दाखिल हुईं।

दरबार के प्रवेश करते ही ड्राइंगरूम में सिरोही राज की बची-खुची रियासत सज गई। कर्नल साहिब और ए.डी.सी. साहिब के साफों की राजपूती अदाएँ बत्तियों को रिझाने लगीं।

—स्वागत। पधारिए-विराजिए—

कमरे में आन खड़े हुए गौरवर्ण नवीन जी और गांधी टोपी में सिर को सहेजे गोकुल भाई भट्ट, सिरोही के नए मुख्यमंत्री।

नवीन जी, दरबार के पास आ खड़े हुए—नमस्कार महाराज।

दरबार ने दोहराया—नमस्कार, आप कैसे हैं?

नवीन जी ने लाड़ से दरबार का हाथ छुआ और मुस्कराकर कहा—आप कैसे हैं यूअर हाइनैस! आपको देखकर मैं तो विभोर हूँ। लीजिए, गोकुलभाई भी आपकी सेवा में यहाँ पधारे हैं।

गोकुलभाई भट्ट ने सहज-सरल रियासती ढंग से सिर झुका हाथ जोड़ तेजसिंह महाराज की खम्मा की।

कर्नल साहिब ने तनिक-सा उठकर मुख्यमंत्री जी से पूछा—कल का समय मिल गया है न।

—जी, आपको कल सुबह साढ़े ग्यारह बजे पहुँचना होगा।

गोकुल भाई ने रियासती शिष्टाचार में दरबार के सामने सिर झुकाया और कहा—शान्ति बनाए रखें। जब तक सरकार का कोई निर्णय नहीं आता, तेजसिंह महाराज ही सिरोही के महाराज हैं। यह कहकर वे जैसे दरबार के स्टाफ को संकेत कर रहे हों।

गाड़ियाँ 5 विंडसर प्लेस के फाटक से निकलने को हुईं कि पद्मजा नायडू साहिबा की कार अन्दर—
नवीन जी जतन से पद्मजा को अन्दर लिवा ला रहे हैं।

अलवर हाउस पहुँचकर ड्राइंगरूम में बैठे तो मेज पर चाय की ट्रे आन पहुँची।

बाई ने केतली उठा पूछा—आपके लिए चाय!

—नहीं।

उसने अपने लिये चाय उँड़ेली और प्याला उठाया कि एकाएक पांड्या जी तीखी आवाज में बोले—देखो देवीसिंह जी, मैं शुरू से कहता था, इस बाई के किए-कराए पर आँख रखो। हमें ये डीकरी कहाँ ले जाएगी जो पहले ही हमारे वैरियों के साथ मिली हुई है।

तेजसिंह ने कनखियों से मैम की ओर देखा। वह खिड़की पर लटके परदे पर आँखें जमाए थी।

पांड्या जी जारी रहे—मेरा अन्देशा कितना ठीक था। महल के उस शराफ के साथ मिलकर तुम्हीं ने वह प्रपंच रचाया था कि सीढ़ियों के दरवाजे खुले हैं—अपनी सच्चाई ढँकने के लिए महाराज के कमरे में जा खड़ी हुई।

मैम ने प्रतिवाद को हँसने में बदलकर तर्जनी दिखाई जैसे किसी बच्चे को समझाना हो—

—बस, पांड्या साहिब—आगे एक शब्द भी बोला तो अच्छा न होगा।

—मुझको समझा रही हो। मैं बच्चा नहीं। कान खोलकर सुनो। अपनी औकात मत भूलो बाई।

वह हँसने लगी।

—पांड्या जी, आपके पास अब कोई ताकत नहीं। आप न सिरोही के दीवान हैं, न ही वकील—आप सिरोही राज का पुराना झोला हैं, जिसे देवीसिंह मामा ने अपने कन्धे पर लटका रखा है।

उसने महाराज साहिब का हाथ पकड़कर सोने के कमरे की ओर कदम बढ़ा लिया। परदों पर धुआँ फैलने लगा।

खम्मा महाराज, खम्मा।

उसने जयसिंह साहब से कहकर एक रात अपने घर हो आने की इजाजत माँगी! जयसिंह साहब ने ड्राइवर को बुलाकर हुक्म दिया बाई को उनके घर तक छोड़ आएँ।

अपने घर के पुराने कमरे में नींद खुली तो लगा ही नहीं कि बीते समय का टुकड़ा कहीं था भी। गुम हो गया लगा। परदा सरकाकर झाँका। अभी माँ-पिताजी के कमरे की रोशनी नहीं हुई। वह बिस्तर से उठी, बाथरूम में जा मुँह पर छींटे दिए। कब से रखा, अलमारी में से पुराना जोड़ा निकाला—फ्लीटबूट झाड़-पोंछकर पहने। तब तक बाहर बरामदे में ल.इट हो चुकी थी और किचन में चाय के बर्तन लगाने की सगी आवाजें बजने लगी थीं।

गोबिन्द और सुखिया अपने-अपने काम में लग चुके हैं।

उसने किचन में झाँका और गोबिन्द से कहा—गोबिन्द, सैर से लौटकर चाय लूँगी।

फिरोजशाह चौक के पहले मोड़ पर वह तारकोल में जगमगाती कर्जन रोड पर हो गई। लगा वह पहुँच गई है, वहाँ जहाँ अब उसे होना चाहिए था। फिर भी एकाएक उसके उतावले कदमों के साथ ही सिरोही का पिछवाड़ा उभरने लगा। स्वरूपविलास की धुपीली सुबह सलीके से अलग-अलग दिशाओं के कमरों, खिड़कियों, परकोटों और गुम्बदों पर पसरने लगी। दरबार के निवास खंड के एकान्त कोने में स्थित महाराज का नहान-घर। गुसल के समय नहान-घर के बाहर दो हथियारबन्द पहरुए खड़े रह सकें। गुसल पर मुस्तैद प्रभुड़ा चमचमाते टावल-स्टैंड पर तौलिए लटका रहा है। किवाड़ के बाहर रूपड़ा हैंगर

पर दरबार के कपड़े लिये चौकस खड़ा है। पास आती जयसिंह साहिब के कदमों की आहट और नर्स जैकब के साथ स्नान के लिए बावसी पधार रहे हैं। रात के खुले-डुले कपड़ों में सिरोही के गोद लिये दरबार बच्चे के चौकस चौकन्ने शरारती मुखड़े में चौकी पर विराजमान। बड़े टब में ठंडे गर्म की धार, फर्श पर चाइना का डूँगा, मग, जग, बावसी पानी छलका रहे हैं—प्रभुड़ा देखो, यह छुटकी-छुटकी बुन्दकियाँ—

नर्स मरियम बदन पोंछ रही है और जयसिंह साहिब पोशाक पहना रहे हैं। तेजसिंह अपने ए.डी.सी. को थैंक्स करना नहीं भूलते।

अद्‌भुत—

फिर तेजसिंह चलते हैं—

दोनों माँ जी साहिब का दर्शन करने और उन्हें दर्शन देने। बड़ी माँ जी साहिबा मगन हो देखती हैं। फिर हाथ चमकाकर कहा—खम्मा, खम्मा बावसी पधारो।

तेजसिंह कनखियों से छोटी माँ जी साहिब की ओर देखते हैं, जैसे उन्हें दिलासा देते हों, कुछ सोचना नहीं छोटी माँ जी साहिब, बड़ी माँ जी साहिब की बारी तो हमेशा से पहले ही पहले।

नाश्ते के लिए दरबार पधारे हैं मार्निंग रूम में। लम्बा बड़ा टेबल, उसके साथ तेजसिंह जी की सुविधा के लिए एक और छोटा टेबल। एक छोर पर लम्बी पतली कुर्सी पर दरबार विराजे हैं और ठीक लम्बी मेज के दूसरे छोर पर महाराज को परसने से पहले हर शै चखने को गुणिया। चखा इसलिए कि कहीं नाश्ते में छिपा कोई खतरा न हो। अंडा, फ्रूट-जूस से शुरू, पोरिज, दूध में चॉकलेट या ओवलटीन। बस, मुँह पोंछकर महाराज ने नैपकिन मेज पर रख दिया। दरबार के दाएँ-बाएँ ए.डी.सी. साहिब और बाई। तस्वीर की तरह अपने चमकीले कलफ लगे साफे में कार की ड्राइविंग सीट पर ड्राइवर पाड़ सिंह ने

महाराज को खम्मा कर हैंडल उठाया—

—पधारिए!

फाटक पर स्मार्ट सलामी!

जेल के फाटक पर फिर सलामी।

तेजसिंह बाई से पूछते हैं—

—आज तो ठीक है।

—कल से बेहतर।

कार दौड़ रही है पुराने तालाब की ओर।

जयसिंह साहब बन्दूक निकाल बावसी को दिखाते हैं। इसमें छर्रे डाल दिए हैं, आप घोड़ा दबाएँगे।

बचपन से ही महाराज बने तेजसिंह झिझके नहीं। यह पहली बार नहीं। वह सीखने में चुस्त। नन्हीं सी अँगुली ने दबाया और उस शोर के साथ ही तालाब पर मुरगाबियाँ छितर गईं!

तेजसिंह तालाब पर नजर गड़ाए रहे, फिर पूछा—मैम, यह इतना डरती क्यों हैं? आवाज होते ही फड़फड़ाकर गिर पड़ती हैं?

—डार्लिंग, ये परिन्दे हैं—शेर नहीं।

उसने इंडिया गेट की पनीली नहरों को देखा, जैसे कोई बहती हुई तरावट

रूह तक पहुँची हो। कुछ देर खड़ी रही। कलाई पर घड़ी देखी और घर की ओर लौट पड़ी।

खुले में चाय लगी थी। पिताजी हाथ में अखबार लिये सुबह की चाय

का मजा ले रहे थे। नमस्कार कर सामने बैठ गई।

पिताजी ने हाथ का 'हिन्दुस्तान टाइम्स' अखबार उसकी ओर बढ़ाया और तिपाई के तले से 'स्टेट्समैन' उठा लिया।

—सुबह का घूमना अच्छा लगा होगा। कहाँ तक पहुँची?

—जी, निजाम हाउस तक—

—आज का क्या प्रोग्राम है?

—आज तो घर पर ही हूँ।

फिर कुछ देर रुककर कहा—पिताजी मैंने छोड़ने का मन बना लिया है। मैं सिरोही नहीं लौट रही।

—कुछ खास बात—

—है भी और नहीं भी। शाम को विस्तार से बताऊँगी।

—ज्यादा गड़बड़ तो नहीं।

—जी नहीं।

—किसी झगड़े-झमेले या कड़ुवाहट से तो नहीं छोड़ रही हो? नियमानुसार छोड़ना ही ठीक रहेगा।

—जी! शाम को लीलाराम पर उन्हें मिलूँगी। सिलाई के कपड़े वहाँ दे रखे हैं।

पिताजी फिर अखबार पढ़ने में हो गए।

उसने चाय का प्याला खाली किया। फिर क्यारियों की ओर देखा। पानी का पाइप उठाया और गमलों की हरियाली को सींचने लगी।

शाम कनॉट प्लेस के लिए निकली तो अतुल ग्रोव की खुली हवा में लगा ही नहीं कि वह कभी यहाँ न थी।

प्यारेलाल एंड संज से होते हुए वह जानकीदास तक पहुँच गई। घड़ी देखी अभी कुछ वक्त है—चाल धीमी कर ली। और खरामा-खरामा शोरूम्स की नई सजावटें देखते हुए ऐन छह बजे लीलाराम पर पहुँच गई।

लीलाराम काउंटर पर खड़े राजस्थानी रसूखी साफे अपनी राजसी तौफ़ीक़ बता रहे थे। दरबार कुर्सी पर विराजमान थे और उनके ए.डी.सी. उनके पीछे खड़े थे।

—हैलो—

—हैलो मैम—

तेजसिंह खुश लगे।

कर्नल साहिब और ए.डी.सी. साहिब से नमस्कार हुआ।

टेलर साहिब हाथ में बच्चे की पोशाकें लिये खड़े हैं—

—आइए।

वह तेजसिंह और जयसिंह के साथ-साथ ट्राई-रूम की ओर बढ़ी। आईना जड़ा दरवाजा खोला। बाहर दरबार बोले—पहले सिर्फ मैम

देखेंगी। आप लोग बाहर रहें।

हुकुम—जयसिंह साहिब और टेलर साहिब दरबार की इन्तजार में बाहर खड़े रहे।

नेवी का ड्रेस पहनते ही तेजसिंह ने चुपके से बाई से पूछा—मैम 'बेदखल' क्या होता है?

तेजसिंह, यह शब्द कहाँ से सुन लिया?

पांड्या साहिब मामा शा से कह रहे थे कि अगर नई सरकार ने दरबार को बेदखल कर दिया तो—

ट्राई रूम के कपाट पर हल्की-सी आहट और टेलरमास्टर साहिब के साथ ए.डी.सी. साहिब प्रकट हो गए।

मैम ने हाथ से कालर छूते हुए गहरे भाव से कहा—इस पोशाक की फबन और इसका कालर ऐसा ही बना रहेगा। इसकी कतरन और खड़ी बुनत देर तक ठीक ऐसी ही रहेगी। क्यों जयसिंह साहिब—इन तीनों सैनिक यूनीफार्म में जो तेजसिंह को ज्यादा पसन्द होगी, तेजसिंह महाराज बड़े होकर वही बनेंगे।

तेजसिंह अपलक अब भी आँखों से उसी पुराने शब्द को तरेरते हुए मैम की ओर देखते रहे।

जयसिंह साहिब जैसे दरबार और मैम की पड़ताल पर अड़े रहे—

तीनों पोशाकों की ट्राई हो जाने पर तेजसिंह अपने ए.डी.सी. से बोले—आप बाहर पधारें। हमें मैम सँवारेंगी।

मैम—तेजसिंह की आँखों में वही पुराना प्रश्न—बेदखल। मैम ने बच्चे का हाथ सहलाया। बाल छुए और आँखों में गहरा संकेत भरकर कहा—इन बातों पर कभी विश्वास नहीं करना। कभी भी नहीं, तेजसिंह।

बच्चे ने सिर हिलाया—जी, मैम।

और दरवाजे पर खटका कर जयसिंह साहिब और टेलर मास्टर साहिब फिर अन्दर आ गए।

बच्चे को दाएँ-बाएँ हाथ से पकड़े वह और जयसिंह साहिब कार तक पहुँचे। तेजसिंह और कर्नल साहिब गाड़ी में विराज गए तो बाहर खड़े-खड़े बाई दरबार का हाथ पकड़े रही।

—मैम आइए—

वह प्यार से बोली—डार्लिंग! अपने पिताजी के कहने पर आज मैं घर ही रहूँगी।

—कल तो आएँगी न?

उसने मुस्कुराकर सिर हिला दिया।

—बाइ, बेबी बाइ—

वह और तेजसिंह एक-दूसरे को हाथ हिलाते रहे।

गाड़ी स्टार्ट हुई। वह पीछे हटी और कार आगे—

पल-भर को लगा आँखों के सामने से क्नॉट प्लेस के बरामदे गुम हो गए हैं। उसने सड़क पार की और लीलाराम के ब्लॉक से आगे बढ़ गई।

पंडित ब्रदर्स के शोकेस के सामने जा खड़ी हुई तो एकाएक लगा वह कभी ऐसी शाम से बाहर ही नहीं हुई। कैम्प एंड कं. रेडियल रोड पार किया और जैन बुक्स से होते हुए धर्मदास धूमीमल के सामने जा खड़ी हुई। उसकी स्टेशनरी की दुकान। उसने अन्दर जाकर पक्षियों के पंखों में लगे दो होल्डर खरीदे और वैंगर्स की ओर बढ़ चली। कन्फेक्शनरी से खरीदी मछलियों की शक्ल में लिपटी चाकलेट, एक ब्रेड और एक प्लेन केक और फिर पलटकर उन्हीं बरामदों में चलने

लगी जिनमें से इधर आई थी।

क्वीन्ज वे पर आखिरी जौहरी शान्तिविजय। हीरे-जवाहर की चमचमाती कीमती रोशनियों को लाँघ अतुल ग्रोव लेन की ओर चलने लगी, जैसे हरियाले गाछों से भरी सड़क उसी के लिए बनाई गई हो।

खम्भे से चमकती रोशनी में हवा में झूलती, दमकती वीपिंग विलो और उसकी कँटीली लम्बी बेलों में लाल, सुर्ख ब्रश दिल-दिमाग को तरावट पहुँचाने लगे।

टेलीग्राफ रोड के मोड़ पर सामने से अचिन्तराम जी आते दिखे।

उसने नमस्कार किया।

—जीती रहो। अच्छी हो न?

अंकल अचिन्तराम जी के गले से लटकती डोरी उनकी जेब में पड़ी घड़ी का ऐलान कर रही थी।

उसने अचिन्तराम जी से आज्ञा ले कदम तेज कर लिये और चलते-चलते सोचा कि अब अपना समय सिरोही में नहीं, 'हिन्दुस्तान टाइम्स' की विज्ञापन तालिका से ही उभरेगा और अर्जी बनकर कहीं स्थित होगा।

फिर वही कर्जन रोड, सुबह की सैर इंडिया गेट तक, लौट कर फिर वही अखबार हिन्दुस्तान टाइम्स, वही स्टेट्समैन-हिन्दुस्तान टाइम्स का वांटेड कॉलम। यह रहा अपना निशान। शायद अपना भविष्य। सुथरी लिखत में एप्लीकेशन। लिफाफा बन्द किया और खुद ईस्टर्न कोर्ट जाकर पोस्ट कर दिया।

इंटरव्यू के लिए बुला लिया गया।

पहनने-ओढ़ने के चुनाव के बाद—ज्यादा बेफिक्री-जरूरत से ज्यादा

चिन्ता। इंटरव्यू के लिए नियत समय खोज दुपहर चार बजे दिल्ली कैंटोनमेंट में मेजर जनरल खनोलकर का बंगला।

उसने पहले सिंधिया हाउस से किचनर रोड वाली बस ली, फिर थोड़ी इन्तजार के बाद दिल्ली छावनी गोपीनाथ बाजार जाती ग्वालियर ट्रांसपोर्ट की बस पकड़ी और राजपूताना राइफल के लैपर्ड सिनेमा पर उतर गई।

तारकोल की सड़क पर कोर्ट शू से होते अपने पैरों की आहटें अन्दर की हिम्मत खटखटाने लगीं। मेजर जनरल खनोलकर के बंगले में प्रवेश करते उसमें नया अहसास और विश्वास जगा। शायद मेजर जनरल के नाम से। हमारी सेनाएँ—हमारा गौरव! इंटरव्यू के लिए बुला लिये जाने की इन्तजार में बैठे-बैठे मन-ही-मन राजपूताना राइफल पर पढ़ी जानकारी को दोहराने लगी।

राजपूताना मेरे अनुभव में शुमार है। कुछ तो बता ही सकोगी।

हिन्दुस्तान टाइम्स जिन्दाबाद। इंटरव्यू ठीक से न हुआ तो फिर वही विज्ञापन कॉलम, एप्लीकेशन और वही ईस्टर्न कोर्ट। इधर वर्दी से लैस अर्दली ने उसके आगे पानी का गिलास रखा, उधर अन्दर की घंटी बज उठी।

घूँट-भर पानी पिया और बन्द दरवाजे की ओर बढ़ चली।